김정호 변호사의
불편한 동행

김정호 변호사의

불편한 동행

ANON
아는컴퍼니

머리말

　신문과 잡지에 글을 써왔다. 글을 하나씩 쓸 당시에는 조금 무감각했는데 막상 썼던 글들을 모아서 책으로 내려고 하니 두려움이 앞선다. 어설픈 글재주와 보잘 것 없고 유치한 생각들을 사람들에게 평가받을 일이 걱정된다. 그럼에도 용기를 낼 수 있었던 것은 매번 글을 쓸 때마다 치열하게 고민하고 정성을 쏟았기 때문이다. 또 책을 통해서 다른 사람들과 소통하고, 공감할 수 있는 계기가 될 수도 있겠다는 생각이 들었다.

　인생은 만남으로 이뤄진다. 누군가와 직접 만나서 인간관계를 맺기도 하고, 독서나 여행 같은 간접 경험으로 다른 사람과 관계를 맺기도 한다. 그 만남을 통해 우리 자신을 돌아보기도 하고, 새롭게 발견하기도 한다. 슬기로운 사람은 어떤 만남을 맞이하든 우리 자신의 한계를 넘어 스스로를 확장시키는 기회로 삼는다. 글을 모아놓고 보니 대부분이 칼럼이다. 칼럼의 한계 때문에 글을 쓸 당시와 현재의 상황이 달라져서 유통기한이 지난 식품처럼 느껴지는 내용도 꽤 있다. 글을 읽는 분들에게 송구스러운 마음을 지울 수 없다. 그나마 법과 도덕, 그 사이에서 인간의 진정성을 깊이 살피고, 공감을 얻으려고 쏟은 고민의 흔적을 솔직하게 담았다는 평계를 대본다.

생텍쥐페리의 《어린 왕자》와 사마천의 《사기》는 내 인생에서 깊은 울림을 주었다. 두 책은 처음 접했을 때도 그랬지만 다시 읽을 때마다 새로운 느낌과 성찰의 계기를 준다. 나치 독일에게 자신의 조국 프랑스가 침략당하고, 인류가 제2차 세계대전으로 고통과 절망에 빠졌을 때 생텍쥐페리는 왜 《어린 왕자》를 썼을까? 그가 세상물정을 모르는 순진무구한 마음으로 동화 같은 이야기를 쓰지는 않았을 것이다. 오히려 순수성을 허락하지 않는 세상에서 방황하고 고뇌했던 작가가 가장 순수한 영혼의 상징인 어린 왕자를 통해 인류가 지향해야 할 가치를 드러내고 싶었던 게 아니었을까? 사마천의 《사기》는 읽을수록 기원전에 쓰인 책이라고는 믿기지 않는다. 삶과 인간관계에 대한 시대를 초월한 통찰력과 지금 내놓아도 손색이 없는 현실 감각에 감탄하게 된다. 이를 뒤집어 보면 2천년 전인 기원전이나 2천년이 흐른 지금이나 아무리 기술과 문명이 발달했다고 하더라도 인간의 이기심과 본성은 변함이 없다는 말로도 해석할 수 있겠다.

이 책에 실린 세상과 인간에 대한 기본적인 문제의식은 주로 《어린 왕자》와 《사기》가 마중물이 되어서 길어 올렸다. 전혀 새롭거나 독창적인 생각이 아니다. 고전의 주제의식에서 끌어온 결과임을 고백한다. 옛 성현들이 고전을 통해 후세에 전해주는 삶과 인간관계에 관한 문제의식들은 결코 그들만의 시대에만 유효한 것이 아니다. 오늘날 우리가 직면하고 있는 현안과 문제들 역시 그들이 성찰하고 해결을 시도한 문제와 맞닿아 있다. 고전은 시대와 시대를 연결시켜주고, 시공간을 초월해 울림을 준다는 사실을 나이가 들면서 절감한다. 현재의 순간이지만 고전의 지혜가 딱 맞아떨어진다.

내 인생에서 역지사지易地思之와 실천의 중요성을 일깨워 준 스승이자 동반자가 두 사람 있다. 바로 어머니와 아내다. 두 사람은 내게 다른 사람의 처지에서 생각하게 했고, 도덕과 양심을 바탕으로 한 측은지심惻隱之心을 갖게 했다. 무엇보다 이론보다는 실천의 중요성, 그러니까 언행일치를 끊임없이 새겨준 존재다. 어린 시절엔 어머니를 보며 배웠고, 아내를 만나 비로소 어른이 되고 인생을 알아갔다. 어머니와 아내의 만남에서도 다양한 관계를 배운다. 시어머니와 며느리, 아들과 딸, 남자와 여자, 그러한 관계 속에서 우리의 삶에 중용이 얼마나 중요한지를 깊이 깨닫게 한다. 어머니와 아내는 충돌이면서 조화다.

우리가 세상을 살면서 무엇이 옳은지 몰라서 실천하지 못하는 것은 아니다. 철이 들고 사회를 알아갈수록 양심에 따라 살기가 어려운 게 사실이다. 우리 자신에게 불리함을 알게 되면서 그 불리함을 기꺼이 감수하기가 더 어렵다. 그렇기에 실천은 더욱 힘들다. 우리들의 삶에서 인간관계라는 구도는 그래서 본능과 이성 사이에서, 이상과 현실의 틈바구니에서, 진정성과 속물성이 끊임없이 갈등하고 조화하는 과정의 연속이다. 진정성과 속물성은 고정불변固定不變한 것이 아니라 상대적이면서도 순환적으로 모습을 드러낸다. 상대에 따라 상황에 따라 진정성과 속물성이 제각각 드러나기도 하고, 한때는 진정성이 넘친 모습이었다가도 시간이 흐른 뒤에 속물적인 모습을 드러내기도 하는 것이 인간이다.

우리는 자신도 알지 못하는 가운데 진정성 있는 선한 모습과 속물적인 악한 모습의 이중성을 동시에 갖고 있는 것이다. 각자 삶의 과정에서, 저마다 구체적 상황에서 다른 사람의 고통과 피해에 대한 공감능력과 피해감수성을 가진 선한 사람으로 살아갈지 아니면 다른 사람을 이용하는 속물 인간으로 살아갈지 순간 순간 선택해야 한다. 각자의 가치관에 따라 달라질 수 있겠으나 주변에 감동을 주는 진정성 있는 모습으로 소통하고 공감하는 삶이었으면 좋겠다.

우리의 삶은 기쁘고 즐겁고 행복한 순간을 즐길 때도 있지만 슬프고 괴롭고 힘든 순간을 견뎌야 할 때도 있다. 쉽고 편하게 살면서 우리의 인생이 언제나 아름다운 동행일 수만은 없다. 때로는 진정성과 공감능력을 지키기 위해서 번거롭고 부담스럽더라도 불편함과의 동행을 감수해야 한다. 변호사는 누군가의 대리인이자 변호인으로서 우리 사회의 불합리함과 이웃의 억울함에 맞서서 불편한 동행을 지속해야 할 존재다.

유홍준 교수가 《나의 문화유산답사기》에서, 사랑의 감정을 가지고 문화유산을 바라보면 '아는 만큼 느끼고, 느낀 만큼 보이게 된다'는 조선시대 한 문인의 글을 썼다. 이 글귀는 음미할수록 공감이 가고 마음에 와 닿는다. 사물이나 사람이나 아는 만큼 보이고 느낀 만큼 깊어진다는 사실을 우리는 부인할 수 없다. 어떤 대상을 사랑하는 마음으로 바라봐야 비로소 그 이전과 다른 존재를 느낄 수 있다. 비단 사물에만 국한 된 것이 아니고, 사람을 포함한 삶의 과정에서 만나는 어떤 대상에도 이 글귀는 적용될 수 있다.

'사랑하면 알게 되고, 알면 보이나니, 그때 보이는 것은 그 전과 같지 않으리라.'

이 책은 김요수 선배와 오광록, 김철원, 안현주, 조한진 네 후배의 교정과 편집 그리고 조언과 조력이 없었다면 세상에 나올 수 없었을 것이다. 선후배들의 진정성 있는 재능기부를 우정의 흔적이라고 말하고 싶다.

스스로를 성찰하고, 주위와 소통하며 진정성과 공감능력을 갖춘 이들이 우리사회에 많아졌으면 하는 염원을 이 책에 담아본다.

2019년 2월
김 정 호

글 싣는 순서

머리말　　　　　　　　　　　　　　　　　　　　　4

제 1 부

**성찰과
소통**

소통의 어려움과 길들여짐　　　　　　16
요두출수와 인간관계　　　　　　　　21
배려와 실천의 어머니　　　　　　　　26

미분·적분을 배우지 못한 변호사　　29
적우와 외우　　　　　　　　　　　34
진정성과 속물성　　　　　　　　　　37

돌멩이가 문화재 되는 사회　　　　　39
진정성과 악의 평범성　　　　　　　　42
차이와 차별　　　　　　　　　　　47

세한도와 빈천지교 불가망　　　　　50
돈으로 살 수 없는 것들　　　　　　54
1%의 탐욕　　　　　　　　　　　57

제 2 부

변론
경험담

법과 도덕 사이에서 60

《전두환 회고록》에 대한 출판 및 배포금지 사건 63

국정원 댓글 관련 모해위증사건 71

한상률 국세청장에 대한 명예훼손 사건 77

미쓰비시 여자근로정신대 손해배상청구 사건 81

한총련 의장 국가보안법위반 사건(최후변론) 85

변호인의 선입견 89

청소년들의 성범죄 92

국민참여재판의 피고인 96

호남지역 최초 국민참여재판 사건(최후변론) 100

강도상해죄로 만난 피고인들 114

피고인과 피해자 사이에서 118

어느 살인 피고인을 위한 변론 122

불편한 동행 124

제 3 부

**영화와
인생**

<마농의 샘>	130
<레 미제라블>	136
<브레이브 하트>	143
<위대한 개츠비>	151
<설국열차>	154
<7번방의 선물>	161
<인생은 아름다워>	166
<도가니>, <부러진 화살>	170
<변호인> 1	174
<변호인> 2	179
<광해, 왕이 된 남자>	184
<로빈 후드>	191
<26년>	195
<마지막 황제>	201
영화 <명량>과 드라마 <정도전>	206
<지슬>	209

라면이
뭐 이따구야
다시 끓여
와

제 4 부

법과 사회에 대한 성찰

변론주의와 입증책임	217
현대판 장발장을 위한 변론	220
자기 자녀만 생각하는 일그러진 부모들	222
5·18 진상규명은 상식과 정의의 문제	226
역사적 사실 부인행위에 대한 규제의 필요성	229
5·18 망언과 표현의 자유	235
국민참여재판 어떻게 볼 것인가?	239
우리사회 '표현의 자유'의 그늘	243
색깔론	246
광복 68돌의 슬픈 자화상	249
국가와 정부의 구별	253
평화의 댐과 언론	255
무너진 신뢰인프라	258
변호사다움과 변호사스러움	261

제 5 부

여행과 책을 통한 소통

기행문 – 만리장성에 오르다!	267
서평 – 국가란 무엇인가?	274

제 6 부

아름다운 동행

빈천지교 불가망   284
친구 오세호

함께 아파하고, 분노해야 할 때 그가 가장 잘 할 수 있는 방식으로 표현한 기록   286
친구 오경훈

네가 있기에 아직은 견딜 만하지   289
신배 김원종 (기수)

'사람' 사는 세상을 향한 순정한 목소리   290
선배 이국언 (근로정신대 할머니와 함께하는 시민모임 상임대표)

삶과 인간관계에 관한 번뜩이는 기지 그리고 통찰력   292
선배 이정희 (한국전력공사 상임감사위원, 전 광주지방변호사회 회장)

신의 글씨로 쓴 '권리'를 인간의 글씨로 쓴 '법률'로 제한할 수 없다   295
선배 김동철 (17·18·19·20대 국회의원)

단숨에 다 읽히는 풍부한 감성과 인문학적 소양   297
선배 송영길 (16·17·18·20대 국회의원, 전 인천광역시장)

왜 하필 제목이 '불편한 동행'일까?   300
선배 조덕선 (사랑방미디어그룹 회장, 무등일보, 뉴시스 광주전남본부 대표)

진정성과 공감능력을 지키려면 불편함과 동행을 감수해야만 한다   302
선배 김현철 (금호고속 사장, 언론학 박사)

읽다가 그만 둘 수 없었고, 읽고 나니 '진정성'과 '공감'이 보였다   303
선배 백승호 (변호사, 전 경찰대학장·전남지방경찰청장)

아픔을 공유하고, 진정성으로 불합리를 허물었다　　　　　　304
선배 전준호

그의 진정성과 공감능력의 근원은 어디서 왔을까?　　　　　306
선배 임선숙 (변호사, 광주지방변호사회 회장)

불편한 동행, 나침반을 지닌 지식인의 기록　　　　　　　308
선배 이상갑 (변호사, 전 민주사회를 위한 변호사모임 광주전남지부장)

이 책에 담긴 그의 글들이 가슴에 깊이 박히는 이유　　　　311
선배 송갑석 (20대 국회의원)

첫 다짐을 지키기는 쉽지 않다　　　　　　　　　　　312
선배 이금규 (변호사, 전 광주지검·서울서부지검 검사)

신입생에게 던진 화두를 실천하는 선배　　　　　　　313
후배 권은희 (19·20대 국회의원)

선배란 무엇인가, 그리고 인생은 무엇인가?　　　　　316
후배 장은백

맺음말　　　　　　　　　　　　　　　318

제 1 부

성찰과
소통

소통의 어려움과 길들여짐

우리의 삶은 만남의 연속이다. 인간은 사회적 존재이기 때문에 고립된 개인으로는 살아갈 수 없다. 좋은 만남을 이어가려면 삶의 과정에서 스스로 '성찰'하는 일이 필요하고, 다른 사람들과 '소통'하는 일이 중요하다. 성찰 없는 소통은 진정성이 부족하고, 소통 없는 성찰은 고집으로 흐르기 쉽다. 그래서 소통과 성찰은 우리에게 늘 어려운 숙제다. 특히 상대방의 조언이나 충고를 매개로 한 소통은 더욱 쉽지 않다. 설익은 관계에서 어설픈 조언은 서로를 어색하게 만들고, 정도가 심할 땐 관계 자체를 파국으로 이끌 수 있다.

공직을 포함한 사회관계에서 상급자가 하급자에 대한 인사고과와 승진여부를 평가할 때 교과서 같은 '산술(정량) 평가'와 교과서 밖의 '현실(정성) 평가'가 전혀 다른 경우가 있다. 보통 산술 평가에서는 능력도 있고 아부도 잘 하는 사람이 가장 좋은 평가를 받는다. 아부는 못하더라도 능력은 있는 사람이 2등, 능력은 없으나 아부라도 잘 하는 사람이 3등, 능력도 없고 아부도 못하는 사람이 가장 낮은 평가를 받는다. 우리가 상식적으로는 이렇게 생각한다.

그러나 우리의 현실은 수학교과서처럼 1+1=2가 아닌 경우가 많다. 실제로는 능력도 없고 아부도 못하는 사람이 가장 낮은 평가를 받는 것이 아니다. 좀 어이없지만 능력은 있으나 아부를 못하는 사람이 꼴찌가 되는 경우가 많다. 오히려 복지부동伏地不動하며 아무것도 하지 않는 사람(능력도 없고, 아부도 못하는 사람)이 꼴찌를 면하고 3등은 한다. 슬픈 현실은 교과서 같은 평가와 달리 아부만 잘 하고 능력은 없는 사람이 2등을 차지한다. 무능력하지만 상사에게 달콤한 말만 하는 사람이 후한 평가를 받는 현실을 우리는 어떻게 받아들여야 할까? 불편함을 감수하더라도 상사에게 조언과 충언을 서슴지 않는 능력자보다 무능력하지만 아부를 잘 하는 사람이 좋은 점수를 얻는 현실을 우리는 어떻게 합리적으로 극복할 수 있을까?

중국 춘추전국시대 말기 법가 사상을 집대성한 《한비자》의 '세난 說難편'에 '소통과 설득의 어려움'이란 대목이 있다. "무릇 말하기의 곤란함이란 나의 지식과 경험이 부족해서가 아니다. 상대방의 마음을 통찰하고, 그 마음에 내 말을 꿰맞추고 끼우는 일이 어렵기 때문이다. 상대방이 명예를 바랄 때 돈과 같은 이익을 가지고 이야기한다면 속물이라 비웃음을 당하고, 상대방을 모욕하는 것이 된다. 반대로 상대방은 돈과 같은 이익을 바라는데 명예를 가지고 이야기한다면 세상 물정 모르는 철없는 사람이 되고 만다."

한비자는 임금의 두터운 '애정과 신뢰'를 받지 못하면서 지혜가 있는 충언을 하는 사람은 자칫 임금의 역린逆鱗(거슬러 난 비늘, 임금의 노여움)을 건드려서 생명이 위태로울 수 있다고 지적했다. 상대방과의 관계에서 '애정과 신뢰'가 확보되지 않은 상황에서는 어설프게 조언이나 충고를 해서는 안 된다는 뜻이다. 이와 같은 지적은 약 2천 2

백여 년이 지난 지금까지 오늘의 우리들에게 녹슬지 않은 통찰을 전해주고 있다. 그래서《한비자》나 《사기》와 같은 책은 시대를 연결하고, 시공간을 초월해 공감을 주기 때문에 고전의 반열에 오를 수 있었던 것이 아닐까?

[여도지죄 餘桃之罪]

춘추시대 위衛나라 때 임금에게 사랑을 받다가 미움을 받은 미자하彌子暇란 사람의 이야기가 있다. 미자하는 어느 날 복숭아를 먹다가 무척 맛이 좋아서 먹던 복숭아를 임금에게 바쳤다. '자기가 다 먹고 싶었을 텐데 나를 생각해서 남겨주다니 그 마음 갸륵하구나', 임금은 그의 충심에 감동했다. 어느 날은 위독한 어머니를 보러 간다며 허락을 받지 않고 임금의 수레를 타고 가기도 했다. '다리를 잘리는 죄임에도 임금의 수레를 타고 나가다니 어머니를 생각하는 그 마음, 참으로 효자로다', 임금은 그의 효심을 높이 샀다. 그런데 세월이 흘러 미자하에 대한 임금의 사랑이 식고 말았다. 그러자 미자하의 행동에 대한 임금의 태도가 180도 달라져서 감히 먹다 남은 복숭아를 주고, 임금의 수레를 탔다고 벌을 주었다. 같은 행동이라도 사랑을 받을 때와 미움을 받을 때가 달라진다. 이를 여도지죄餘桃之罪라 이르게 되었다.

이 두 가지 이야기는 상대방의 '애증의 정도'를 통찰한 이후에 비로소 조언과 충고를 해야 한다는 교훈을 우리에게 주고 있다. 상대방의 심정을 통찰하지 않은 상태에서 자기만의 정의감으로 섣불리 상대방에게 쓴소리를 하면 관계가 어색해지거나 파국을 맞는다는 것이다. 파국을 맞은 뒤에야 세상이 자신의 진심을 알아주지 않는다고 원망하거나 우리 삶이 너무 세속적이라고 한탄을 해봐야 쓸데없다. 스스로 경솔하지는 않았는지 허물은 없었는지를 돌아봐야 한다.

인간관계에서 소통의 전제조건인 '애정과 신뢰'를 확보하는 문제를, 생텍쥐페리는 《어린 왕자》에서 '길들여짐'이라고 표현했다. 길들여지는 일은 사람이 관계를 맺고, 서로를 선택해 받아들이는 일이다. 시간과 공을 들이면서 서로에게 길들여진다. 《어린 왕자》의 해설서격인 《어린 왕자의 눈小王子的領悟》을 쓴 홍콩의 정치철학자 저우바오쑹周保松은 '길들여짐'은 옳고 그름의 문제가 아니라 서로 다른 존재가 '어우러짐'의 문제라 했다. 길들여짐 속에 자기 자신의 주체성을 발현해야 할 뿐만 아니라 상대방의 주체성도 아울러 존중해야 한다는 것이다.

길들여지는 일의 첫 번째는 역시 상대방에 대한 '관심'이다. 그 다음엔 떨어진 거리에서 '인내심'을 갖는 일, 또 하나는 상대를 위해 '소비한 시간'이다. 첫 눈에 관심이 생기든, 지켜보다가 관심이 생기든 관심이 생겨야 비로소 관계가 시작된다. 나만 관심을 가졌다고 관계가 이어지는 건 아니다. 다가가든 기다리든 상대도 관심을 가질 시간과 틈이 필요하다. 그게 인내심이다. 길들여짐에 있어서 '소비한 시간'은 꼭 물리적으로 시간이 길어야 한다는 뜻이 아니라 비록 짧더라도 얼마나 진심을 가지고 진정성 있는 소통을 했는지가 중요하다는 말이다. 수십 년을 알고 지냈어도 길들여지지 않아서 늘 손님 같은 존재가 있고, 만난 지 얼마 되지 않았지만 아주 짧은 시간에 길들여져 진심이 통하는 인연도 있다.

우리네 삶에서는 오늘 하루에도 수많은 태어남과 죽음이 되풀이된다. 우리는 대부분의 태어남과 죽음에 무심하다. 이는 '관심'과 '인내심'도 없고, '소비한 시간'도 없어 서로에게 길들여지지 않았기 때문이다. 물론 우리에게 '애정과 신뢰'가 확보된 태어남과 죽음이 아니기 때문이기도 하다. 반면 우리가 '애정과 신뢰'를 바탕으로 서로 길들여진 대표적인 사례는 자녀와 부모의 관계다. 자녀와 부모는 서로의 문제를 금방 자신의 문제로 동일시하고, 길들여진 관계에서는 어떤 불편함도 기꺼이 감수하려 한다. 어떤 내용의 조언과 쓴소리도 소통의 매개체로 여기고 자신을 성찰한다.

갈수록 각박해지는 세상에서 고故 신영복 선생이 강조한 말이 떠오른다. 스스로 좋은 사람이 되려고 노력하는 '성찰'과 좋은 사람을 만나는 '소통'이 나의 삶 그리고 우리의 삶을 아름답게 만들어가는 가장 중요한 태도라는 것이다. '진정성'과 '공감능력'을 바탕으로 서로를 길들이고 길들여지면서 '소통'하고 '성찰'하는 노력을 멈추지 않아야 한다. 그것이 우리의 삶이고 인간관계다. (2018년 10월)

요두출수와 인간관계

중국 한나라 무제 때의 역사가인 사마천이 편찬한 《사기》는 최고의 역사서이자 인간관계의 백과사전으로 평가받는다. 기원전 91년에 쓰인 사기는 약 2천 1백년의 세월이 흐른 지금까지도 삶과 인간관계를 꿰뚫는 탁월한 통찰을 제공한다. 세상이 아무리 최첨단 기술시대로 진입하고 문명의 이기가 발달했다고 하더라도 인간의 모습과 인간관계는 크게 다르지 않다. 종이가 발명되기 이전이라 대나무 죽간에 사기를 편찬했던 2천 1백년 전이나 지금이나 크게 바뀌지 않았다는 뜻이다. 결국 인간과 인간관계의 모습은 시대가 흘러도 변하지 않은 것이다.

인간관계의 기본은 일상의 평온을 침범하지 아니하고 서로 존중하는 것이다. 적당한 거리를 유지하면서 서로에게 무례하지 않고 무리하지 않으면서 살아야 한다. 요즘 시대정신으로 말하면 '저녁이 있는 삶'이라 부를 수 있겠다. 그러나 예외 없이 일상의 평온을 지키는 것만으로는 인간관계가 깊어질 수 없고, 인간적인 거리가 좁혀지지도 않는다. 인간관계가 숙성되려면 나를 위해서가 아니라 상대방을 위해서 나의 불편함과 무리함을 감수하며 보내는 시간이 필요하다. 상대방을 위해 감수한 무리함과 소비한 시간에 비례하는 것이 인간관계의 깊이라고 나는 믿는다. 평소 일상의 평온함을 지키며 살더라도 가끔씩 다소의 무리함을 감수했을 때 비로소 누군가와의 인간관계가 깊어진다. 내 일상의 평온함을 희생해야지만 인간관계의 거리도 좁혀질 수 있다는 이치다.

'요두출수搖頭出手'라는 말이 있다. 글자 그대로 머리는 아니라고 흔들면서 손은 이미 나간다. 술을 도저히 마실 수 없는 자리에서 머리는 안 된다고 가로젓고 있지만 손은 이미 다정한 벗이 권하는 술잔을 받으려고 앞으로 뻗고 있다. 이 '요두출수'라는 말은 출처가 분명하지 않다. 몇 해 전 광주 사직공원의 어느 통기타 가게 벽에서 '요두출수'라는 말을 처음으로 만났고, 그 뒤 허영만의 만화 《식객》에서 봤다. 만화가가 창작한 말인지 그 또한 어디서 인용한 말인지는 아직 확인하지 못했다. '요두搖頭'는 자신의 주관적 판단에 따른 '이성'을 상징하고, '출수出手'는 상대방과 관계에서 나오는 '감성'을 상징한다. 그래

[머리로는 흔들지만
손은 이미]

서 이성을 상징하는 '요두'와 감성을 상징하는 '출수'가 함께해야 인 간관계 안에서 중용이 되고, 조화가 되고, 그 안에 우리의 인생이 담 길 수 있다.

그러나 인류의 역사에 있어서나 우리들 삶에서나 '요두출수'의 갈 등과 어떻게 조화를 이룰 것인가 하는 문제는 영원한 숙제다. 우리는 여러 가지 한계를 가지고 있어서 이성적이어야 할 때 감성을 앞세우 거나 감성적이어야 할 때 이성을 앞세우는 잘못을 범하곤 한다. '요두'

해야 할 때 '출수'하고, 반대로 '출수'해야 할 때 '요두'하는 시행착오를 연속하는 것이 우리네 인생이다.

우리의 삶에서는 진정 거절할 수밖에 없는 개별적이고 특수한 사정 때문에 '요두'하면서 멈춰야 할 일이 많다. 반대로 불편과 손해를 감수하더라도 '출수'하면서 허락해야 할 일도 많다. 각자의 사정이 무엇이든 머리를 흔드는 '요두'하는 것을 배려 없다고 비난만 할 일이 아니고, '출수'하는 것을 절제 없다고 비난할 일도 아니다. 나 자신은 '출수'하려고 노력해야 하고, 상대방이 '요두'하는 것은 이해하려고 노력해야 한다. 반대로 나 자신은 '요두'하려고만 하고 상대방에게는 '출수'하기만 바라는 모습으로는 진정성 있는 인간관계를 형성할 수 없다.

'요두'만 있으면 자기희생이 없이 거절만 하는 것 같고, '출수'만 있으면 술만 좋아하는 술꾼과 같이 보일 수 있다. 그래서 '요두'와 '출수'는 늘 함께 있어야 진정한 의미를 갖는다. '출수'가 아름다운 것은 '요두'하기 때문이고, '요두'의 진정한 가치는 '출수'함으로써 빛난다. 그저 '요두'로만 머문다면 인정 없고 배려 없는 이기적인 거부의 의사표시로 평가되기 쉽고, '요두' 없는 맹목적인 '출수'는 그저 절제 없음과 내지르기에 불과할 수 있다. '요두출수'는 비단 술자리에 한정시키기보다는 우리의 삶에 그대로 투영해 볼만한 말이다.

'요두출수'로 성찰해 보는 인간과 인간관계의 바람직한 모습은 무엇일까?

우리네 삶은 진정성과 세속성이 모두 섞여 있다. 세속성이 보완되지 않은 진정성은 현실감이 없다. 진정성이 없는 세속성은 너무 허망하다. 냉정하게 분석하자면 세상은 97~98%의 세속성과 2~3%의 진정성으로 이뤄져 있을지도 모른다. 어설픈 2~3%의 진정성으로 대처했다가는 97~98%의 세속성의 벽에 막혀 상처받기 십상이다. 반대로 97~98%의 세속성으로 채워진 각박한 세상이지만, 단 2~3%의 진정성 있는 마음들이 있어 그나마 우리의 인간관계를 건강하게 지켜준다고 생각한다. 3%의 소금이 바다를 썩지 않게 하듯 3%의 진정성이 세상을 환하게 밝히고 지탱하는 등불 역할을 한다. 우리의 삶에서는 훈훈한 마음을 담은 진정성의 가치가 소중하고, 결국 그 진정성이 인간관계를 튼튼하게 지켜주고 유지하는 동력이라고 나는 믿는다.

돈이나 지위, 권력 등 세속적 가치를 기반으로 쌓아올린 인간관계는 사상누각沙上樓閣일 뿐이다. '돈' 때문에 만난 인간관계는 '돈'이 없어지면 더 만나야 할 이유가 없고, '사회적 지위와 권력' 때문에 만난 인간관계도 '사회적 지위와 권력'이 없어지면 사라질 것이다. 그렇지만 진정성 있는 마음을 기반으로 이어진 인간관계는 서로의 '마음'만 변치 않는다면, '돈'이나 '권력'이 없어도 유지될 것이다. 예나 지금이나 인간과 인간관계는 결국 '진정성 있는 마음'이 문제이고 관건이다. (2017년 10월)

배려와 실천의 어머니

'초심을 잃지 마라', 누구나 할 수 있는 이야기지만, 어머니가 내게 했던 이 말은 특별하다. 어머니는 초심의 바탕에 진정성과 공감능력을 갖춰 인간관계를 맺도록 일깨워준 스승이다. 어머니는 내 맨얼굴 그리고 날 것 그대로의 언행과 허물을 가장 가까이에서 지켜 본 분이다. 말이 아닌 실천으로 이상과 현실의 거리를 좁혀준 분이기도 하다. 자칫 관념적인 옳은 이야기나 나열하고, 법만을 따지며 정을 잃을 수도 있는 내 삶을 다른 사람의 처지에서 생각하도록 몸으로 가르쳐주신 분이다. 그 핵심은 바로 배려와 실천이다. 어머니는 구체적으로 현실에서 당신이 몸소 실천함으로서 배려와 실천의 가치를 내게 각인시켜주었다.

나는 어린 시절 어머니를 보면서 많은 것을 배웠다. 고향인 전남 영암에서 초등학교와 중학교를 졸업했고, 고등학교는 광주로 유학(?)와서 다녔기 때문에 내가 어머니와 함께 온전하게 생활을 했던 시절은 15살 때까지다. 내가 기억하는 그 시절의 어머니는 새벽부터 저녁 늦게까지 집안일이며 농사일까지 몸이 부서져라 고생만 하는 모습이었다. 어린 내가 보기에도 자식들을 위해 인내와 헌신으로 살아가시는 어머니가 대단하면서도 죄송스러웠다. 그땐 너무 어려서 어머니의 무거운 짐을 덜어 드릴 수 없어서 마음이 아팠다. 나중에 어른이 되면 어머니가 고생하지 않고 편안한 삶을 사실 수 있도록 온 힘을 다하겠다고 다짐하곤 했다. 사법시험을 준비하던 시절, 서울 신림동의 창문도 없는 고시원 방에서 힘들게 공부할 때도 스스로를 다잡으며 버틸 수 있었던 것은 '사법시험에 합격한다면 우리 어머니가 얼마나 좋아하실까'라는 바람이 동기를 부여했고, 희망을 심었다.

어머니의 아들로서 어머니가 삶으로 직접 보여주신 가르침들을 생활에서 하나씩 실천해가려고 노력한다. 어머니는 늘 나에게 말씀하셨다. "정호야, 항상 처음 시작했던 마음을 잊지 말아라. 못 배우고 힘없는 사람들을 무시하지 말고, 그들을 도울 수 있는 사람이 되어라. 우리도 어려운 시절, 아무 것도 없지 않았느냐?" 아무 것도 갖지 않으셨던 어머니의 당부 속에 어머니가 어떤 생각으로 삶을 살아오셨는지가 고스란히 녹아있다고 생각한다. 나는 세상을 살면서 가장 중요한 가치가 '진정성'과 '공감능력'이라고 여긴다. 진정성과 공감능력은 어머니의 삶에서 나에게 이어진 가르침이고, 나의 아이들에게 이어줄 가르침이기도 하다.

우리가 세상을 살면서 무엇이 옳은지를 몰라서 실천하지 못하는 것은 아니다. 철이 들고 사회를 알아갈수록 우리에게 불리함을 알면서도 그 불리함을 기꺼이 감수하기가 어렵기에 실천이 어려운 것이다. 우리들의 삶과 인간관계의 모습은 그래서 본능과 이성 사이에서, 이상과 현실 사이에서, 진정성과 속물성 사이에서 끊임없는 갈등과 조화의 과정이다. 이미 오래 전에 초등학교 교실 한 구석에 버려두었던 철들기 이전의 순수함과 양식만 되찾는다면 지식이 부족해도 세상은 너끈히 잘 살아갈 수 있다는 것을 어머니의 삶을 보면서 느꼈다. 초등학교 문턱도 넘지 못한 어머니는 고등교육을 받은 그 누구보다도 살아있는 지혜로 이웃을 배려하면서 사신다. 어머니의 삶은 박제화 된 지식으로 버티는 삶과 다르게 이웃과 공감하면서 인내와 헌신으로 몸소 실천하신 모습을 보여주셨다.

어머니가 살아오신 삶의 과정을 지켜보면서 아들인 나는 어머니와는 비교할 수 없을 정도로 학교 교육을 많이 받았고, 사회시스템 덕분에 지식을 쌓을 기회도 누렸다. 그럼에도 어머니께서 말이 아닌 본인의 삶으로 몸소 보여주신 실천을 10분의 1도 따르지 못하고 있다. 그러니 미혹한 내 자신을 더욱 되돌아보지 않을 수 없다. 오늘 우리 6남매가 이렇게 성장하고 제 위치에서 역할을 할 수 있는 것은 모두 어머니 당신의 인내와 헌신 덕분이다. 당신의 은혜를 마음 속 깊이 간직하고 당신에게 받은 무한한 사랑을 당신의 사랑하는 손자, 손녀들에게도 이어지게 하겠다고 나는 다짐한다. 누구에게나 가슴 먹먹한 이름 어머니, 자식을 위해 헌신한 이 땅의 모든 어머니는 고마운 존재라는 걸 어버이날을 맞아 다시 한 번 새롭게 느낀다. 나의 어머니 강순덕 님, 그리고 세상의 모든 어머니, 감사합니다. (2018년 5월)

미분·적분을 배우지 못한 변호사

"인류의 가장 위대한 진보는 기술발전에 있는 것이 아니라 발전을 통해 불평등을 해소하는 데 있다. 민주주의를 통해서든, 양질의 공교육을 통해서든, 훌륭한 보건서비스에 의해서든 불평등을 줄이는 일이야말로 인류의 가장 위대한 업적이다" 빌 게이츠 전 마이크로 소프트 회장이 지난 2007년 34년 만에 하버드대학을 졸업하면서 미국 사회와 세계에 던진 화두다.

프랑스 파리 경제대 교수인 토마 피케티는 20여 개 나라의 300년에 걸친 방대한 역사적 자료를 분석해 자본주의 사회의 불평등 확대원인을 파헤쳤다. 우선은 이러한 방대한 양의 분석을 할 수 있는 학문적 배려가 있는 사회가 부럽다. 그는 《21세기 자본》에서 "자본주의가 발달할수록 소수 부유계층에 자본이 집중되어 분배구조의 불평등이 악화되고 있다"고 주장했다. 불평등함 자체도 문제지만 정치가 불평등을 만들어내고도 불평등을 해소하지 못하는 무기력함도 문제라며 불평등에 눈 감고 있는 현실을 지적했다. 대단한 분석이고, 날카로운 지적이다. 그의 지적은 우리사회에도 낯설지 않다. 그만큼 그가 지적한 문제의식이 우리나라에서도 딱 맞아떨어진다는 뜻이다. 국민소득 3만 달러 시대의 대한민국에서 공교육 붕괴에 따라 교육격차는 갈수록 벌어지고, 불평등 구조는 날로 심화되고 있다. 이러한 불평등 구조의 심화는 돈과 지위의 대물림을 통한 사회계층의 고착화와 양

극화의 문제와도 맞닿아 있어서 우리가 시급히 해결하지 않으면 안
되는 과제다.

빌 게이츠와 토마 피케티의 통찰을 전하면서 초·중·고교 학창시절
에 겪은 이야기를 떠올리지 않을 수 없다. 개인의 이야기지만 동시에
대한민국 사회의 한 단면일 수도 있다.

나는 초등학교와 중학교를 고향인 전남 영암에서 졸업했다. 영암
의 산골에 위치한 초등학교는 어린 시절 꿈을 키웠던 곳이고, 늘 초심
을 돌아보게 하는 추억의 배움터다. 열네 번째 졸업생으로 교문을 나
선 이후 지금은 농촌의 인구 감소로 학생 수가 줄어 분교를 거쳐 폐교
되었다. 모교 교정은 이제 예술가들의 창작공간으로 탈바꿈되어 있
다. 면소재지에 위치한 중학교는 고향 집에서 약 4㎞ 떨어져 있어서
걸어서 1시간 거리에 있었다. 가난 때문에 학교를 다니는 시간을 빼
고는 부모님의 부족한 일손을 도와야 했다. 통학 시간도 많이 걸려서
예습이나 복습을 할 틈이 없었고, 예습과 복습을 해야 한다는 것도 몰
랐다. 수업시간에 선생님께 배운 내용에 대한 기억만으로 시험을 치
르고도 공부를 잘한다는 소리를 들어서 특별한 문제의식도 없었던 '우
물 안 개구리'시절이었다.

서울올림픽으로 나라가 들썩였던 1988년 광주광역시에 위치한 고
등학교에 진학했다. 당시 고3 수험생인 고향 선배 두 명과 비좁은 반
지하방에서 스스로 밥하고 도시락 준비하고 빨래하고 연탄불 갈면서

자취생활을 해야 했다. 고등학교 1학년 시절의 고군분투는 지금 생각해도 눈물겹다. 고등학교 학업에 대한 아무런 준비 없이 시골에서 올라온 17살 소년이 광주라는 도시에 적응하는 과정이었고, 열악한 환경에서도 나름대로 학업 성과를 거두며 버티던 시기였다. 수업시간에서 배운 기억력만으로는 더 이상 경쟁력이 없다는 자각이 새로 생기기도 했던 것 같다.

문제는 전교조 사태로 모교에서 열 분의 선생님이 강제 해직당한 1989년부터 시작되었다. 강제 해직된 선생님의 자리에 대체 교사로 신규 채용된 분들이 오고, 이를 반대하는 수업 거부가 이어지는 어수선한 상황이 이어진 것이다. 진짜 문제는 그 다음이었다. 1989년(고2)은 수업 파행을 겪으며 지나갔다. 그러는 과정에서 문과수학 Ⅱ-1 중 미분과 적분을 제대로 배우지도 못한 채 3학년을 맞이하는 기막힌 상황이 발생했다. 그런데 3학년 첫 모의고사를 치르고 나서 비슷한 학업 수준의 친구들은 학교 수업시간에 배운 적도 없는 미분과 적분을 척척 풀어내는 게 아닌가. 나에겐 엄청난 충격이었고, 지금도 그 충격적인 기억은 또렷하다. 학교 수업이 아니어도 학원이나 과외와 같은 훌륭한(?) 대체제가 있다는 것을 모르던 시절이었을 뿐만 아니라 만약 알았다고 하더라도 대체제를 활용할 수 있는 형편도 되지 못했다.

인생에서 가장 암울했던 흑역사(?)로 기억되는 1989년을 거치면서 아이러니컬하게도 비로소 우리 사회의 교육 불평등 문제를 인식하게 되었다. '사회계층은 무엇이고, 교육시스템은 왜 이러는가', '나는 이 사회에서 어디쯤에 놓여 있고, 이 사회에서 나는 어떤 역할을 할 것인가' 지금 생각하면 가난에 대한 자괴감과 불평등에 대한 억울한 감정이 있었던 것 같다. '존재'와 '정체성'에 대한 고민은 마냥 쌓였고, 나는 방황했다. 고등학교 2학년과 3학년 시절에 겪은 가슴 아픈 추억이다.

우리 사회는 1980년대만 하더라도 부모의 배움이 짧고, 경제력이 미약해도 본인이 부지런히 공부하고 힘써 일하면 성공신화를 쓸 수 있던 시대였다. 부모의 학력이나 재력과 관계없이 노력하면 된다는 사회적 공감대가 형성되어 있어서 '개천에서 용 난다'는 말이 흔히 쓰였다. 대한민국은 한국전쟁을 겪으면서 폐허가 되었고, 그 폐허 속에서 빠르고 역동적으로 성장했다. 그러나 사회구조가 안정되면서 경제성장의 흐름이 정체될 무렵부터 우리나라는 사회계층간 진입장벽이 막히기 시작했다. 우리나라의 국민소득은 1980년 초에 약 2천 달러에 못 미치던 것이 1990년을 기점으로 5천 달러에 이르고, 2018년 현재는 3만 달러를 돌파하기에 이르렀다. 국민소득은 증가했으나 사회계층간의 경직성과 고착화는 오히려 훨씬 심화되었다.

한국 사회는 이제 현대의 정주영 회장처럼 쌀집 점원으로 시작해 대기업을 세울 수 있는 '개천에서 용 나는' 고속성장의 시대가 아니다. 마이크로 소프트 회장이었던 빌 게이츠처럼 대학을 중퇴하고도 아이디어와 신념만으로 성공을 거둘 수 있는 유연한 사회도 아니다. 계층 구조가 고착화되고 있으며, 경제적 자본(돈)과 문화적 자본(교육)과 사회적 자본(인맥)이 대물림되는 이런 사회는 역동성과 활력이 현저히 떨어질 수밖에 없다. 사회발전의 원동력인 계층 상승의 희망과 계층 상승의 욕구가 사라졌기 때문이다. 이제 우리 사회는 '개천에서 용이 날 수 없다'는 절망감이 자리 잡은 것 같아 가슴이 아프다.

대한민국 사회에 다시 활력을 불어넣고 사회 발전의 동력을 모으려면 사회의 양극화를 줄여야 한다. 교육 격차 해소와 부의 재분배에 대한 정책적 노력과 사회적 합의가 절실한 때다. 그래야 아래로부터 위로 계층 진입이 쉬워지고, 우리 사회 구조의 건강성이 회복된다. 이는 결코 좌와 우의 이념적 대립의 문제로 접근해서는 안 될 일이다.

사법시험에 합격한 지 열여덟 번째 해에 접어드는 사십대 후반에 이른 지금, 1989년 고교시절 수학시간에 미분과 적분도 배우지 못한 변호사라고 이야기하면 아무도 믿으려 들지 않는다. 개천에서 용이 날 수 있는 기성세대의 끝자락을 겨우 잡았기 때문이라거나 사법시험 과목에 수학이 없었기 때문이라고 하면 그때서야 이해를 한다. 쓸쓸한 것은 사교육 없이 이뤄낸 이런 사례를 이제는 우리사회에서 기대하기 어렵고 찾아보기 힘들다는 것이다. 지금을 살고, 앞으로 살아가야 할 미래세대인 우리 자녀들은 1989년의 상황과는 비교할 수 없을 정도로 사회계층간의 경직성과 고착화가 심화된 사회를 겪고 있고, 앞으로 겪을 것이다.

최소한 교육문제만큼은 출발선이 다르거나 운동장이 기울어진 상태가 계속되고 방치되어서는 곤란하다. 이를 가장 우선적인 국정과제로 삼고, 반드시 바로잡아야 한다. 태어날 때부터 조건이 정해져 평생 바꾸기 어려운 사회는 미래세대에게 결코 꿈과 희망을 줄 수 없다. 이는 곧 우리나라의 미래가 없다는 뜻이기도 하다. 이 심각한 상황을 기성세대인 우리가 그냥 받아들일 수는 없지 않겠는가? (2018년 11월)

적우와 외우

변호사는 의뢰인과 '과정'을 동행하는 직업이다. 분쟁사건의 결과에 자유롭지 못한다고 하더라도 변호사는 사건 진행과정을 함께 한다. 구체적 사건에서 사실관계와 이해관계는 복잡다기하기 때문에 모든 사건에서 승소하고, 모든 사건에서 무죄나 선처를 받을 수는 없는 노릇이다. 어쩌면 변호사는 의뢰인과 동행하는 과정에서 좋은 결과보다는 좋지 않은 결과를 만날 때가 더 많을지도 모른다. 바라는 결과가 나오지 않았음에도 진정성 있게 함께한 과정 덕분에 소중한 인연으로 남는 경우가 있고, 아무리 과정에 충실했다고 하더라도 결과만으로 불협화음이 나는 경우도 더러 있다. 나는 지금껏 수많은 사람들을 변호하거나 대리하면서 어떤 의뢰인에게서는 작은 희망을 얻기도 했고, 어떤 의뢰인에게서는 아쉬운 모습을 보기도 했다. 희망을 얻기도 하고 아쉬움을 보기도 하는 것은 역시 이것이 '사람'의 일이기 때문이다.

나 자신의 문제와 상대방의 문제에서 비롯된 인간관계의 모습과 관련해 사마천은 네 가지 유형의 친구로 이야기한다. 사마천은 단지 '친구'의 유형이라고 한정했지만 나는 우리가 세상을 살아가면서 만나고 인연을 맺는 수많은 인간관계로 확장해서 해석하고 싶다. 첫 번째 친구 '적우賊友'는 도적 같은 친구다. 자신의 이익만 추구하고 걱정거리나 나쁜 일은 책임을 떠넘기는 기회주의적인 사귐이다. 두 번째 친구 '일우昵友, 逸友'는 즐겁게 노는 일에만 어울리는 사귐이다. 어렵거나 힘든 일은 함께 하지 않고, 달콤할 때만 만난다. 세 번째 친구 '밀우密友'는 비밀이나 어려운 이야기까지 함께 하면서 친밀한 마음을 나누는 사귐이다. 즐거운 일뿐 아니라 힘든 일도 서로 돕는다. 네 번째 친구 '외우畏友'는 서로 존경하면서 우러러보는 사귐이다. 서로 북돋우며 배우고, 허물은 나누어 잘못을 바로잡으며, 큰 의리를 위해 함께 노력하는 최고 경지에 이른 사귐이다.

적우, 일우, 밀우, 외우의 모습은 평범한 일상의 삶에서 어렵지 않게 만날 수 있다. 나에게서 단물만 쏙 빼먹는 적우, 술값 없을 때만 찾는 일우, 즐거울 때나 슬플 때나 변함없이 살갑게 맞아주는 밀우, 나에게 자랑스럽고 사람들에게 떳떳한 외우! 한 사람에게서 한 가지 유형만 나타난다고 생각하기 쉬운데 그렇지는 않다. 우리 자신 또한 어떤 때는 다른 사람에게 적우의 모습일 수도 있고, 어떤 사람에게는 외우의 모습일 수도 있다. 한 사람에게 네 가지 유형의 모습이 섞여 있기도 하고, 상대에 따라 흐름에 따라 다르게 나타나기도 한다. 밀우처럼 선한 모습과 적우처럼 악한 모습의 이중성을 동시에 드러낼 수도 있다. 다른 사람을 이용하는 적우의 모습으로 살아갈지 아니면 고통과 피해까지 공감하는 외우의 모습으로 살아갈지는 각자 삶의 과정과 구체적 상황에 따라 선택할 수 있는 문제다. 하지만 내 자신을 성찰하고 주위와 소통하고, 공감하면서 감동을 줄 수 있는 진정성 있는 외우의 모습이 가장 바람직한 삶의 모습임은 틀림없다.

한 사회의 품격 또한 적우와 일우가 많은지 밀우와 외우가 많은지에 따라 가늠해볼 수 있다. 적우와 일우가 많음은 친구나 이웃의 어려움에 공감할 마음이 없는 사회이고, 밀우와 외우가 버팀목처럼 지키고 있는 사회는 건강한 사회일 것이다. 2014년 세월호 참사와 같은 최악의 위기 상황을 들여다보면 우리 사회가 아직 적우와 일우의 단계를 벗어나지 못한 것은 아닌지 자성하지 않을 수 없다. 우리 스스로 적우나 일우의 모습으로 현재를 살고 있지는 않은지 돌아보고 또 돌아볼 일이다. (2014년 9월)

진정성과 속물성

우리가 삶을 살아가면서 세속적 가치추구를 어떻게 볼 것인지의 문제는 언제나 뜨거운 감자다. 세속적인 가치에 너무 매달리면 추하고, 세속적 가치를 너무 꺼림칙하게 생각하면 현실감이 떨어져 보인다.

철이 들고 세상을 알아 갈수록 진정성을 가지고 정의와 원칙을 이야기하는 사람들이 손해를 보는 모습을 보게 된다. 이해관계에 따라 입장을 순식간에 바꾸는 속물적이고 기회주의적인 사람들이 결국 이익을 보는 모습도 자주 보인다. '진정성'이 번번이 '속물성'에게 밀려서 손해를 본다고 하더라도 우리 삶에서 '속물성'만 가지고 삶을 이야기하는 것은 너무 아쉽다. 아무리 속물성이 이익을 보고, 진정성이 손해를 본다 하더라도 우리는 내면 깊은 곳에 '진정성'을 붙잡고 있어야 한다. 누구에게나 양심이란 것이 있고, 우리 스스로 무엇이 옳고 그른지를 알고 있기 때문에, 양심을 버리거나 옳고 그름을 헤아리지 않고 살다보면 꼭 탈이 날 수밖에 없다.

우리네 삶에서 속물성으로 드러나는 '현실'과 진정성으로 나타나는 '이상'은 늘 함께 공존한다. 신영복 선생은 그의 저서 《담론》에서, '이상'은 '현실'의 존재형식, 다시 말해서 현실(속물성)은 우리의 인식 속에서 끊임없이 이상화 되고, 반대로 이상(진정성)은 끊임없이 현실화 된다고 했다. 진정성과 속물성이 공존하는 삶이 우리의 모습이다.

세속적인 지위와 돈을 가지고 있으면 대문 앞에 사람들로 가득차고(문전성시門前成市) 세속적인 지위와 돈을 잃으면 아무리 현명한 사람이더라도 그의 대문 앞은 참새그물을 칠 정도로 한산해진다(문전작라門前雀羅). 이런 세태는 이미 약 2천 1백년 전에 사마천이 《사기》'급정열전汲鄭列傳'에서 언급한 바 있다. 사마천은 '맹상군열전孟嘗君列傳'에서도 아침시장에는 밀물처럼 몰려드는 사람과 저녁시장에 썰물처럼 빠져나가는 사람들을 보기로 들면서 속물적 세태를 간파했다. 이는 세상이 바뀌어도 자기중심을 잡고 의연하게 받아들이라는 말이리라.

세상이 아무리 최첨단 기술시대로 진입하고 문명의 이기가 발달한다고 해도 인간관계는 2천년 이전이나 지금이나 비슷하다. 사마천은 이미 기원전에 도적 같은 친구 적우, 놀 때만 함께하는 친구 일우, 마음과 어려움을 나누는 친구 밀우, 서로 존경하는 친구 외우로 인간관계를 정리했다. 한비자는 교묘하게 속인다는 '교사巧詐'와 거칠고 투박하지만 정성을 다하는 '졸성拙誠' 가운데 졸성이 중요하다고 이야기했다. '교사불여졸성巧詐不如拙誠' 역시 기원전에 밝힌 말이다. 주자도 본바탕만을 말하는 '사史'와 사람의 손때가 묻었지만 진정성을 말하는 '야野', 이 두 가지 가운데 '야野'가 중요하다고 이야기했다. 1천년 전에 한 말이다.

많은 옛사람이 사람관계에서 가장 강조하는 것은 결국 '진정성'이 아닐까 생각한다. 통속성으로 메마른 우리 인생을 촉촉이 적셔줄 샘물인 진정성과 공감능력은 우리가 살면서 내면으로부터, 반드시 길어 올려야 하는 마중물이다. (2015년 8월)

돌멩이가 문화재 되는 사회

최근 경주 남산과 영암 월출산 산행을 다녀왔다. 평소대로라면 주마간산走馬看山식으로 둘러보고 왔을 터인데 이번에는 자의반 타의반으로 제법 구석구석을 살펴볼 기회가 있었다. 대구지역 변호사들의 초청 산행으로 간 경주 남산은 곳곳에 돌덩어리처럼 산재한 불상들과 석탑들을 만날 수 있었다. 아는 이들과 영암 월출산을 종주하면서는 유독 산과 문화재를 좋아하는 선배 덕분에 구정봉에서 마애여래좌상과 용암사지 3층 석탑을 둘러볼 기회까지 얻었다. 그냥 보면 돌덩어리에 불과한데 돌덩어리에 관한 이야기를 듣고 애정으로 자세히 보니 그 돌덩어리가 문화재란 사실이 새삼스레 다가왔다.

'사랑하면 알게 되고, 알면 보이나니, 그때 보이는 것은 그 전과 같지 않으리라'는 글귀가 그대로 떠올랐다. 아는 만큼 보이고 느낀 만큼 깊어지는 것이 삶, 맞다! 어떤 대상을 사랑하는 마음으로 바라보아야 비로소 그 이전과 다른 존재를 느낄 수 있다. 비단 사물에만 국한 된 것이 아니고 사람을 포함한 우리 삶의 과정에서 만나는 모든 대상에

이 글귀를 적용할 수 있다.

광주일고 출신 넥센 히어로즈의 서건창 선수가 2014년 한 시즌 200안타를 돌파했다. 프로야구사에서는 전인미답前人未踏의 대기록이다. 그런데 서건창은 과거 아무도 눈여겨보지 않았던 방치된 잡초이자 돌멩이 같은 존재에 불과했다. 2008년에 엘지 트윈스를 통해 프로야구에 입문했으나 1군에서 삼진 1개만을 기록한 채 사라졌다. 병역의무도 보통의 야구선수처럼 상무나 경찰청에서 선수생활을 이어간 게 아니라 일반인과 함께 군복무를 했다. 군복무는 그대로 운동 공백기가 됐고, 선수생명의 위기까지 찾아왔다. 2012년 천신만고千辛萬苦 끝에 넥센 히어로즈에 입단했으나 그는 연습생 신분인 신고 선수에 불과했다. 그런 그가 아무도 예상 못했던 기념비적인 대기록을 세웠다. 이는 그의 성실성을 바탕으로 한 피나는 노력이 우선했겠지만, 돌멩이로 방치되고 있던 그의 소질을 알아보고 발굴해 사랑과 관심으로 이끌고 기회를 제공한 지도자가 있었기에 또한 가능한 일이었을 것이다.

과거 우리 사회는 개발독재시대를 거치면서 고속성장을 추구했다. 이런 탓에 승자독식구조와 사회 양극화, 학벌위주의 서열주의, 인성교육실종 등의 폐해가 생겨났다. 입시위주의 지나친 경쟁교육구조는 인간의 다양성을 무시하고 획일적인 가치로 사람을 평가한다. 패자부활전이 없는 사회에서 한 번 실패하면 사회적 낙오자가 된다. 돌멩이로 평가되어 다시는 문화재로 평가될 기회 자체를 얻기 힘들다.

최근 우리 사회에 불고 있는 인문학 열풍은 단순한 지적 호기심의 충족으로 볼 것이 아니라, 우리 사회에도 건강성 회복을 위한 성찰이 필요하다는 관심이 반영된 현상으로 볼 수 있다. 사람이나 사물이 돌멩이인지 문화재인지는 그 기준을 어떤 곳에 두느냐에 따라 달라진다. 그래서 인간이 그리는 무늬와 활동을 탐구하는 인문학은 인간의 창외성과 다양성을 그 자체로 인정하는 전제에서 연구되어야 한다.

창의성과 다양성을 인정하지 않는 폐쇄 사회는 문화재로 탈바꿈할 수 있는 수많은 돌멩이들을 방치한다. 그저 돌멩이였던 서건창이라는 선수가 문화재급으로 성공한 사실을 위인전에나 나오는 개인의 특별한 성공신화로 취급하는 것은 폐쇄사회의 특성이다. 폐쇄사회 시스템 안에서 문화재가 발굴되는 구조는 여전히 넘을 수 없는 커다란 장벽에 가로막힌다. 서건창이란 돌멩이는 시스템에 의해서 문화재가 된 것이 아니라 혼자서 이를 악물고 폐쇄사회 시스템을 이겨낸 일이다. 수많은 돌멩이들이 문화재로 탈바꿈할 수 있도록 우리 사회가 창의성과 다양성을 인정해야 한다. 그것은 먼저 우리 자신 안에 있는 획일화되고 경직된 기준을 내려놓는 것에서부터 시작된다. 사랑하면 알게 되고 알면 보이나니 그때 보이는 것은 그 전과 같지 않으리라, 이 글귀가 다시 한 번 마음에 콕 박힌다. (2014년 10월)

진정성과 악의 평범성

2014년 세월호 참사는 대한민국의 부끄러운 민낯을 총체적으로 여과 없이 드러냈다. 이 사건에서 침몰한 것은 비단 세월호 뿐만이 아니다. 국가와 정부에 대한 국민들의 신뢰와 사회구성원들의 책임의식도 함께 수장됐다. 공무원들에게는 직업의 소명의식이 없었고, 국가에는 재난구조시스템이 없었으며, 설상가상으로 진정성 있는 지도자마저 없었다. 나는 세월호 참사에서 '진정성'과 '악의 평범성'이라는 두 구절을 떠올렸다.

대통령을 비롯한 국가 지도자들에게 가장 필요한 덕목은 '진정성'이다. 꼭 국가 지도자뿐 아니라, 일터의 리더들과 모임을 이끄는 사람들에게도 진정성은 중요한 덕목이다. 나를 포함한 국민들에게 가장 필요한 덕목은 '무관심'을 걷어내려는 노력이다. 무관심을 걷어내기 위해서는 바로 한나 아렌트Hannah Arendt가 말한 '악의 평범성'을 극복하는 노력이 필요하다. 한나 아렌트는 독일에서 태어난 유태인 철학사상가로, 히틀러 정권 출범 후 반反나치 운동을 벌이다가 1941년 미국으로 망명했다. 그녀는 나치전범 아돌프 아이히만Karl Adolf Eichmann의 재판과정을 담은 《예루살렘의 아이히만》이라는 책을 썼는데, 이 책에서 '악의 평범성'이라는 개념을 제시했다. '악의 평범성'이란 유태인 학살을 저지른 사람들은 나치의 명령을 따른 지극히 평범한 사람들이었고, 그 잔인한 짓을 한 사람들은 결코 정신병자나 성

[2014. 4.16 세월호! 어찌잊으리]

격장애자가 아니라 그냥 이웃에서 볼 수 있었던 평범한 사람이었다는 게 한나 아렌트가 말한 '악의 평범성'이다.

능력 있는 지도자에게 진정성까지 있다면 금상첨화다. 하지만 능력이 조금 부족한 지도자라도 '진정성'만 있다면 난국을 타개하는 해법은 결국 찾아낼 수 있다. 대통령의 언행은 꼼수나 이벤트가 아니라 진심 어린 마음에서 비롯해야 한다. 대통령의 언행만으로도 청와대 참모진의 생각을 바꾸고, 내각을 비롯한 관료사회 전체를 바꿀 수 있기 때문이다. 이는 대통령의 진정성 있는 말 한마디가 사회 시스템을 하나씩 점검하고 다시 만들어 가는 계기가 될 수 있다는 뜻이다. 그래서 대통령이 사태를 모면하려고만 하지 않고 만기친람萬機親覽식 국정 운영에서 벗어나 국가의 시스템을 회복하는 데 진정으로 임해주길 바라는 마음은 비단 나 혼자만의 희망사항은 아닐 것이다.

대통령을 가장 측근에서 보좌하고, 국가시스템을 점검해 총괄 지휘했다는 '왕수석' 김기춘 비서실장도 세월호 참사의 책임에서 자유로울 수 없다. 청와대 비서진과 내각이 총사퇴하는 국면에서 300명이 넘는 국민을 수장시킨 어처구니없는 상황을 만든 안하무인眼下無人의 대통령만을 유일한 생존자(?)로 만들려는 김기춘 실장의 충성심은 웃음거리가 될 뿐이다. 국민이 수장될 때는 외면하고, 국민의 슬픔은 아랑곳하지 않은 채 단 한 사람만 기어코 구조하려고 한 김기춘 실장의 구조정신에서 국민에 대한 예의는 찾아볼 수 없고, 어떠한 진정성도 찾아볼 수 없다.

한나 아렌트는 "악은 평범한 모습으로 우리와 함께 있다"고 단언했다. '말하기'의 무능과 '생각'의 무능 그리고 '타인의 입장에서 배려하고 공감하는 능력'의 무능은 서로 긴밀하게 연관되어 있기 때문에, '악'은 평범한 모습을 하고 있으며 우리는 '악'을 쉽게 만날 수 있다고 말했다. 그녀에 따르면 불의를 보고 말하지 않고, 사회 문제점에 대해 생각하려 하지 않는 일이 바로 악의 평범성이다. 내 문제가 아니고 내 가족의 문제가 아니라서 모른 척 외면하는 태도 또한 악의 평범성이다.

이러한 '악의 평범성'은 우리 사회 전반에 걸쳐 편법과 비리를 일상으로 만든다. '악'은 머나먼 외계 우주에서 어느 날 갑자기 우리 앞에 나타나는 것이 아니다. '악'은 우리 주위의 평범한 구성원의 태도에서 시작된다. 평범이란 가면을 쓴 '악'은 사회구성원들의 무관심과 무사고의 산물이다. 우리 스스로 타인의 입장에서 생각하지 않고, 다른 사람의 피해에 대해 공감하지 않는 태도는 결국 '악'의 모습으로 돌아온다.

원칙과 규칙을 지키는 사람이 손해 보거나 바보가 되고, 편법을 일삼는 사람이 출세하고 성공하는 기회주의적 세태가 세월호 참사를 부른 것만 같아 야속하기만 하다. 이번 세월호 참사에서도 순진하게 지시를 충실히 따르거나 규칙을 지키려했던 죄 없는 학생들만 어처구니없이 희생되고 말았다. 내 문제가 아니라고 무관심했던 우리들이 진정성 없고 부끄러움 모르는 지도자를 만들고 말았다. 내 문제가 아니라고 모른 척했던 우리가 사회 곳곳에 소명의식 없는 사람들을 양산하고 말았다.

반反나치 레지스탕스 운동가였고 세계인권선언문 초안을 작성했던 프랑스의 스테판 에셀Stephane Hessel은 프랑스 사회에 보내는 공개 유언집 《분노하라》에서, '최악의 태도는 무관심이다, 무관심은 현재의 상태를 묵인하고 방조하겠다는 의사의 다른 표현이기 때문이다'고 말했다. 현재 대한민국 사회에 던지는 말로 들린다.

서울대 조국 교수(2017년 5월~, 문재인정부 청와대 민정수석)는 '세상의 진보는 불의에 대한 분노에서 시작하고, 시민이 세상일에 관심을 끊거나 냉소를 보내면서 각자도생各自圖生의 길을 걸을 때 세상의 불의는 승승장구하고, 확대 재생산되기 마련'이라고 간곡하게 말했다. 이 말이 어느 때보다 가슴에 와 닿는 요즘이다. 조국 교수는 '사람의 삶과 직결되는 가치와 정책이 충돌하는 상황에서 기계적 중립은 없다'고 일갈했다. 단테도 《신곡》에서 '지옥의 가장 뜨거운 곳은 도덕적 위기(세월호 참사와 같은 최악의 도덕적 위기)의 시기에 중립을 지킨 자들을 위해 예약되어 있다'며 불의에 대한 무관심과 기계적 중립을 경계했다.

현실을 냉소하고, 현실에 무관심하며, 현실과 거리를 두면서 세상이 바뀌기를 기대하는 것은 어리석다. 정치는 원래 그렇다고 비웃으며 고개를 돌리는 '냉소', 선거는 끼리끼리 하는 짓이라며 선거에 참여하지 않고 외면하는 '무관심', 나와 내 가족만 괜찮다면 그만이라며 이웃의 피해와 고통에 대한 '거리두기'는 사회에 아무런 도움이 되지 않는다. 냉소, 무관심, 거리두기에서 우리 스스로 벗어나려는 노력은 사회구성원으로서 최소한의 덕목이고, 조금 더 나은 사회를 향한 실천의 출발점이라고 믿는다. (2014년 8월)

차이와 차별

최근 우리나라를 비롯한 세계 곳곳에서 벌어지고 있는 분노와 갈등의 근본 원인은 서로의 '차이'를 인정하지 않는 태도에서 비롯된다고 생각한다. 자기와는 다른 '상대방의 생각과 입장'을 존중하지 않는 모습은 우리일상에서도 어렵지 않게 찾을 수 있다.

우리는 먼저 가족 구성원 사이에서부터 서로의 '차이'를 인정하는 관용적 태도가 필요하다. 더 나아가 사회구성원 사이에서도 나와 다른 의견과 입장이 있을 수 있다는 '차이'를 인정하는 태도가 절실하다. 이해관계가 대립하는 사회단체나 정치단체 사이에서도 서로의 차이를 인정하는 태도는 서로가 공존하고 발전할 수 있는 기본적 토대임을 아무리 강조해도 지나치지 않다. 나라와 민족, 문명과 종교, 인종에서도 서로의 차이를 인정하고 존중하고 너그럽게 받아들이는 일은 중요하다. 그럼에도 그 차이를 '호好, 불호不好'와 '선善, 악惡'으로 구분하고, 차이를 차별하고, 차별을 빌미로 상대를 공격하게 되면 나치와 같은 극단주의의 오류에 빠질 수 있다. 이는 세계의 지난 역사 곳곳에서 어렵지 않게 확인할 수 있다.

노자 연구가인 최진석 교수는 《생각하는 힘 노자 인문학》라는 책에서 "어떤 것이 진실이라고 확신할 때 그 진실이 아직은 진실이 아닐 수 있다는 반대편의 힘과 함께 작동하지 않으면 그 확신은 한쪽으로 치우친 믿음이기 쉽다고 쓴 바 있다. 대립면의 긴장이 주는 탄성을 잃은 모든 일은 한쪽으로 치우친 믿음, 곧 선입견, 편견, 광신이기 쉽다. 자기가 진실이라고 믿는 어떤 것이 진실이 아닐 수도 있다고 전제하는 내공을 발휘해 긴장을 유지할 때 오히려 이것이야말로 진정한 진실의 힘이다. 확신하지 않는 힘이 바로 내공이다. 내공은 대립면의 긴장을 품고 있을 때, 대립면의 경계에 설 수 있을 때 나오는 것이다"라고 말했다. 최 교수 역시 차이를 인정하고, 상대를 존중하는 관용의 태도를 강조한 말이다.

몇 해 전 노암 머로Noam Murro 감독의 미국 영화 <300(제국의 부활)>을 봤다. 바라보는 시각에 따라서 영화의 이야기는 전혀 다른 느낌으로 관객에게 전달된다. 영화 <300>은 역사를 다룬 전쟁영화로 비록 흥행에는 성공했지만 영화내용 자체는 불편한 느낌을 지울 수 없는 부분이 곳곳에 있었다. 그리스의 도시국가인 스파르타 입장에서 보면 페르시아가 물리쳐야 할 이민족이자 이질적 문명의 '악'이다. 하지만 페르시아의 처지에서 바라보면 전혀 다른 시각이 존재한다.

우리가 중·고교 세계사 시간에 아무런 문제의식 없이 공부했던 콜럼버스의 '신대륙 발견'과 '지리상의 발견'이라는 서술 내용은 아메리카 원주민들의 후예인 현재의 남미국가들 입장에서는 서방세계의 침입과 학살이라는 시각으로도 쓸 수 있다. '1492년 콜럼버스의 신대륙 발견'이라는 표현은 아메리카 대륙에 살고 있는 원주민들을 역사에서 없는 존재로 여겼기에 나올 수 있는 표현이다. 우리는 그동안 스페인이나 포르투갈 등 서구의 시각으로만 세계 역사를 배워서 아메리카 원주민들을 문명인이 아니라 야만인으로 보았다. 저 찬란했던 잉카·마야 문명이 있는데도 말이다.

성숙한 민주주의 사회는 '나'와 '상대방'이 다르다는 '차이'를 인정하는 지점에서부터 출발한다. 모든 사회 현안은 다수의견과 소수의견으로 나뉠 수 있다. 서로 자신의 생각과 의사를 자유롭게 표현할 수 있고, 이러한 개개인들의 의사가 모여 여론을 형성하는 것이 가능해야 한다. 그러한 토대 위에 언제든 다수와 소수가 바뀔 수 있는 가능성(정권교체의 가능성)이 열려있는 사회가 건강하고 성숙한 민주주의 사회라고 말할 수 있다.

서로의 차이를 인정하고 나와 다른 상대방의 존재를 인정하는 태도는 다른 누구를 위해서가 아닌 바로 나 자신이 우리 사회 안에서 인정받고 존중받기 위해 필요하다. (2012년 9월)

세한도와 빈천지교 불가망(貧賤之交 不可忘)

추사秋史 김정희의 <세한도歲寒圖>는 선비가 그린 문인화의 대표작으로 대한민국 국보 180호. <세한도>는 한겨울 추위 속에 초라한 집 한 채와 소나무와 잣나무 몇 그루가 쓸쓸하게 그려져 있을 뿐이어서 <세한도>의 가치를 모르는 사람들은 왜 국보로 지정되었는지 고개를 갸우뚱거리기도 한다. 평범해 보이는 그림이 국보로 지정되고 수많은 사람들이 그 가치를 높이 평가하는 까닭은 무엇일까? 아마도 작품 자체에 담겨 있는 정신의 위대함이 한 이유이지 않을까. 추사의 <세한도>는 우리에게 어떤 의미고, 추사는 <세한도>를 통해 무엇을 말하고자 했을까?

추사 김정희는 제주도에 위리안치圍籬安置(중죄인에게 귀양을 보내는 형벌로 죄인이 달아나지 못하도록 탱자나무와 같은 가시로 울타리를 만들고 그 안에 가두는 일) 유배된 지 5년째 되는 해에 <세한도>를 그렸다. 추사는 한겨울 엄동설한嚴冬雪寒에 <세한도>를 그려 제자 이상적에게 선물했다. 대개 고관

대작이 정치적 실권을 잃고 유배를 가게 되면 조만간 다시 복귀할 수도 있는 상황이니 주변의 사람들이 초반에는 어느 정도 신경을 쓴다. 그러다 시간이 흘러 유배가 계속되면 이른바 끈 떨어진 연과 같은 신세로 전락해 아무도 찾지 않게 된다. 세상의 각박한 인심을 접하게 되는 것이 오랜 유배생활에서 겪는 인지상정인지도 모른다.

[민병희의 세한도]

추사의 유배생활이 길어지자 사람들은 역시 추사를 멀리하기 시작했다. 그런데 제자 이상적만은 변함없이 스승 김정희의 안부를 물으며 챙겼다. 유배가기 전이나 유배간 뒤에나 그리고 5년이란 시간이 흘렀어도 언제나 변함없이 자신을 대하고 있는 제자 이상적의 행동을 보면서 김정희는 문득 《논어論語》 '자한子罕편'의 한 구절을 떠올렸을 것이다. '세한연후지송백지후조歲寒然後知松柏之後凋'라는 구절이다. 추운 겨울이 되어서야 소나무와 잣나무가 시들지 않는다는 사실을 알게 된다는 의미다. 겨울이 되어야 소나무나 잣나무가 시들지 않는다는 사실이 느껴지듯이 김정희 자신도 어려운 지경이 되고 나서야 진정한 우정의 의미를 알게 되었던 것이다. 《사기》 '백이열전伯夷列傳'에서 사마천도 《논어》자한편의 이 구절을 인용하기도 했다. 세상이 혼탁할수록 청렴한 선비와 진정성 있는 마음이 눈에 띈다는 뜻을 사마천도 강조한 셈이다. 부귀를 중하게 여기는 속인의 처사와 부귀를 가볍게 여기는 청렴한 선비의 처사는 극단적으로 대비된다.

추사는 제자 이상적이야말로 공자가 인정했던 송백松柏과 같은 사람이라는 걸 깨달았다. 무언가 선물을 하고 싶었지만 멀리 유배된 신세에 할 수 있는 것은 아무 것도 없었다. 이상적과 따뜻한 마음을 나눌 수도 없고, 그렇다고 그에게 돈으로 보답할 수도 없는 일이었다. 할 수 있는 거라곤 자신의 마음을 전하는 것뿐이었다. 그림을 다 그린 김정희는 <세한도>라는 제목과 함께 '우선시상藕船是賞'이라고 썼다. 우선藕船은 이상적의 호인데, 풀이하자면, '이상적은 감상하시게나!' 라는 의미다. 김정희는 그림에 마지막으로 인장을 하나 찍었는데, '장무상망長毋相忘'이었다. 이것은 '오래도록 서로 잊지 말자'는 뜻이다.

중국 후한 광무제 때 신하 가운데 송홍이란 인물이 있었다. 그는 청렴결백할 뿐 아니라 유능해 황제의 신임이 두터웠다. 그 무렵 광무제의 딸인 호양 공주가 남편을 잃고 홀로 되었다. 이에 광무제는 자신이 늘 보아왔던 송홍의 인물됨에 이끌려 그를 사위로 삼으려는 뜻을 품었다. 호양 공주 또한 송홍을 마음속에 두고 있었으나, 광무제 부녀는 송홍이 이미 부인이 있었기 때문에, 이에 두 사람은 송홍의 의사를 확인하기로 했다. 광무제는 공주를 병풍 뒤에 숨게 한 뒤 송홍을 불러들여 "옛말에 이르기를 고귀한 사람은 남과 사귀기 쉽고, 부유한 여자는 누구든 데려가려 한다는데 그대는 어떻게 생각하는가?"라고 물었다. 이에 송홍은 "어려울 때 사귄 우정은 결코 잊어서는 안 되고, 조강지처는 절대 버려서 안 된다고 생각하옵니다. 빈천지교 불가망 조강지처 불하당貧賤之交 不可忘 糟糠之妻 不下堂"이라고 답했다. 이 대답을 들은 황제 광무제는 송홍이란 인물이 부인을 버리고 공주를 택할 리가 없음을 깨닫고, 사위삼기를 포기했다. 빈천지교 불가망貧賤之交 不可忘이라는 고사의 유래다.

추사 김정희의 <세한도>와 중국 후한시대 송홍의 고사를 떠올리면서 우리 주변의 인간관계를 되돌아보지 않을 수 없다. 기쁘고 즐거울 때보다 어렵고 힘든 시절을 함께 버티고 위로해준 인간관계의 소중함을 잊지 말아야 할 것이다. 좋을 때는 사람들이 몰려들고, 나쁠 때는 사람들이 썰물처럼 빠져나가는 세태를 부인하고 싶지만 한편으로는 인정할 수밖에 없는 것이 우리네 삶과 인간관계인지도 모른다. 오죽하면 정승 집의 개가 죽으면 문상객이 넘쳐나지만 정승이 죽으면 문상객이 없다는 말이 있겠는가. 사마천은 《사기》에서 이를 문전성시門前成市 문전작라門前雀羅라고 표현했다. 아무것도 없었던 고시준비생 시절 나와 어려움을 함께 나눴던 진정성 있는 벗들을 현재도 잊을 수 없는 까닭이다. (2018년 11월)

돈으로 살 수 없는 것들

미국의 정치철학자 마이클 샌델Michael Sandel은 《돈으로 살 수 없는 것들》이라는 책에서 우리가 모든 것을 사고 팔 수 있는 사회로 치닫고 있다며 몹시 걱정했다. 그러면서 이렇게 걱정하는 이유로 '불평등'과 '부패'를 꼽았다. 좋은 것이라면 무엇이든 사고파는 세상에서는 부자인지 또는 가난한지의 기준이 '돈'이 되고, 결국 돈이 모든 차별의 근원으로 자리 잡을 것이라고 걱정했다. 우리들 삶 속에서 대단히 중요하고 무엇보다 우선인 도덕과 양심조차 경제 가치로 변질되고, 도덕과 양심마저 돈으로 거래되면 세상이 뒤죽박죽, 엉망진창이 될 우려가 크다. 부패와 도덕이 섞여서 무엇이 부패인지 도덕인지 분간조차 할 수 없게 된다. 옳고 그름은 사라지고, '돈'이 옳고 그름을 판단하는 상황이 닥친다.

올해(2012년) 12월의 대통령 선거를 앞두고 여당과 야당의 모든 유력 대선후보들이 경제민주화와 사회 양극화 해소를 주요 공약으로 내걸고 있다. 그런데 각 후보가 내세우는 공약의 실천의지와 진정성 여부는 차치하고라도 보수성향의 후보조차도 경제민주화와 사회 양극화 해소를 이야기하고 있는 사실을 보면 현재 우리 사회의 불평등 상황이 얼마나 심각한 수준인지를 가늠해 볼 수 있다.

물론 보수성향의 준비된(?) 여성 대통령 후보는 최근 기존의 경제민주화 공약에서 상당히 후퇴해, 성장과 경제민주화를 동시에 추진하겠다는 투트랙two-track 전략을 발표했다. 아마도 지금 우리 사회의 문제점들을 인식하지 못해서라기보다는 보수대연합을 끌어내고, 자신의 주요한 지지기반인 보수층들을 위한 득표 전략으로 보인다.

그러나 이러한 투트랙 전략이 실행되면 삼성이나 현대와 같은 대기업들의 부가 늘어나서 국가경제의 규모가 커질 것이고, 이로 인해 시민들의 삶이 개선될 거라는 이른바 '낙수효과'를 기대하겠지만, 잘못된 신기루라는 사실을 금방 깨닫게 될 것이다. 최근 우리는 '낙수효과'의 부질없음을 충분히 경험한 바 있다. 기업이 잘 되면 기업 소유자가 부자 되지 노동자가 부자 되는 건 아니다. 장사가 잘 되면 건물주가 부자가 되지 세 낸 사람이 부자 되는 건 아니다. 체인점이 잘 되고 늘어나면 본사 소유자가 부자 되지 체인점주가 부자 되는 건 아니 지 않던가.

2012년 12월, 지금 이 시점에서 우리들에게 필요한 것은 '돈으로 사게 해서는 안 되는 것'과 '돈으로 팔게 해서는 안 되는 것'이 무엇인 지 진지하게 고민하고 토론해 공적 공감대를 형성하는 일이다. 돈으 로 사고 팔 수 없는 대표적인 것이 '사랑'이다. 사랑은 인간의 본성과 존엄에 관한 가치다.

성장위주 사회, 성과주의 사회, 물질만능주의 사회에서 벌이는 '시 장논리'가 우리 삶의 구석구석을 잠식해가고, 그 폐해는 더 심화될 것 이 예상되어서 걱정스럽다. 시장의 문제, 경제의 문제, 생활의 문제는 별개가 아니다. 모두 정치의 문제로 직결되기에 사회적 가치와 윤리 적 가치를 기반으로 하는 정치가 얼마나 중요한지, 우리 사회의 구조 를 결정하는 국가지도자의 선택이 얼마나 중차대한 문제인지 긴장 하면서 주의를 기울여야 한다. 선거에서 막연한 개인적 호불호의 측 면으로 접근해서도 안 되고, 지연과 학연 등 나와 인연으로 접근해서 도 안 된다. 후보를 살필 때 삶의 이력과 지향하는 가치를 들여다봐야 할 뿐만 아니라 무엇보다 그 후보를 떠받치고 있는 세력에 대한 고민 도 함께 이뤄져야 현명한 선택을 할 수 있을 것이다. (2012년 12월)

1%의 탐욕

인생을 살아가면서 우리는 누구나 크고 작은 '좌절'을 경험한다. 좌절은 견디기 힘들지만 적절한 '좌절'과 '결핍'은 오히려 인격의 성숙도를 높이는 자양분이 되기도 한다. 어린 시절에 자기가 '가지고 싶은 것을 가졌던 경험이 많은 사람'은 어른이 되어 부족한 것이 생겨도 스스로 채울 줄 모르는 사람이 되기 쉽다. 반면 동생이나 다른 식구에게 양보하면서 자랐거나 부모님의 확고한 교육철학 또는 어려운 가정 형편으로 '가지고 싶은 것을 갖지 못한 경험이 있는 사람'은 남을 배려할 줄 아는 인격체로 성장할 가능성이 높다.

요즘 스스로에게나 자녀들에게 무엇이든 대신 모두 해주려고만 하는 부모들이 많다. 문제는 나와 내 자녀 챙기기에 몰두한 나머지 다른 사람과 조화로운 삶은 팽개칠 우려가 있다는 점이다. '나와 내 자녀만 잘 되면 그만'이라는 식의 이기주의를 앞세우느라 다른 사람에게 주는 피해에는 눈을 감아버리기 일쑤다. 갈수록 물질은 풍요로워지는 사회가 되는데 오히려 인간성은 갈수록 가난한 시대가 되어가고 있다.

'1%의 탐욕이 99%의 행복을 빼앗는다'는 구호가 미국의 월스트리트를 중심으로 시작됐고, 세계로 확산돼 유행하고 있다. '부'든 '권력'이든 사회계층의 최상위에 있는 1%에 지나치게 집중됐다는 뜻이고, 사회 양극화가 심화되고 있는 현실을 지적하는 표현이다. 우리나라에서도 막대한 부와 센 권력을 가지고 있으면서도 그것에 만족하지 못하고, 더 많이 가지려고, 더 힘을 얻으려고 불법까지 저지르는 경우가 많다.

그리스 철학자 아리스토텔레스Aristoteles는 "행복은 자족 속에 있다"고 말했다. 행복은 하루하루 성실하게 일하며, 사랑하며, 좋아하는 일에 열정을 다하고, 주어진 것에 감사하는 삶에게 찾아오는 것이 아닐까. 요즘 이른바 '절망 범죄'와 '비관 자살'이 늘어나고 있다. 이러한 문제는 사회의 건강성과 사회안전망이 나빠지고 있다는 징후다. 우리가 함께 행복할 수 있는 방법은 없을까. 사회 건강성 회복에 우리가 힘과 슬기를 모아야 할 때다.

자신은 잔뜩 먹고 배를 두드리면서含哺鼓腹(함포고복) 정부가 소외 계층에게 쓰는 복지예산은 낭비라고 비난하는 이들이 있다. 그런 이기주의는 사회에 대한 원망과 무관심을 부추길 뿐 아니라 사회 양극화 문제를 심화시키는 도화선이 되기도 한다. 사회 양극화로 생긴 절대빈곤층과 취약계층의 삶을 국가와 사회가 사회보장제도, 사회안전망 등을 통해 따뜻하게 감싸야 한다. 이는 우리 모두의 행복을 지키는 일이기도 하다. (2012년 11월)

제 2 부

변론
경험담

법과 도덕 사이에서

세상을 살다보면 애써 모른 척하고 넘기면 편할 상황을 만나게 된다. 의뢰인을 위해 변호하는 과정에서도 애써 모른 척하고 넘어가면 구체적 타당성은 어긋날지라도 법적으로는 아무런 하자가 없는 경우를 접할 때가 있다. 실정법과 일반 국민의 법 감정이나 상식 사이에 괴리가 있을 때가 그런 경우다. 물론 가장 안전한 방법은 '법대로' 하는 일이다. 법률과 판례에서 벗어나게 되면 자칫 어설픈 정의감으로 사실관계를 있는 그대로 받아들이지 못하고, 편견으로 일처리를 그르치는 경우가 생길 수 있다. 무엇보다도 법적인 권리자의 이익을 침해하는 일은 또 다른 부작용을 초래할 수도 있다. 그럼에도 누군가를 변호하거나 대리하면서 기계적으로만 법을 해석하고 변론하기에는 너무도 난감한 상황에 직면해 법과 도덕 사이에서 갈등할 때가 종종 있다.

몇 해 전에 자동차를 운전하던 중 교통사고를 내서 오토바이 운전자를 사망에 이르게 한 피고인의 변호를 맡은 적이 있었다. 교통사고로 인한 형사사건은 피해자나 피해자의 유족과 합의가 피고인의 양형에 참작할 가장 중요한 정상 관계다. 그런데 이 사건의 합의 과정에서 문제가 발생했다. 이 사건 교통사고로 사망한 피해자는 부인과 이혼하고 자신의 어머니 집에 살면서 어머니의 도움을 받아 어린 딸을 키우고 있었다. 이 교통사고로 아버지를 잃은 어린 딸은 하루아침에 생계가 막막한 처지가 되었다. 그러나 법적으로는 피고인이 형사합의금을 지급하고, 합의를 해야 할 사람은 피해자의 어린 딸을 실질적으로 부양하고 있는 할머니가 아니라 피해자와 이혼한 뒤 어디에 사는지도 모르고 몇 년 동안 딸과 연락도 하지 않고 살아 온 피해자의 부인이었다. 아이의 친권자가 아니었던 부인이 남편의 사망으로 인해 갑자기 아이의 친권자로 부활되는 상황이었기 때문에 변호인으로서 무척 난감했다.

냉정하게 평가한다면 법적인 친권자인 이혼한 피해자의 부인과 합의하고, 재판부에 피해자의 유족과 합의되었다는 정상자료만 제출하면 편할 일이다. 그런데 갑작스런 아들의 죽음으로 인해 망연자실한 피해자의 노모와 당장 학비와 생활비 걱정을 해야 할 피해자의 어린 딸이 자꾸 눈에 밟혀 마음이 괴로웠다. 번거로움을 감수하고서 이혼한 부인과 피해자의 어머니를 모두 만나서 여러 차례 설명도 하고 읍소를 한 끝에 합의금을 양측이 서로 적정하게 나누는 방식으로 원만한 합의가 이뤄졌다.

이 사건에서 변호인이 주선하고 노력한 합의는 법적인 합의와는 거리가 먼 사회윤리적인 합의라는 생각이 든다. 사회윤리적인 합의 시도는 이 사건처럼 합리적인 양보가 이뤄지면 아름다운 일이 되겠지만 경우에 따라서는 변호인으로서 주제넘은 일을 하는 것이라고 양쪽으로부터 모두 욕만 얻어먹을 수도 있는 위험한(?) 일이 될 수도 있다.

이 사건의 경우로 보면 단독친권자가 갑자기 사망한 경우 이혼 당시 친권자가 되지 못했던 배우자의 친권이 당연 부활해 친권자가 되는 것은 문제가 있다. 생존 부모의 양육능력과 자녀의 의사가 고려되지 않기 때문이다. 다행히 민법이 개정되어 단독친권자가 사망하거나 친권을 상실한 경우 가정법원이 필수적으로 생존하는 전 배우자의 양육능력과 양육 상황을 심사해 친권자를 지정하도록 바뀌었다. 친권자로 부적절하다는 판단이 나온 경우에는 조부모 등 적합한 사람을 미성년자의 후견인으로 선임하도록 한 것이다.

법이 개정되었지만 가정법원이 생존하는 전 배우자의 양육능력이나 양육 상황을 객관적으로 심사하는 기준에 대한 고민은 여전히 남는다. 생존배우자가 지금까지는 사망하기 전의 단독친권자 때문에 미성년 자녀를 제대로 돌보지 못했지만 앞으로는 유일한 친부모로서 잘 돌보겠다고 주장하는 경우를 상정해 보자. 그 주장이 사망보험금이나 위로금을 노린 인면수심人面獸心의 행위인지 진정한 양육의사의 표현인지 심사하는 것은 결코 쉬운 일이 아니다. 친권상실의 판단기준과 더불어 단독친권자가 사망했을 때 생존하는 전 배우자의 양육의사와 양육능력, 양육 상황을 판단하는 기준에 대한 구체적 사실관계에 대한 고민이 필요하다고 하겠다.

변호사로서 구체적 사건에서 당사자들과 상담하다보면 법률의 규정에 대한 해석이나 현재의 대법원 판례의 내용에 비추어 법리적으로는 패소가 예상되지만 구체적 타당성의 측면에서는 판례변경의 필요성이 있거나 최소한의 합리적인 조정이라도 이뤄졌으면 하는 사건을 만나는 경우가 적지 않다. 이럴때 법의 형식논리에만 매몰되지 않고, 주변의 어려움이나 구체적 타당성을 애써 외면하지 않는 자세가 변호인에게 필요하다. 때로 수고로움과 번거로움을 기꺼이 감수하는 노력이 이어진다면 법조인에 대한 신뢰가 높아지고, 우리 사회의 건강성을 회복하는데 도움이 되지 않을까. 법률과 기존의 판례대로만 접근하면 편리하고, 당사자의 구체적 사정을 귀담아 들어수는 일은 번거로울 수 있다. 그렇다고 부지불식간에 익숙한 편리함을 좇아 당사자들의 이야기를 외면하면 '법의 도덕성'을 외면하는 일이 될 것이다. (2012년 7월)

《전두환 회고록》에 대한 출판 및 배포금지 사건

○ 역사의 아이러니 《전두환 회고록》

1997년 12·12와 5·18재판을 통해 두 명의 전직 대통령인 전두환과 노태우는 사법적 단죄를 받았다. 5·18은 특별법 제정과 더불어 '광주민주화운동'으로 명명되었다. 2011년 5·18기록물은 영국의 '대헌장', 미국의 '독립선언문', 프랑스의 '인간과 시민의 권리에 관한 선언' 등과 마찬가지로 인류의 역사에서 길이 빛날 '유네스코 세계기록유산'으로 등재되었다. 그러나 우리 사회 일각에서는 '일베'(일간베스트 저장소, 극우와 뉴라이트 성향의 커뮤니티 사이트)를 비롯한 극우 선동가집단이 여전히 5·18의 원인과 성격, 진행과정을 심각하게 왜곡하고 있다. 북한군이 5·18 당시 광주에 내려왔고, 시민군 가운데 복면한 사람들은 북한군이라는 얼토당토않은 주장을 계속 유포하고 있다. 심지어는 더 나아가 5·18이 민주화운동이 아니라 북한군 특수군 600명이 개입한 반란이자 폭동이라는 도를 넘는 허위주장까지 하는 지경에 이르렀다.

《전두환 회고록》은 이와 같은 역사왜곡의 정점에 있다고 보인다. 전두환은 그동안 한 번도 '북한군 개입설'을 주장하지 않았고 언급조차 하지 않았으나, 2017년 4월 출판한 자신의 회고록에서는 기존의 입장을 번복하면서까지 '북한군개입설'을 주장하기 시작했다. 북한군 개입설을 주장하는 이유는 5·18 당시 국군은 무고한 양민을 학살한 적이 없다는 전두환 자신의 궤변을 완성시키기 위한 것으로 보인다. 지만원 등의 허위주장처럼 북한군이 개입했다고 하면 광주시민들은 양민이 아니고 불순분자로 취급되어 살상해도 무관한 대상으로 평가할 수 있기 때문에 이와 같은 무리수를 둔 것으로 추정된다.

전두환을 비롯한 신군부세력은 헬기사격 문제에 관해서도 현재까지 완강하게 그 사실을 부정한다. 헬기를 이용한 사격은 5·18민주화운동 기간 자행되었던 계엄군의 폭력이 자위권적 차원에서 불가피하

[왜 나만 갖고 그래?]

게 이뤄졌던 것이며, 폭력 진압을 할 수밖에 없었다는 신군부 진압논리의 허구를 단번에 뒤집는 결정적 증거이기 때문이다. 민간인에 대한 헬기사격은 야만적인 학살이지 결코 그들이 주장하는 자위권과 관계 지을 수 없다.

5·18민주화운동 당시 군사 정권의 계엄령에 맞섰던 수많은 광주시민들은 무고하게 목숨을 잃거나, 상해를 입거나, 연행되었으며, 그로 인한 신체적 피해와 정신적 트라우마는 38년이 지난 2018년 현재까지도 5·18민주화운동 관련자와 가족들을 괴롭히고 있다. 또한 5·18민주화운동 관련자들은 지역감정을 자극하고 이데올로기적 편가르기를 시도하는 일부 세력들로부터 '빨갱이', '간첩'이라는 오명을 뒤집어쓰고, 오랜 시간 동안 인격권마저 침해받아 왔다. 그럼에도 《전두환 회고록》이 대형 서점의 베스트셀러 목록에 들어 있는 '뒤집힌 현실'을 바로잡아야겠다는 생각에서 《전두환 회고록》과 관련한 민사와 형사 사건을 모두 대리하게 되었다.

지난 2016년 6월 《월간 신동아》에서 전두환·이순자 부부의 인터뷰 기사를 읽은 적이 있었다. 당시 전두환·이순자 부부는 "5·18에 북한군이 개입했다는 것은 금시초문"이라며 "그 주장은 지만원이라는 사람이 하는 주장이다. 지만원의 주장을 연희동(전두환)의 주장과 연결시키지 말라"는 취지로 인터뷰를 했다. 그러나 전두환은 불과 1년도 지나지 않은 2017년 4월, 지만원 등의 주장을 거의 그대로 가져와 《전두환 회고록》을 출판했다. 《전두환 회고록》은 지금까지 지만원과 일베 등 5·18 왜곡세력을 중심으로 주장되어 왔던 북한군개입설 등 허위사실을 대부분 옮겨와서 집대성(?)했다는 의심을 지울 수 없다.

전두환이 5·18 왜곡·폄훼 세력의 '주장'을 대부분 그대로 옮겨온 것은 통상 자기가 경험하고 체험한 것을 기록하는 '회고록의 취지'에 어긋난다. 또한 전두환은 스스로 《전두환 회고록》의 서문에 본인과 5·18은 무관하며, 당시 계엄군의 투입과 작전 지휘에 채무자 전두환이 관여한 바가 없다고 주장하고 있다. 자신이 경험하지 않은 내용이라고 하면서도 '5·18 사태의 실체에 관한 논란'이라는 소제목 하에 상당 분량으로 해명을 늘어놓고 있는 것은 그 자체가 모순이다.

한편 지만원은 북한군 개입설 등 터무니없는 허위사실을 여러 차례 주장했다가 법원으로부터 출판물에 의한 명예훼손죄 등으로 유죄(광주지방법원 2002고합594호 출판물에 의한 명예훼손죄와 사자명예훼손죄)가 선고되었고, 출판 및 배포금지 가처분 결정이 인용(광주지방법원 2015카합636호 발행 및 배포금지 가처분, 광주지방법원 2015카합749호 가처분 이의)되었다. 2018년 9월 현재 정보통신망 이용촉진 및 정보보호 등에 관한 법률위반(명예훼손)죄 등으로 기소되어 피고인으로 병합된 4개 형사사건(서울중앙지방법원 2016고단2095호, 2016고단9358호, 2017고단4705호, 2017고단8331호)의 재판을 받고 있다.

《전두환 회고록》과 관련한 형사사건으로는 광주지방검찰청이 2018년 5월 고故 조비오 신부에 대한 사자명예훼손 혐의로 광주지방법원에 기소한 사건이 있다. 5·18 당시 계엄군 헬기의 기총소사를 조비오 신부가 목격했다는 사실에 대해 전두환은 회고록에서 "광주사태 당시 헬기의 기총소사는 없었으므로 조비오 신부가 헬기사격을 목격했다는 것은 왜곡된 악의적인 주장이다. 조비오 신부는 성직자라는 말이 무색한 파렴치한 거짓말쟁이다"라고 적어서 고故 조비오 신부의 명예를 훼손한 혐의다. 이 사자명예훼손 사건의 피고인 전두환의 형사재판은 현재 광주지방법원 형사8단독(2018고단1685호)에서 계속 진행 중에 있고, 나는 피해자들의 고소 대리인으로 형사재판에 관여하고 있다.

《전두환 회고록》과 관련한 민사사건으로는 2017년 8월과 2018년 5월, 두 차례에 걸쳐 출판 및 배포금지 가처분신청이 인용되었고, 위 가처분에 대한 본안소송(손해배상청구와 출판 및 배포금지 청구)도 광주지방법원 민사 제14부에서 2018년 9월 인용되었다. 나는 위 가처분사건과 본안사건을 모두 대리인으로 변론했다.

《전두환 회고록》에서 허위사실을 적시한 부분은 처음 출판 및 배포금지 가처분 사건에서 문제 삼았던 것보다 훨씬 많다. 채권자들과 대리인들은 최대한 신속하게 출판 및 배포금지 가처분 심리와 판단을 받기 위해 논란의 여지가 적고 객관적으로 사실 확인이 가능한 최소한의 필요 범위 안에서 우선 가처분신청을 했고, 광주지방법원은 지난 2017년 8월 4일 가처분을 인용하는 결정을 했다. 전두환은 법원에서 가처분이 인용된 부분을 검정색으로 가리는 편법으로 최근 《전두환 회고록》 1권을 다시 출판하는 무리수를 두었다. 전두환이 《전두환 회고록》을 재출판하는 행위가 오히려 법원의 가처분결정에서 다뤄지지 못했던 나머지 허위사실들을 추가적으로 문제제기하고 바로잡는 기회를 제공한 셈이 되었다.

[아! 금남로여]

　　장훈 감독의 5·18 영화 <택시운전사>가 1,200만 명이 넘는 관객을 동원하며 우리 사회에 큰 반향을 일으켰다. 그러나 실제 5·18은 영화의 내용보다 더 참혹하고 비참했다. 영화는 작품성과 흥행성, 관람자의 나이 등을 고려해 시민에 대한 살상행위를 완화시켜 표현했기 때문이다. 영화 <택시운전사>에 등장하는 독일인 외신기자 힌츠페터Hinzpeter가 촬영한 실제 영상, 5·18의 실록이라고도 평가받는 책인 《죽음을 넘어 시대의 어둠을 넘어》(이재의, 전용호), 최근(2017년) 전남대학교병원이 출판한 《5·18 10일간의 야전병원》(조영국, 노성만, 김신곤, 박영걸, 김현종), 그리고 유네스코 세계기록유산으로 등재된 5·18 당시 기록물 등을 살펴본다면 더 현실적인 역사를 접할 수 있다.

5·18기념재단을 비롯한 《전두환 회고록》의 민사재판 채권자들은 공적 사안에 대한 개인의 비판을 침묵시켜서 5·18을 성역화하거나 신화를 만들고자 하는 것이 아니다. 이 사건의 가처분신청을 통해 채무자이자 저자인 전두환과 그의 아들이자 출판자인 전재국이 '합리적 의사형성 기회를 차단'하는 것과 '역사를 왜곡하는 허위사실 기재행위'를 금지하고 싶을 뿐이다. 《전두환 회고록》에 대한 법원의 출판·배포 금지 가처분결정과 1심 본안 판단이 선고되었지만 법률적 대응은 끝이 아니라 이제 시작이다. 5·18 역사왜곡 행위는 인터넷을 중심으로 여전히 현재진행형이고, 앞으로도 해결할 숙제가 많기 때문이다. 전두환과 지만원 등을 중심으로 독버섯처럼 퍼지고 있는 5·18 역사왜곡 행위에 대해 가처분, 손해배상청구, 형사고소 등을 통해 끝까지 법률적으로 대응할 생각이다.

5·18 당시 북한군개입설이나 헬기사격, 암매장 등 상당한 쟁점에 대해 5·18 진상규명조사위원회의 활동이 개시되기 이전에 다행히 대부분의 쟁점에 대해 사법부의 판단을 받아볼 수 있었다. 객관성이 담보된 사법부의 판단이 특별법을 통한 진상규명 활동의 긍정적 디딤돌이거나 촉매제로 작용하리라 믿는다. 문재인정부의 공약사항이기도 한 5·18정신의 헌법전문 수록, 발포명령자 찾기 등 남은 문제들을 규명할 수 있도록 진상조사 활동에도 대한민국의 힘이 모아지기를 기대한다.

《전두환 회고록》의 출판은 전두환의 출판의도와는 달리 오히려 5·18 진상규명의 계기가 되고, 사법부 판단을 받을 수 있도록 기회를 제공한 계기가 되었다는 생각이다. 역사의 아이러니가 아닐 수 없다. (2018년 9월)

국정원 댓글 관련 모해위증사건

박근혜 전 대통령의 구속이 '국가적인 불행'이고 '안타까운 일'이라는 일부의 시각이 있다. 그러나 박근혜 전 대통령의 구속은 《한비자》에 나오는 '법불아귀法不阿貴'나 헌법 교과서에 나오는 '법 앞에 평등'이 공허한 명목상의 내용이 아니라 우리 사회 현실에서 실질적으로 적용될 수 있다는 것을 보여준 것이라고 봐야 한다. '법불아귀'는 법은 귀한 사람이라고 아부하지 않는다는 뜻으로 법 집행은 공정하고, 법률은 모든 사람에게 평등해야 한다는 말이다. 박근혜 전 대통령의 구속은 더 성숙한 법치주의와 민주주의 사회로 가는 과정이기도 하다. 《한비자》에서 '귀한 사람'은 고귀한 사람이라는 의미가 아니고, 춘추전국시대 당시의 특권층인 귀족 등을 지칭하는 말이었다. 이를 현대적 의미로 해석한다면 법은 특권층인 전직 대통령이라고 하더라도 아첨하지 않고, 법 앞에 만인은 평등하다는 의미로 풀이할 수 있다.

공자의 학설을 따르고 연구하는 유가儒家에서는 서민 계층을 위로 올려 귀족처럼 '예禮'로써 다스리자 했다. 도덕보다 법을 중요하게 여겨 형벌을 엄하게 해야 한다는 법가法家에서는 귀족 계층을 아래로 내려 서민과 마찬가지로 '형刑'으로써 다스리자 했다. 법가의 출현 이전에는 '예'가 서민에게 내려가지 않고, '형'은 귀족에게까지 올라가지 않는다는 특권의 논리가 당연한 것으로 받아들여지고 있었다. 박근혜 대통령 탄핵 이전 몇 년 동안의 대한민국은 기원전 춘추전국시대의 법가가 출현하기 전 상황과 비슷하다고 하더라도 그리 어색하지 않다.

2012년 12월, 18대 대통령 선거과정에서 발생한 국가정보원 사건, 이른바 국정원의 불법적인 정치개입 사건은 미성숙한 대한민국 민주주의의 민낯을 적나라하게 보여줬다. 원세훈 전 국정원장에 대한 국정원법위반과 공직선거법위반 재판에서 '정치개입은 맞지만 선거개입은 아니다'는 제1심의 판결을 두고, 당시 현직에 있던 어느 부장판사는 '지록위마 판결'이라고 비판하기도 했다. 《사기》의 '진시황본기'에 나오는 지록위마指鹿爲馬는 환관 조고가 어린 황제 호해에게 사슴을 바치면서 말이라고 하는데도 신하들은 조고의 위세가 두려워 아무도 사슴을 사슴이라고 말하지 못했다는 데에서 유래한 고사성어다.

사실이 아닌 것을 사실로 꾸며서 강제로 인정하게 만든다는 뜻을 가진 '지록위마'는 흑백이 뒤바뀌고 진실이 숨겨지는 상황에서 어김없이 인용되는 문구다. 2014년 교수신문은 올해의 사자성어로 지록위마를 선정했다. 그만큼 당시의 우리 사회가 온갖 거짓으로 가득했고, 거짓이 진실로 둔갑하는 경우가 많았다는 말이리라. 대한민국의 지성이라는 교수들이 만든 신문이 여러 사건의 본질을 호도하는 정부를 비판하는 의미도 있었다. 오죽하면 지록위마를 선정했을까. 국정원 직원들의 조직적인 댓글 등 정치개입사건과 그에 대한 수사와 재판상황은 권력자들의 뜻에 따라 거짓이 진실이 되는 모습이었다. 하지만 진실을 지키려는 사람들의 부단한 노력이 우여곡절을 거친 끝에 최근 그동안 가려졌던 은폐된 진실들이 조금씩 햇빛을 보고 있다.

나는 지난 18대 대선과정에서 제기된 국정원의 댓글공작사건 수사과정에서 외압이 있었다고 양심선언을 한 당시 수서경찰서 권은희 수사과장이 오히려 모해위증 혐의로 거꾸로 기소된 사건을 변호했다.

모해위증죄謀害僞證罪는 법률에 의해 선서한 증인이 피고인이나 피의자 또는 징계 혐의자에게 해를 끼칠 목적으로 허위 진술을 하는 죄를 말한다. 2015년 8월 처음 변호를 시작할 때는 마음이 무거웠다. 당시 현직이었던 박근혜 대통령의 정통성에 문제를 제기하는 사건일 뿐만 아니라 대한민국 사회전반에 보수화가 가속화되고 있을 때라서 합리적인 문제제기가 설 자리는 점점 좁아지고 있었기 때문이다. 진실을 말한 이가 도리어 진실을 밝혔다는 이유로 재판에 넘겨진 것 자체가 '지록위마'와 같은 역설적 상황이었다.

권은희 수사과장이 자신이 경험한 사실을 기억과 다르게 허위 증언한 사실이 없기에 모해의 목적은 더욱 인정되기 어려웠다. 나는 유무죄에 대한 결론을 떠나서 다만 역사의 법정에 기록을 남기겠다는 마음으로 변호를 시작했다. 권은희 수사과장은 이 사건 이후 현실정치에 입문해 재선 국회의원이 됐다. 현실정치인으로서 권은희에 대한 호불호와 공과에 대한 평가는 엇갈릴 수 있지만, '수사과장 권은희의 양심선언'은 자칫 은폐될 뻔했던 국정원 정치개입사건을 세상에 드러냈고, 진실 앞에 마주하게 된 계기를 만들었다는 것은 오롯이 평가되어야 한다.

제1심인 서울중앙지법 형사합의부 재판정과 광주를 1년 동안 스무 번에 걸쳐 왕복하면서 경찰청장, 서울경찰청장, 서울경찰청 경찰관, 수서경찰서장, 수서경찰서 경찰관 등 13명의 증인신문을 하고 장

[국정원, 너는 누구냐?]

시간의 프레젠테이션을 거친 뒤 최후변론 끝에 지난 2016년 8월 26일 검찰이 기소한 4가지 공소사실 전체에 대해 무죄선고를 받았다.

국정원의 정치개입사건에서 사법부의 최종 판단이 만시지탄晩時之歎이지만 사필귀정事必歸正으로 마무리되었다. 하늘의 그물은 크고 넓어 엉성해 보이지만 부정의를 벌하는 데 빠뜨리지 않는다는 사실이 새삼스럽게 다가왔다天網恢恢 疎而不失(천망회회 소이불실), 《노자도덕경》.
참으로 다행이고 변호인으로서 보람을 느꼈다.

　최근 국정원이 특수활동비를 전용해 댓글 아르바이트를 고용하는
등 조직적으로 댓글공작을 했을 뿐 아니라 이를 은폐한 정황들이 속
속 드러나고 있다. 민주국가의 정보기관이라면 정치적 중립을 지키는
품격을 보여야 할 텐데 그렇지 못한 것이다. 국가정보원의 올바른 자
리매김은 안정된 사회를 유지하는 데에 그 바탕을 둔다. 보수와 진보
의 문제로 따질 일은 더욱 아니다. 오히려 진보진영보다 보수진영에
서 더 지켜야 할 가치인지도 모른다. 프랑스 계몽사상가 몽테스키외
Montesquieu는 국가와 정부를 별개의 개념으로 구별했다. 이는 정보원
도 특정한 정부를 지탱하는 '정부 정보원'이 아니라 영속하는 대한민
국을 지키는 '국가 정보원'이 되어야한다고 풀이할 수 있다.

　국정원의 불법적인 정치개입, 박근혜 정부 비선실세들의 국정농단
사태 등을 거치며 이제는 특권층이나 사회 강자에 대한 예외 없는 법
치, 형평성 있는 법 집행, 신상필벌信賞必罰의 필요성을 느낀다. 한비자
가 말했다. 법은 귀한 사람이라고 아부하지 않고法不阿貴(법불아귀), 먹줄
은 나무가 굽었다고 구부려 쓰지 않는다繩不撓曲(승불요곡). 아무리 대신
이라도 잘못을 저지르면 형벌을 피할 수 없고刑過不避大臣(형과불피대신),
착한 행동을 칭찬하고 상주는 일에는 평범한 백성이라도 빠뜨려서는
안 된다.賞善不遺匹夫(상선불유필부). (2018년 4월)

한상률 국세청장에 대한 명예훼손 사건

○ 땅콩에 담긴 피고인의 마음

2011년 가을에도 '그'는 땅콩을 정성스럽게 담아 사무실로 가져왔다. 지난 2009년, 사건이 발생하고 수사기관의 수사와 재판을 받으면서 그는 변호인인 나에게 가을이 되면 땅콩으로 마음을 전하고, 아무 말 없이 돌아가곤 했다. 직장을 잃고 기소되어 기피인물로 낙인찍힌 그는 아르바이트조차 할 수 없어서 고향인 섬마을에서 틈틈이 땅을 일구고 땅콩을 길렀다. 봄에 땅콩을 심고 여름동안 땀 흘리고 가을에 한 알이라도 상하지 않도록 쇠스랑으로 정성스럽게 땅콩을 거두어 하나씩하나씩 껍데기를 까서 상자에 담아 가져왔다. 그는 땅콩으로 마음을 건넸고, 나는 그의 땅콩에서 진정성을 느꼈다.

대법원은 2년 5개월에 걸친 '그'에 대한 법적 분쟁을 마무리했다. 검찰이 기소한 정보통신망 이용촉진 및 정보보호 등에 관한 법률위반(허위사실 적시 명예훼손)죄에 대해 그가 국세청 내부통신망에 올린 글은 허위사실로 평가할 수 없고, 비방의 목적도 인정되지 않는다는 취지로 대법원이 무죄를 확정한 것이다. 1심은 허위사실은 아니지만 비방의 목적은 있다며 유죄를 인정한 반면에 항소심은 그에게 비방의 목적도 인정되지 않는다는 취지로 무죄를 선고했다. 대법원은 유죄와 무죄로 엇갈린 1심과 2심의 판결 내용을 모두 무죄로 확정했다.

나는 이상갑 변호사와 이 사건을 공익소송으로 공동 변호했다. 사건의 쟁점은 그가 게시한 글이 허위사실인지, 비방할 목적이 있었는지 여부에 달려 있었다. 민주주의 국가인 우리나라에서 그가 국세청 내부통신망에 한상률 전 국세청장을 비판하는 글을 올렸다는 사실만으로 형사 처벌하는 것이 과연 합리적인지 나는 동의할 수 없었다. 표현의 자유는 다른 기본권에 비해 우월한 가치이기 때문이다.

법정에서 그를 변호하면서 먼저 허위사실 적시와 관련한 변론에 있어서 한상률 전 국세청장의 전군표 전 국세청장에 대한 그림 로비, 국세청장 유임 청탁을 하려고 대통령 친인척이나 지인들과 골프 및 저녁 모임을 가진 일, 박연차가 운영하는 재계 600위권의 지방중소기업인 태광실업에 대한 서울지방국세청 조사4국의 이례적 세무조사의 배경 등 그가 전산망에 올린 글은 언론이 이미 보도한 사실이었음을 상기했다. 그가 한상률 전 국세청장의 부적절한 골프 모임과 이례적인 세무조사 지시에 대한 배경 및 이로부터 제기되는 강연 활동과 사회공헌 활동의 진정성에 대해 의문을 제기한 것은 허위사실을 적시한 것으로 볼 수 없다는 취지의 변론이었다. 결국 법원은 그의 글이 허위사실이라고 단정하기 어렵고, 설령 허위사실이라고 가정하더라도 여러 사정에 비춰 그에게 허위 사실에 대한 인식이 있다고 보기도 어렵다고 판단했다.

비방의 목적과 관련한 변론에서는 한상률 전 국세청장이 사인이 아닌 공적 인물, 그것도 고위 공직자라는 점, 그의 글이 순수한 사적인 영역이 아닌 공공성과 사회성을 담고 있는 점, 특히 피해자인 한상률이 국외로 도피성 외유 중이고, 한상률이 피고인인 그에 대한 처벌 의사를 밝힌 적도 없으며, 명예훼손의 소지를 스스로 자초한 사실로 보아 그에게 비방의 목적이 없다는 취지의 변론을 했다. 이에 대해서도 법원은 "피고인의 글이 거칠고 정제되지 않은 측면은 있으나 전직 대통령의 서거와 관련해 국민과 언론에 비판받는 국세청이 도덕성과 신뢰를 회복하기 위해 책임자의 사퇴와 수뇌부의 결정을 촉구한 이상 공익을 부정하고 비방할 목적이 있었다고 볼 수 없다"고 판단했다.

유엔 표현의 자유 특별보고관인 프랑크 라뤼Frank La Rue가 2010년 5월에 정부초청으로 우리나라를 방문한 적이 있다. 프랑크 라뤼 특별보고관은 한국방문 기간 중에 이례적으로 광주를 방문했고, 이 사건으로 재판받고 있는 '그'를 만나고 싶다는 의사를 변호인에게 전해왔다. 나는 이 사건을 공동 변호한 이상갑 변호사와 그와 함께 프랑크 라뤼를 만났다. 프랭크 라뤼와 우리 일행은 이 사건을 통해서 '민주주의'와 '표현의 자유'가 불가분의 관계라는 의견을 나눴고, 인식을 공유했다. 프랑크 라뤼는 '미네르바' 박대성씨 사건'과 '문화방송 <PD수첩> 사건' 그리고 '그'에 대한 사건을 대한민국에서 벌어진 표현의 자유 침해 사건의 대표적 3가지 사례라고 지적하면서 지대한 관심을 표명했다. 한국방문을 마치고 출국하면서 가진 특별 기자회견에서도 프랑크 라뤼는 표현의 자유와 이 사건에 대한 언급을 상당부분 할애했다.

민주주의 사회에서 표현의 자유는 다수결을 통해 국민주권주의의 이념을 현실화한다. 하지만 경쟁과정에서 패배한 소수자의 의견 개진과 표현 또한 안정된 균형 사회로 이끄는 역할을 한다. 다수결도 중요하지만 소수자의 표현도 중요한 가치가 있다. 대의민주주의에서도 다양한 의견들이 자유로운 토론을 거친 뒤 찬반 등을 통해 다수의견이 되고, 여론을 형성한다. 다양한 의견과 자유로운 토론은 불가결(不可缺, 없어서는 안 될)의 전제가 되고, 자유로운 의견 표현 없이는 의견 형성 자체가 불가능하다는 것은 두말할 필요가 없다.

2년 5개월 동안 그를 변호하면서 하루하루 고통스러워하는 피고인인 '그'를 지켜보는 마음은 무겁고 착잡했다. 비록 현재는 법원에 의해 무죄가 선고되고 원직 복귀가 결정되었다고 하더라도 마냥 기뻐할 수만도 없는 노릇이다. 공권력이 마음만 먹으면 비판적 표현 행위자를 징계하고, 수사를 통해 일정기간 겁주고 위협하는 것이 가능한 우리 사회의 비민주성을 절감했기 때문이다. 표현에 대한 자기검열과 위축 효과의 폐해가 그에게 고스란히 남아있고, 변호인이었던 나에게도 씁쓸한 맛을 남겼기 때문이다.

'그'는 아들에게 부끄럽지 않은 아버지가 되고 싶어서 그동안의 힘든 시간을 버텨왔다고 말한다. 그는 변호인인 나에게 늘 미안하고 고맙다고 말하지만 오히려 나는 그가 고맙다. 이 사건을 통해서 많이 느끼고 배웠으며, 좋은 변호사는 못 되지만 나쁘지 않은 변호사라는 위

안도 받았으니까. 세속적인 변호사로 흐르던 나에게 다시 초심을 붙들게 한 사건이기도 했다. 덤으로 그의 정성스런 마음이 듬뿍 담긴 땅콩까지 얻었으니 얼마나 고마운가! 이제 와서 이름을 밝히건대, 그는 당시 나주세무서에서 재직했던 김동일 씨다. (2012년 1월)

* **미네르바 사건**: '미네르바'란 이름으로 포털사이트 다음 아고라에서 활동한 인터넷 논객 박대성 씨 사건. 미네르바는 2008년 7월, 미국의 서브프라임 모기지 사태가 대한민국에 영향을 줄 것이라며 생필품을 사두라는 등 100여 편에 달하는 세계경제와 한국경제에 대한 글을 올렸다. 얼마 뒤 실제 리먼브라더스가 파산했고, 그가 예측한 환율 변동과 주가지수가 실제 경제상황과 맞아 떨어지자 누리꾼들과 언론의 관심을 받았다. 그 뒤 미네르바가 대한민국 정부는 7대 금융기관과 주요 수출입 관련 기업에 달러 매수를 금지 할 것이라는 글을 올리자 기획재정부는 그 내용이 사실무근임을 밝혔고, 검찰은 박대성 씨를 허위사실유포 혐의로 체포·구속했다. 박대성 씨는 무죄로 풀려났다. 박씨는 자신에게 적용된 조항인 전기통신기본법 47조 1항에 대해 헌법소원심판을 청구했고, 결국 위헌판결을 받았다.

미쓰비시 여자근로정신대 손해배상청구 사건

2018년 11월 29일 대한민국 대법원은 역사적 판결을 내렸다. 일제강점기 당시 여자근로정신대 피해 할머니들이 미쓰비시를 상대로 제기한 손해배상 청구 소송에서 피해 할머니들의 청구를 인용하는 승소판결을 확정한 것이다. 꽃다운 나이에 미쓰비시중공업에 동원되어 강제노동 피해를 입은 여자근로정신대 할머니들은 감격했다. 할머니들 재판은 2008년 11월 11일 일본에서 시작되었는데 일본 최고재판소에서는 패소했지만, 대한민국 대법원에서는 최종적으로 승소한 것이다. 한국에서 다시 소송을 시작할 당시 재판뿐만 아니라 1인 시위

등 역사 정의 바로 세우기에 앞장섰던 이들이 바로 '근로정신대 할머니와 함께하는 시민모임'과 '민주사회를 위한 변호사 모임 광주전남지부' 변호사들이다.

민변 광주전남지부 변호사들은 2009년 10월부터 2010년 7월까지 광주광역시청 맞은편 미쓰비시자동차 광주전시장 앞에서 시작된 '미쓰비시 사죄, 배상촉구 1인 시위'를 함께 했다. 특히 2010년 3월부터는 매주 월요일 2명씩 당번제로 1인 시위 현장에 합류해 힘을 보태기도 했다.

이상갑 변호사는 2010년 6월 당시 민변 광주전남지부장으로서 양금덕 근로정신대 피해 할머니와 함께 미쓰비시중공업 본사가 있는 일본 도쿄 항의방문단에 참석해 삼보일배 시위를 벌이기도 했다. 이후 2010년 11월부터 2012년 7월까지 16차례에 걸쳐 진행된 미쓰비시 측과 협상에서는 피해자 측 대표로 나서 협상을 이끌기도 했다. 그러나 안타깝게도 미쓰비시와 협상은 2012년 7월 6일 결렬되고 말았다.

그 사이 2012년 5월 24일, 대한민국 대법원은 1965년 국가 사이에 있었던 한·일청구권협정에도 불구하고, 일제치하 강제징용 피해자들의 개인청구권이 소멸되지 않고 인정된다는 역사적인 판결을 선고했다. 위 대법원 판결을 계기로 피해 할머니 5명은 광주지방법원에 미쓰비시를 상대로 손해배상청구의 소를 제기했던 것이다. 1인 시위 현장에 동참했던 민변 광주전남지부의 22명의 변호사들은 근로정신대 피해 할머니들의 곁을 함께 지켜 왔고, 기꺼이 원고의 소송대리인을 자청했다. 그리고 마침내 2018년 11월 29일 소송제기 후 6년 1개월 여 만에 대법원에서 근로정신대 사건 최초의 승소판결을 이끌어냈다.

변론을 주도한 이상갑 변호사와 김정희 변호사를 비롯한 민변 광주전남지부 변호사들의 수고와 헌신에 경의를 표하고 싶다. 미쓰비시 근로정신대 피해자 손해배상청구소송 대리인단은 앞으로도 일본 정부와 미쓰비시의 진정한 사죄와 실질적인 배상이 이루어지는 그날까지 최선을 다할 것이다.

근로정신대 할머니와 함께하는 시민모임에서 소송대리인단에게 주신 감사패의 내용과 민변 광주전남지부의 공익변론상의 내용을 소개하면 다음과 같다.

감사패

미쓰비시 여자근로정신대 대법원 승소 원고 소송대리인단

변호사 강부원, 김상훈, 김정우, 김정호, 김정희, 김현무, 문영곤, 박인동, 박지현, 소병선, 오대한, 이상갑, 이성숙, 이소아, 임선숙, 임태호, 정다은, 정인기, 최목, 최정희, 홍지은, 홍현수

귀 소송대리인들은 시대의 아픈 역사에 귀 기울이며
미쓰비시 사죄촉구 1인 시위현장을 함께 지켜온 데 이어
여자근로정신대 손해배상청구 소송을 이끌어
마침내 피해 할머니들의 눈물을 닦아 주었습니다.

여자근로정신대 소송 최초로 대법원 확정판결이 내려진 2018년 11월 29일!
이 날은 한일 과거사에 대한 대한민국 사법주권을 바로 세운 날이자,
피해자들이 광복 73년 만에 한 인간으로서 명예와 존엄을 회복한 날입니다.
일제 전범기업 뒤에 '김앤장'이 있다면, 우리 곁에는 '민주사회를 위한 변호사 모임 광주
전남지부'와 '원고 소송대리인단'이 있습니다. 역사 정의를 실현한 승소판결이 있기까지
행동하고 실천한 귀 소송대리인들의 용기와 헌신은 영원히 기억될 것입니다.
각별한 노고에 깊이 감사드리며, 회원들의 마음을 담아 이 패를 드립니다.
2018년 12월 14일
근로정신대 할머니와 함께하는 시민모임

공익변론상

미쓰비시 근로정신대 피해자 손해배상청구소송 대리인단

변호사 강부원, 김상훈, 김정우, 김정호, 김정희, 김현무, 문영곤, 박인동, 박지현, 소병선,
오대한, 이상갑, 이성숙, 이소아, 임선숙, 임태호, 정다은, 정인기, 최목, 최정희, 홍지은, 홍현수

74년의 억울함이었고, 19년의 간절함이었습니다.
당신은 근로정신대 할머니들이 서러운 눈물을 흘릴 때 그 곁을 지켜주었고,
목이 메었을 때 그 이야기에 귀를 기울였습니다.
당신이 있었기에 그들이 포기하지 않았고,
당신의 말과 글을 통해 그들의 이야기가 세상에 널리 알려질 수 있었습니다.
당신이 근로정신대 할머니들과 함께 한 시간을
우리는 민변의 이름으로 자랑스럽게 기억하겠습니다. 그 마음을 담아 이 패를 드립니다.
2018년 12월 14일
민주사회를 위한 변호사 모임 광주전남지부

한총련 의장 국가보안법위반 사건(최후변론)

변호인이 이 사건 피고인을 변호하면서 주변의 아는 사람들에게 듣는 가장 흔한 내용이 아직도 시국사건으로 구속되는 사람들이 있느냐는 물음입니다. 제가 그렇다고 답하면 대부분 요즘 국가보안법 개폐를 논의하는 시대가 맞느냐며 놀라곤 합니다. 1993년 문민정부가 출범한 이후 무려 14년 가까이 흘렀고, 지식정보화 사회로 접어든 현재의 시점에서 학생운동을 하다가 구속되는 대학생들의 모습은 일반인들에게 생경함 그 자체이기 때문일 것입니다. 그러나 해마다 시국사건이나 그와 거의 유사한 범죄혐의로 구속되어 재판받는 피고인들이나 대학생들이 꾸준히 있습니다. 이렇게 되풀이 되는 현실을 지켜보는 제 마음도 편치는 않습니다.

피고인과 같은 학생운동을 하는 젊은 대학생들의 주장은 기성세대의 시각에서는 다소 현실성이 결여된 철없는 주장처럼 보이고 구체적인 대안제시가 결여된 급진적인 이상론으로 비추어질 수 있다고 생각합니다. 그러나 한편으로는 젊은 대학생들의 이런 문제제기가 없는 사회는 사회발전의 동력을 상실한 사회가 아닌가하는 생각도 합니다. 이미 사회화된 기성세대의 주장과 생각은 사회를 유지하고 지켜서 안정감을 주는 역할을 하는 것이 사실이지만 젊은 세대의 문제제기 없이는 사회발전을 기대할 수 없기 때문입니다. 젊은 세대의 문제의식 표현은 건강한 민주주의 사회의 일부이며, 일정 영역에서는 기성세대가 갖지 못하는 부분을 보완하는 측면이 있음은 부인할 수 없는 사실입니다. 젊은 대학생들의 문제의식이 다소 편향되고 급진적이라고 하더라도 이를 수용하는 문제는 우리 사회의 성숙도를 가늠하는 척도라고 할 것입니다.

저는 국가보안법의 개폐가 논의되는 현재의 상황에서 우리 대한민국 사회가 젊은 세대를 포용하고 계도할만한 역량이 충분히 있다고 자부합니다. 민주사회는 다양성이 보장되어 다양한 목소리를 들을 수 있고, 특히 소수자의 의견에 귀를 기울일 줄 알아야 합니다. 사회구성원은 각자의 의견을 개진하는 방법으로 참여절차를 보장받고 그런 뒤 사회적 합의와 시스템에 승복하는 구조가 정착될 때 민주사회가 더 성숙되고 완성된다고 생각합니다.

존경하는 재판장님!

피고인 ○○○가 제13기 한총련 의장으로서 수배생활을 해 온 점, 2007년 6월 28일 구속된 이후 2개월째 수감생활을 하면서 자신의 삶에 대한 진지한 성찰의 시간을 보내고 있는 점, 이 사건 이외에는 아무런 전과가 없는 초범인 점, 2학기 복학을 앞둔 전남대학교 응용화학공학부 대학생인 점 등 피고인의 제반 정상관계를 참작하시어 피고인에게 법이 허용하는 최대한의 관용을 베풀어 주시길 간절히 바랍니다.

한총련의 입장에 동의하는 문제와 그러한 젊은 대학생들을 형사처벌의 대상으로 삼아 구속시키고 교도소로 보내는 문제는 비슷하게 보이지만 전혀 차원이 다른 문제라고 생각합니다.

에블린 비트리스 홀*은 '볼테르의 신념'을 설명하면서 '나는 당신의 생각에 동의하지 않는다. 그러나 당신이 그런 생각을 가졌다는 이유만으로 탄압받는다면 당신을 위해 끝까지 싸우겠다'고 말한 바 있습니다. 본 변호인이 이 사건을 변호하고 있는 이유도 마찬가지입니다.

마지막으로 독일의 마르틴 니묄러Martin Niemöller목사의 고백을 소개하면서 변론을 마칠까 합니다.

독일의 히틀러는 제2차 세계대전 당시 무려 600만 명의 유대인들을 죽였습니다. 독일의 루터파 교회 목사였던 마르틴 니묄러는 반공주의자였습니다. 니묄러는 1930년대 후반에 히틀러가 집권하자 처음에는 히틀러를 지지했습니다. 그러나 나중에는 히틀러의 독재에 반대하다가 강제수용소로 끌려갔습니다. 니묄러는 1945년이 되어서야 연합군에 의해 풀려났는데 석방된 뒤 그는 다음과 같이 고백했다고 합니다.

나치는 먼저 공산당을 잡으러 왔다.
나는 공산당원이 아니었으므로 침묵했다.
나치는 그 다음엔 유대인을 잡으러 왔다.

나는 유대인이 아니었으므로 침묵했다.

나치는 그 다음엔 노조원을 잡으러왔다.

나는 노조원이 아니었으므로 침묵했다.

나치는 그 다음엔 카톨릭 교도를 잡으러 왔다.

나는 카톨릭 교도가 아니었으므로 침묵했다.

나치는 그 다음엔 나를 잡으러왔다.

그 순간에 나를 위해 나서는 사람이 아무도 없었다.

젊은 대학생들의 문제의식을 무조건 국가보안법이라는 실정법으로 규율하고 처벌해 사회로부터 일정기간 격리시킬 것이 아니라 그들의 문제의식을 넉넉하게 포용하고 제도권 사회 안으로 수용해 정화하고 포용하기를 기대합니다. 우리 사회가 정화 능력이 있고, 젊은 세대의 다소 편향된 문제의식도 건강하게 포용하는 성숙된 사회임을 확인시켜 주시기를 간절히 바랍니다.

2007. 8. 28.

피고인 ○○○의 변호인

변호사 김정호

---

* 에블린 비트리스 홀 (Evelyn Beatrice Hall): 《The friends of Voltaire》란 책을 썼다. '나는 당신의 생각에 동의하지 않는다. 그러나 당신이 그런 생각을 가졌다는 이유만으로 탄압받는다면 당신을 위해 끝까지 싸우겠다'는 말은 '표현의 자유'에 대한 볼테르의 신념을 요약한 말로 알려졌다. 모든 인류 가운데 단 한 사람이 다른 생각을 가졌다고 그 사람에게 침묵을 강요하는 일은 옳지 못하다. 자기와 생

각이 다르다고 다른 사람에게 침묵을 강요해서도 안 된다. 자신의 뜻과 다르더라도 말하고 행동할 자유는 보장돼야 한다는 지극히 당연하고도 단순한 원리는 민주주의의 밑바탕이다. 존 스튜어트 밀은 《자유론》에서 설령 잘못되었더라도 그 의견을 억압하는 것은 진리를 더 명확하게 드러낼 수 있는 소중한 기회를 놓치는 결과를 낳는다고 말했다.

변호인의 선입견

헌법 제27조 제4항은 '형사피고인은 유죄의 판결이 확정될 때까지는 무죄로 추정된다'라고 해 무죄추정의 원칙을 규정하고 있다. 명백한 범죄사실 앞에 죄 있는 사람을 빠짐없이 벌하고자 하는 입장에서만 보면 피고인을 범죄인으로 간주하지 말라는 헌법의 요청은 납득하기 어려울 수 있다. 그러나 '열 사람의 범인을 놓치는 한이 있더라도 한 사람의 죄 없는 사람을 벌해서는 안 된다'는 말처럼 죄 없는 사람을 유죄로 오판할 수 있기 때문에 형사재판에서는 특히 더 신중해야 한다.

헌법과 형사소송법 교과서에서 강조하는 '의심스러운 때는 피고인의 이익으로in dubio pro reo'라는 무죄추정의 원칙이 실제 형사사건에서 제도적으로 구현되고 있는지는 의문이다. 지금까지 수많은 사건의 변호를 하면서 유죄의 예단 없이 피고인을 무죄추정의 원리에 충실하게 변호했었는지 되돌아보면 등골이 오싹해지는 서늘함을 느낄 때가 있다. 변호를 하는 내 선입견 때문에 생긴 부끄러운 경험들 때문이다. 변호인이 가지는 선입견의 문제점을 절실히 느끼게 해주었던 사건이 있었다.

피고인과 고소인은 모두 65세 가량의 여성이었다. 피고인은 재산 분쟁으로 고소인과 말싸움을 벌이다가 고소인의 멱살을 잡아 흔들고 손바닥으로 고소인의 얼굴을 5회 가량 때렸다. 또한 고소인의 얼굴에 침을 3회 가량 뱉고 손톱으로 손가락을 할퀴는 폭행을 가했다. 1시간 가량 입에 담지 못할 욕설을 하면서 소리를 지르고 난동을 부려 고소인의 영업장에서 업무를 방해했다는 공소사실로 기소되었다. 재판이 시작되기 전 수사기록과 관련 증거를 면밀히 읽어보고 검토한 결과 내가 변호해야 할 피고인이 당연히 유죄일 거라는 선입견을 가졌다. 고소인의 고소장에 피해사실이 구체적으로 적혀 있고, 피해 부위를 촬영한 사진과 목격자의 진술조서까지 합리적으로 제출되어 있었기 때문이다.

피고인은 혼자서 억울하다는 진술만 반복할 뿐 피고인의 변소(주장)를 뒷받침할 만한 아무런 증인이나 증거서류도 제출하지 못한 채 기소된 상태였다. 지금 생각하면 참으로 얼굴이 달아오르는 부끄러운 일이지만 당시에는 이 사건을 실형이 선고될 사건도 아니고 벌금형이 예상되는 사소한 사건으로 치부했다. 그래서 피고인을 변호한 것이 아니라 오히려 설득했다. "설마 고소인이 자해해서 피해사진을 촬영하고 목격자도 조작했겠느냐고, 자백하고 선처를 받는 것이 나을 것"이라고, 변호인의 유죄 선입견에 근거한 계속되는 설득에도 피고인은 너무 억울하다고 자신의 뜻을 굽히지 않았고 심지어는 눈물까지 흘렸다. 나는 그때서야 속는 셈치고 피고인이 주장하는 대로 믿어주는 것도 변호인의 역할이라는 의무감으로 변호를 시작했다. 재판이 진행되는 과정에서야 비로소 피고인에 대한 그동안의 선입견을 거둬들였다. 무죄선고를 이끌어내지 못하더라도 변호인으로서 피고인을 100% 믿고 최선을 다한 변호를 해야겠다고 다짐했다.

재판부는 피고인에 대해 무죄를 선고했다. 이 폭행사건의 목격자가 사건 당시 근무하고 있지 않아 피고인의 범행을 목격한 사실이 없다고 증언했는데, 수사기관은 목격자가 목격한 것을 전제로 조서를 작성한 것이다. 사건 당시 실제로 근무한 직원이 현장에 있었지만 피고인의 범행을 목격하지 못했고, 조서에 나오는 목격자는 당시에 근무하지 않았다고 진술한 점, 고소인이 피고인의 범행을 입증할 수 있는 결정적 증거인 폐쇄회로cctv의 녹화내용을 지운 이유가 석연치 않은 점 등을 근거로 재판부는 무죄를 선고했다. 제1심 법원의 무죄선고에 대해 검찰은 아주 이례적으로 항소를 포기했고, 피고인에 대한 무죄판결은 그대로 확정되었다. 고소인의 주장이 허위사실이라면, 법의 심판을 받아야 할 사람은 피고인이 아니라 피고인을 무고하고 증거를 조작한 고소인이었다.

피고인을 변호하면서 재판의 마지막 순간까지 두 여인의 상반된 주장 앞에서 실제 진실이 무엇인지 적잖이 당황하고 고민했다. 재판 결과를 받고 나서야 피의자와 피고인을 변호하는 변호인은 아무리 일상의 변호 업무에 익숙해지더라도 기록만 보고 선입견을 갖는 매너리즘에 빠지지 말고, 당사자와 제대로 대화를 해야 한다는 기본자세를 새삼 깨달았다. 수많은 재판에서 변호를 했고, 지금도 하고 있다. 아마도 변호사 업무를 그만 둘 때까지는 피할 수 없을 것이다. 사실관계는 당사자만 알 수 있고, 법률가는 법률을 알 뿐이다. 당사자와의 충분한 대화 이외에는 변호인은 수사기관이 아니기 때문에 사실관계를 제대로 파악할 수 있는 방법이 없다. 기록을 읽는 것은 편리하고 당사자와 대화는 번거롭다고 해서 기록으로만 선입견과 예단을 갖지 않도록 변호인으로서 돌아보고 또 돌아보겠다고 다짐한다. (2011년 6월)

청소년들의 성범죄

최근 우리 사회에는 인터넷에서 쉽게 접근할 수 있는 음란물 등 청소년에게 유해한 정보가 광범위하게 퍼져있다. 이러한 청소년 유해 환경 때문에 요즘 청소년들은 성性에 대한 윤리의식이 부족하고 성폭력에 대한 범죄의식조차 희미하다. 이제 청소년들의 성범죄 문제는 나와 상관없는 다른 사람의 문제가 아니라 누구나 가해자와 피해자가 될 수 있는 우리 자녀의 문제고, 이는 곧 우리의 문제로 다가와 있다. 우리가 느끼는 것보다 청소년들의 성범죄는 매우 심각하다.

2010년 변호를 맡았던 사건이 있다. 피고인 갑甲과 을乙은 고등학교 3학년 같은 반 친구로서 각각 만 18세와 만 17세의 남자 청소년이고, 피해자 병丙은 고등학교 1학년을 중퇴한 만 16세의 여자 청소년이었다. 피고인 갑과 을이 피해자 병을 함께 강간했다는 것이 공소사실이었다.

피고인 갑은 이 사건이 발생하기 약 1년 전에 피해자 병을 인터넷 채팅사이트를 통해 처음 만나 알고 있었고, 첫 만남에서 합의 하에 바로 성관계를 가진 상태였다. 피고인 갑과 피해자 병은 이후 한 번 더 만난 뒤 1년 동안 특별한 연락 없이 지내다가 이 사건이 발생하기 1주일 전에 피해자 병이 피고인 갑에게 문자메시지를 보내면서 다시 연락하게 됐다. 피해자 병은 1년 만에 문자메시지를 보낸 뒤 이 사건이 발생하기까지 1주일 동안 하루에 10회 이상 전화를 하거나 문자 메시지를 보내 피고인 갑에게 만나자고 제안했다. 피고인 갑은 피해자 병으로부터 만나자는 제안을 여러 차례 거절하다가 결국 이 사건 당일 만나게 됐고, 피고인 병을 피고인 을의 집에 데리고 가서 영화를 보다가 피고인 을과 함께 성관계를 가졌다는 것이 이 사건의 요지다.

피고인들은 사건 당일 피해자의 신고로 체포되어 구속 기소되었다. 피고인들의 부모는 고등학생인 아들이 갑작스럽게 구속 기소되자 자세한 사건 경위도 모르고, 이 사건의 심각성도 인식하지 못한 채 우리 사무실을 찾아 왔다. 변호인인 나는 피고인들의 부모들에게 피고인들이 기소된 범죄는 성폭력범죄의 처벌 및 피해자 보호 등에 관한 법률로 보면 무기 또는 5년 이상의 유기징역에 해당하는 중대범죄임을 인식시키고, 우선 피고인들을 접견한 뒤에 이 사건에 이른 자세한 경위를 파악해야만 변론의 방향을 정할 수 있다고 설명했다.

피고인들을 수차례 접견 한 뒤 두 가지 점에 관해 상당한 고민을 했다. 첫 번째 고민은 피고인들의 인상착의나 접견 태도 그리고 학교의 생활모습 등이 지극히 일상적이고 모범적인 학생으로 보였다. 그래서 과연 특별한 범죄 전력이 없는 평범한 학생들이 이렇게 중대한 범죄(특수강간죄는 무기 또는 5년 이상의 징역에 해당해서 살인죄의 법정형과 비슷한 중대 범죄)를 쉽게 범해 기소되었는지에 대한 고민이었다. 두 번째 고민은 피고인들이 이 사건에 이른 경위에 비춰 무죄 주장을 할 것인지 아니면 공소사실을 자백하게 할 것인지에 대한 고민이었다. 피고인들을 접견할수록 사건의 실체에 더 가까이 접근할 수 있었고, 피고인들을 비롯한 같은 또래의 청소년들의 성에 대한 의식이나 성 경험 실태에 대해 많은 이야기를 나눌 수 있었다. 피고인들을 접견하면서 가장 놀랐던 것은 피고인들이 자신들의 범죄가 법정형인 살인죄와 견줄 만한 중대 범죄라는 사실을 전혀 알지 못하고 있었다는 점과 성폭력에 대한 가해의식조차 지나치게 약해 보였다는 점이다.

피고인들에 대한 보석허가신청을 하면서 공소사실에 대한 자백과 이 사건에 이른 경위와 피고인들의 정상관계에 대해 자세하게 기재해 재판부에 제출했다. 비록 피해자 병이 피고인 갑에게 호감을 가지고 있었고, 피고인 갑과 이 사건 발생 1년 전에 성관계를 한 사실이 있었다고 하더라도 피고인 을까지 가세해 성관계를 하는 과정에서 피고인 갑과 을의 공동행위에 의한 연이은 성관계가 피해자의 의사에 반해 강제적으로 이뤄진 사실을 부인하기가 쉽지 않았기 때문에 피고인들에게 공소사실을 자백하게 했다. 첫 번째 공판기일에서 피해자 병이 이례적으로 자진 출석해 피해자 입장에서 재정증인으로 진술했다. 공판기일 다음 날 피고인들의 부모와 피해자 부모사이에 피해자 병의 의사를 존중해 합의가 이뤄졌다. 피고인들은 보석으로 석방됐다. 재판부는 이 사건에 이른 경위와 피해자의 선처 탄원과 피고인들의 정상관계를 고려해 피고인들을 소년부로 송치하는 관용을 베풀었다.

특별한 범죄 전력 없이 학교생활을 성실하게 해왔고, 야간에는 어려운 가정형편 때문에 아르바이트를 하며 학비를 보탤 정도의 평범한 고등학생이 특별한 문제의식 없이 '특수강간'이라는 중대한 범죄를 저지르는 지경에 이르렀다. 피해자를 살펴봐도 인터넷 채팅 사이트를 통한 성관계에 매우 쉽게 노출되는 현실에 몹시 놀랐다. 이는 비단 일부 청소년들의 비행으로만 치부하고 넘어갈 수 있는 문제는 아니라는 생각이 들었다. 현재 청소년들의 성에 대한 의식과 실태를 정확히 파악해 청소년들에 대한 적극적이고 현실적인 성교육이 필요함을 깨달았다. 기성세대의 책임감을 동반한 우리 사회의 자정 노력에 대한 제도적인 대책 마련도 절실하다. 현재 우리 사회는 어른들이 생각하는 것보다 훨씬 심각한 비율로 청소년이 가해자 혹은 피해자로서 성범죄에 노출되어 있다. (2011년 3월)

국민참여재판의 피고인

민주주의가 발전하면서 세계의 사법권 영역도 직접민주제를 실현하는 쪽으로 나아가고 있다. 그러나 우리나라는 그동안 선출되지 않은 소수 직업법관이 사법권을 독점해 왔다. 이를 일본제국주의의 잔재인 '국민배제형' 형사재판이라 한다. 참여정부는 사법의 민주적 정당성과 국민의 형사재판에 대한 신뢰를 높이기 위해 '국민참여재판'의 도입을 추진했고, 마침내 지난 2008년 2월 대구지방법원에서 한국 사법역사상 처음으로 국민참여재판이 열렸다. 5년간 시범실시를 한 뒤 국민사법참여위원회를 구성해 우리나라의 사법 실정에 가장 적합한 형태를 결정하기로 한 것이다. 시범실시라서 배심원의 유무죄 평결은 권고적 효력만 있고, 피고인이 신청했을 때만 실시하고 신청했더라도 재판부의 결정에 따라 배제할 수 있도록 했다. 그런데 이 국민참여재판의 시범실시만으로도 실제 재판에서 억울한 처벌을 줄이는 등 긍정적 변화가 일어났다.

국민참여재판은 보통 두 가지로 나뉜다. '배심재판'과 '참심재판'이다. '배심재판'은 법률전문가가 아닌 일반 시민들이 참여해 유·무죄를 결정하고, 법관은 재판 진행만 담당한다. 주로 영국, 미국, 캐나다, 호주 등의 제도다. '참심재판'은 직업법관과 시민들이 함께 유·무죄를 결정하고 양형까지 판단한다. 독일과 프랑스를 비롯한 대부분의 유럽 국가들이 채택하고 있다. 우리나라 국민참여재판제도는 '배심재판'과 '참심재판'을 절충한 것이다.

국민참여재판에서 변호인으로서 피고인을 변호했던 3개의 사건 중 두 사건이 우연히 죄명과 사실관계 및 피고인이 범행에 이르게 된 경위까지 비슷해 변론경험을 소개하고자 한다. 2008년 국민참여재판이 도입된 뒤 광주지방법원에서 첫 번째로 진행된 사건과 2009년도 광주지방법원에서 마지막으로 진행된 사건으로, 두 피고인은 각각 20대 초반과 30대 후반의 여성이다. 두 사람 모두 평소 앓고 있던 우울증 때문에 자신이 낳은 아이를 살해한 공소사실로 기소된 공통점이 있었다. 2008년도 사건의 법률적 쟁점은 살인의 고의 인정여부와 우울증으로 인한 심신미약 감경 여부였다. 2009년도 사건은 피고인이 살인죄의 공소사실에 대해 자백한 상태였는데, 피고인에 대한 치료감호여부가 쟁점이었다.

두 사건 모두 피고인을 처음 접한 것은 사건기록을 통해서가 아니라 신문과 방송을 통해서였다. 그래서인지 변호인으로서 사건을 맡기 전에 솔직한 심정으로는 자신이 낳은 아이를 무참히 살해한 비정의 어머니라는 선입견을 가지고 있었다. 그런데 사건이 배당되어 국선변호인으로서 피고인과 수차례 접견하고 사건기록을 검토하는 한편 피고인 주변의 가족이나 지인들을 만나는 과정에서 최소한 피고인이 비정한 어머니의 모습으로만 일방적으로 매도되어서는 안 되겠다는 생각이 들었다. 피고인 역시 모성애를 가진 어머니이며, 정상적이지 못한 정신 상태에서 극심한 우울증으로 인해 이 사건을 저지른 것이 아닐까 생각하게 되었다.

먼저 공판준비절차를 통해 사건의 쟁점과 증거조사방법에 대한 정리를 했다. 국민참여재판이 일반재판과 가장 구별되는 공판절차의 특징은 배심원 선정절차를 통해 배심원을 선정하고, 선정된 배심원들을 공판절차에 참여시키는 일이다. 국민참여재판에서는 누가 배심원이 되느냐가 매우 중요하다. 변호인으로서는 유아에 대한 양육의 어려움과 우울증과 관련해서 피고인에게 불리한 심증을 형성할 우려가 있는 배심원후보자들을 적절히 배제하는 데에 상당한 노력을 기울일 필요가 있었다. 미혼인 젊은 남성이나 아이를 길러 본 적이 없는 고령의 남성의 경우 피고인들이 이 사건에 이른 경위와 우울증의 심각성에 대해 인식의 정도가 우호적이지 않을 가능성이 높기 때문이다. 배심원 선정이 마무리되고 난 뒤의 공판절차에서는 피고인들이 어린 시절부터 이 사건에 이르기까지 겪어온 삶의 무게와 이 사건 당시의 극단적인 상황 그리고 우울증의 심각성 설명에 대부분의 변론 시간을 할애했다. 국민참여재판은 전문지식을 가진 직업법관이 아닌 일반 시민들로 구성된 배심원을 설득해야 하는 재판의 특성상 어려운 법률용어의 사용을 최대한 자제하면서 사실관계와 피고인의 변소(주장)를 효과적으로 전달해야 하는 어려움이 있었다.

특히 변호인의 최후변론은 마지막으로 배심원들과 함께 이 사건의 실체적 사실관계와 피고인들에 대한 처벌여부를 고민해 보자는 의미가 있어서 사전에 변론 요지서를 작성해 이를 낭독하는 방식을 취하지 않았다. 공판과정에서 논의되었던 문제점을 간단히 적은 메모지 한 장만을 가지고 배심원석 앞으로 나아가 배심원들과 시선을 맞추면서 피고인에 대해 변론을 하는 방식을 선택했다. 이는 하루 내내 장시간 진행된 국민참여재판의 특성에 비춰 또다시 장문의 원고를 낭독하는 방식보다는 배심원들에게 대화하듯 호소해 공감대를 형성하는 것이 더 효과적일 것이라는 판단이 들었다. 또한 단 1회의 공판기일에 재판과 선고가 모두 이뤄지는 국민참여재판의 특성상 사전에 변론요지서를 작성하는 경우 정작 실제 재판에서 중요하게 공방을 벌였던 쟁점을 반영할 수 없는 한계가 있기도 했다.

2008년도 사건은 배심원들이 살인죄는 유죄로 인정하되 '심신미약' 주장을 받아들여 감경해 집행유예의 평결을 했고, 재판부도 이를 그대로 받아들여 선고했다. 2009년도 사건은 배심원들이 심신상실로 인정하고 전원 무죄의 평결을 했지만 재판부는 피고인의 범죄 당시 상태를 심신상실로까지 평가할 수는 없다고 지적하면서 일단 살인죄의 공소사실에 대해 유죄로 인정하되 '심신미약'을 근거로 감경해 집행유예를 선고하고 검사가 청구한 치료감호청구는 기각한다고 판결했다. 내가 만약 변호인으로서 피고인들을 만나지 않았다면 지금도 언론을 통해서 접한 선입견대로 자식을 죽인 비정한 어머니로만 기억하고 있을지도 모른다.

국민참여재판의 성과와 한계에 대해서는 현재도 논란이 계속되고 있다. 다만 재판자체의 효율성이라는 기능적인 문제점을 보완하고, 공판중심주의에 충실하면서도 일반 시민의 법 감정을 반영하자는 제도 자체의 도입 취지를 고민해야 한다. 제도개선에 대한 노력이 줄기차게 이뤄져 합리적인 국민참여재판 시스템이 마련되기를 바란다. (2010년 5월)

호남지역 최초 국민참여재판 사건(최후변론)

존경하는 배심원 여러분, 그리고 재판장님!

저는 아무런 원고를 준비하지 않았습니다. 검찰 측이 사전에 준비한 장문의 논리적인 의견문과 여러 가지 정황 증거에 대한 설명과 판단 그리고 구형의 근거에 대한 설명을 변호인도 잘 들었습니다. 제가 가지고 나온 것은 오늘 재판을 하면서 느꼈던 것을 단순하게 적은 메모지 한 장뿐입니다. 저는 배심원 여러분을 논리적으로 설득할 생각이 전혀 없습니다. 다만 제가 피고인을 70일 동안 접견하면서 이야기했던 부분과 최소한 피고인은 검찰이 말하는 그런 비정한 엄마의 모습으로 매도되어서는 안 된다는 저의 생각에 대해 말씀드리겠습니다.

제가 피고인을 처음 접한 것은 이 사건을 통해서가 아니라 언론의 보도, 다시 말해 신문과 방송을 통해서입니다. 이 사건을 맡기 전에 저 역시 자기 자녀를 무참하게 살해한 비정한 엄마라는 선입견을 가지고 피고인을 보았습니다. 그래서 몹시 분노했고, 매우 서글펐습니다. 피고인의 손에 살해된 피해자 '지민'은 제 딸과 똑같은 해, 똑같은 달에 태어난 아이였기 때문에 변호인이기 전에 한 아이의 아빠로서 더욱 화가 났고, 울화가 치밀기도 했습니다. '어떻게 저런 사람이 무책임하게 아이를 낳아서 그럴 수 있을까'라는 생각을 여러분과 똑같이 했던 자연인이었습니다. 그런데 이 사건이 저에게 배당되었고, 제가 국선변호인으로 이 사건을 맡으면서 피고인을 만난 결과 '최소한 이 사람이 비정한 어머니는 아니겠구나, 따뜻한 모성애를 가졌구나'는 생각을 했고, 순간적 실수는 했을지 몰라도 딸을 정말 죽였을 것이라는 생각은 들지 않았습니다.

제가 오늘 이 사건을 말하면서 한 사람의 마음을 다른 사람이 판단한다는 것이 얼마나 엄중해야 하는지, 우리가 살면서 세상에 대해서 어떤 판단을 한다는 것이 얼마나 무서운 것인지를 깨달았습니다. 오늘 배심원 여러분께서는 처음으로 국민참여재판에 참석하셨고, 우리 지역에서도 처음으로 국민참여재판을 하는 역사적인 순간입니다. 오늘 판단이 순간의 판단일 수도 있고, 수없이 고뇌한 판단일 수도 있습니다. 어떤 판단이라도 한 번에 나오는 것은 아닙니다. 제가 이 재판을 겪지 않고 언론으로만 사건을 접했더라면 제 마음속에 피고인은 이름도 기억나지 않는 비정한 어머니로 기억되었을 것입니다. 하지만 수차례에 걸친 면담과 기록을 통해서 만나 본 피고인은 그런 모습은 아니었습니다. 여러분들도 판단을 하면서 어떤 선입견이나 예단, 논리적인 흐름에 매몰되지 마시기를 부탁드립니다. 그때 당시 '엄마의 마음은 어땠을까' 신중하게 고민해주시고, 지금 이 자리에 서 있는 저 피고인의 마음은 어떨지 간절하게 헤아려주시기를 바랍니다.

진실은 무엇일까요? 검사는 피고인이 아이를 '무참히' 살해했다고 규정을 했지만, 오판의 가능성도 있습니다. 피고인이 자기 아이에 대한 살인에 '고의'가 있었는지 여부를 우리는 알 길이 없습니다. 저도 알 길이 없고, 우리 배심원 여러분들도 알 길이 없습니다. 신이 아닌데 우리가 어떻게 알겠습니까? 그 마음은 오직 피고인만이 알고 있을 것입니다. 검사님께서는 '명백히' 살인 의사가 입증이 되었다고 하는데 과연 그것이 명백한 것인지 저는 의문입니다. 우리가 알지 못하기 때문에 피고인이 과연 살인할 생각이 있었는지 그 속마음을 알아보려면 범행 전의 피고인은 어떤 사람이었고 범행 직후에 어떤 행동을 했는지를 살펴서 피고인의 생각을 간접적으로 미루어 판단할 뿐입니다. 하지만 그마저도 오류가 있을 수 있기 때문에 저는 조심스럽게 피고인의 범행 전의 모습과 범행 직후 피고인이 보인 행동에 대해서 말씀을 드리겠습니다.

피고인은 세 아이를 낳은 미혼모이고, 세 번째 아이를 낳은 뒤 두 번째 아이를 살해했습니다. 첫 아이는 입양을 보내 그 죄책감이 있었습니다. 피고인이 가정을 살펴보겠습니다. 아버지는 외항선원으로 거의 집에 들어오지 않았습니다. 어머니는 술에 의지하다 심장마비로 돌아가셨는데 피고인은 임종을 지켜보지 못했을 뿐만 아니라 돌아가신지 몇 달 지난 뒤에야 소식을 들었습니다. 첫 아이 입양에 대한 죄책감과 피고인이 가출해 어머니를 지켜드리지 못한 죄책감 또한 피고인이 우울증에 시달리는 원인이었습니다. 변호인은 피고인의 순간적인 책임 회피를 위해 갑자기 우울증 이야기를 꺼내는 것이 아닙니다. 이미 이 사건이 발생하기 3년 전인 2005년 3월부터 10회 이상 진료와 처방을 받았다는 사실이 명백한 기록으로 남아있습니다.

변호사로 일하면서 저는 수많은 피고인들을 만납니다. 당연히 '나쁜 피고인'도 만나고, 때로는 정말 '도와주고 싶은 피고인'도 만납니다. 그리고 피고인을 만났을 때 그 과정에서 '나쁜 피고인'을 위해 피고인에게 유리하도록 당시 피고인이 술을 조금 마셨지만 만취 상태였다고 말을 하기도 하고, 평소에는 조금의 우울증세가 있었지만 범행 당시에 심한 우울증세가 왔다고 다소 과장할 때도 있었습니다. 하지만 이 사건 피고인은 이 사건 범행과 관계없이 이미 3년 전부터 우울증에 대한 진료와 처방을 10여 차례 받은 기록이 있습니다. 이 점을 참작해 주십시오.

더구나 얼마나 힘이 들었으면 이 사건 범행 하루 전날 멀리 부산에 있는 병원에 전화를 걸어 너무 힘들다며 의사에게 처방전 발급을 요구했습니다. 피고인의 삶에 대한 불안감이 최고조에 달했고, 마지막 끈을 붙들 듯이 약에라도 의지해보려는 태도를 보인 것입니다. 의사는 직접 방문하지 않으면 처방전을 줄 수 없다고 했고, 피고인은 부산에 갈 차비마저 없는 상태였습니다. 이미 피고인은 10개월째 거의 방치되다시피 두 아이와 살고 있었고, 사건은 의사에게 전화를 건 그 다음날 벌어졌습니다.

검사님께서 말씀하신 상황은 보통의 엄마를 말씀하신 것입니다. 정상적인 생활을 하는 엄마 그러니까 사회적으로 충분히 가질 만큼 가지고 누릴 만큼 누리는 상태의 엄마로서의 도덕적 기준과 의무를 말씀하신 겁니다. 피고인은 갓 20세도 안 된 나이에 제왕절개 수술을 했는데도 1개월 동안 아무도 돌봐줄 사람이 없어 산후 조리도 제대로 못한 상태였습니다. 우울증에 산후우울증까지 겹쳤고, 그때는 18개월 된 둘째 아이를 부양하고 있었던 극단적인 상황이었습니다. 우리가 상상하지 못하는 비정상적인 생활이었습니다.

피고인은 지금의 시간을 다시 되돌릴 수만 있다면 둘째 아이 지민이를 낳고 나서 차라리 그때 그냥 미혼모 쉼터에 지민이를 맡겼더라면 이러한 참담한 상황까지 오지 않았을 것이라는 이야기를 여러 차례 되풀이했습니다. 피고인은 좋은 부모가 아니니까 해외에 입양 보내 더 좋은 환경에서 자랄 수 있게 했어야 했다는 말도 했습니다. 하지만 어린 피고인은 입양 보낸 첫째 아이에 대한 죄책감이 있었습니다. 3개월이 지나면 지민이가 어느 시설로 옮겨졌는지 확인도 어렵고, 해외로 입양이 되면 다시는 볼 수 없다는 생각에 이르렀습니다. 그때 피고인은 이미 월세도 못 내고 있었을 뿐만 아니라 생활비도 없는 상태인데 100만 원이라는 돈을 빌려서 지민이를 다시 데려와서 키웠습니다. 그때 피고인에게 100만 원은 엄청나게 큰돈이었지만 어떻게 벌어서 갚을까를 생각할 틈도 없이 빌렸습니다. 돈을 갚아나가야 할 미래를 생각하지도 못할 만큼 지민이를 보고 싶은 마음이 더 컸던 것입니다. 이것이 엄마의 마음입니다.

이것은 무엇을 방증하겠습니까? 첫 아이를 입양시켰다는 그 죄책감, 그리고 셋째를 낳은 뒤 두 달 동안 지민이를 보살피지 못한 엄마의 마음 아니겠습니까? 밥도 먹지 않고 울고만 있는 피고인을 보고, 피고인의 남편도 논리적으로 설명할 수 없기 때문에 능력은 없지만 다시 데려 왔을 것이라고 생각합니다. 불행은 거기에서부터 시작되었다고 생각됩니다.

피고인은 지민이를 집으로 데려와 최선을 다해서 키웠습니다. 최소한 셋째 아이가 태어나기 전까지는 말입니다. 우리는 여기서 또 보통의 질문을 할 수 있습니다. '왜 너는 능력도 안 되는 어린 아이가 스스로를 통제하지 못하고 피임도 하지 않았느냐, 능력도 안 되면서 왜 셋째를 낳았느냐' 하지만 그것은 우리의 생각입니다. 여기에 앉아 계신 배심원 여러분들처럼 사회적 경험도 있고 판단할 수 있는 능력이 있는 분들의 생각입니다.

20살도 안 된 어린 피고인은 사회적 경험을 쌓을 나이가 아니어서 통제 능력이나 판단 능력을 갖지 못했고, 또 주변의 도움을 받을 만한 상황도 전혀 아니었습니다. 우리가 약자에 대한 현실을 제대로 인식하고, 약자에 대한 배려를 다시 한 번 떠올려볼 대목입니다. 또한 피고인 본인도 원치 않은 임신이었다는 진료기록도 있습니다. 그런데 아이는 생겼고, 제왕절개로 아이를 낳았습니다. 제왕절개는 자연분만과 달리 사람의 배에 메스를 댄 수술이기 때문에 일반적인 산후조리와는 또 다른 개념의 회복절차가 필요합니다.

그런데 피고인의 남편도 고아고, 피고인 역시 고아입니다. 아이를 낳았지만 아무도 축하해 주는 사람이 없고, 반가워 해 주는 사람도 없었습니다. 피고인 뿐만 아니라 남편까지도 기쁨보다는 걱정하는 출산이었습니다. 치료비가 없어서 도망치듯 병원을 나와야 했습니다. 그날은 11월 20일 추운 겨울이었습니다. 그 차가운 11월 말에 난방도 되지 않는 원룸의 차디찬 방에 와서 피고인이 느꼈을 절망감과 외로움과 슬픔은 겪어보지 않았을 사람들에게 논리적으로 설명할 수가 없습니다.

이 모든 일들이 사건 당시 피고인의 행동을 정상적인 상태라고 평가할 수 없다고 변호인은 생각합니다. 이 사건은 일반적인 평범한 사람의 잣대로 젤 수 없는 사건입니다. 셋째가 태어나서 27일 만에 이 사건이 발생했고, 사건 하루 전 날 부산에까지 전화해 처방을 시도 했다는 정황을 통해 피고인이 얼마나 힘들었을까를 다시 한 번 살펴 주시고, 또 피고인의 모습을 보시고 저 모습이 아이를 무참하게 죽인 엄마의 모습인가를 살펴 주십시오.

피고인 본인은 '솔직히 기억이 안 납니다'고 진술했습니다. 제가 수사기관에서 왜 그렇게 일관되게 말을 했냐고 피고인에게 묻자 피고인은 솔직히 기억이 안 나고 자기도 모르게 목을 누르고 있었다고 대답했습니다. 그런데 지민이가 갑자기 캑캑거리면서 얼굴이 파랗게 질려 있어서 깜짝 놀라 손을 뗐다고 했습니다. 그때 이후 피고인이 보였던 행동을 말씀드리겠습니다.

피고인은 정신없이 남편에게 전화하고, 119에도 전화했습니다. 인공호흡을 하고 깨우는 과정에서도 계속해서 울먹였습니다. 검찰 측 증인조차도 피고인의 목소리가 당황하고 놀라고 울먹이면서 애를 구해달라는 엄마의 모습을 보였다고 했습니다. 평상시 우리가 생각하는 엄마의 모습과 하나도 다르지 않았다고 명백히 증언하고 있습니다. 검찰에서는 피고인이 의도적으로 아이의 목을 졸랐다는 것을 숨기고, 밀었는데 다쳤다고 하면서 사실을 은폐했다고 했습니다. 하지만 세상에 어느 부모가 의식이 떨어지고 호흡이 떨어진 딸 앞에서 사실을 은폐하려고 했을까요. 일단 살리겠다는 생각 외에는 아무 생각도 없었을 것이라고 생각을 합니다. 119 구급대원 역시 정상적인 엄마가 문제가 생겨서 당황하고 놀라고 울먹인다는 것만 느꼈지 무엇을 은폐했다는 느낌은 받지 않았을 것이라고 생각합니다. 그것은 사건이 발생하고 난 다음에 논리적으로 우리가 돌이켜보면서 '미필적 고의'를 입증하려고 찾아낸 논리라는 생각이 듭니다.

범행 전에 피고인이 가졌던 엄마의 마음을 다시 한 번 살펴보겠습니다. 3개월이 지나면 지민이를 다시는 볼 수 없다는 마음에 빚을 내서까지 데려왔습니다. 지민이 동생이 태어나기 전까지 자기의 모든 것을 버리고 진 재산을 동원해서 지민이를 돌봤습니다. 배심원 여러분께서 생각하시는 최선과 피고인 처지에서 했던 최선은 그 상황이 상당히 다릅니다. 생활비에서 아이의 학원비나 옷값으로 100만 원을 떼 놓는 경우와 아이를 데려오려고 100만 원의 빚을 내는 경우는 다릅니다. 달라도 아주 다릅니다.

이 사건 전날 부산까지 갈 교통비도 없으면서 처방을 통해서라도 본인을 통제하려던 그 마음, 사건 직후 경황없이 구조를 요청하고 인공호흡하고 안절부절 못하는 모습은 살인을 저지른 엄마의 모습이라고 결코 볼 수 없습니다. 그리고 때리기만 했다면 객관적으로 상해의 고의지만 목을 졸랐기 때문에 '이것은 살인이다'고 일반적으로 말할 수는 있습니다. 범죄자가 피해자를 전혀 모르는 일반인이라면 그 말은 맞습니다. 그런데 피고인은 일반인이 아니고 피해자의 엄마입니다. 피해자가 죽음으로 인해서 가장 고통 받고, 가장 죄스러워하고, 평생 가슴에 담고 살아야 할 그런 엄마입니다. 엄마가 과연 내 아기 죽어라 하면서 과연 목을 졸랐을까요. 피고인이 자신을 통제하지 못한 상태에서 발생을 했고, 아이가 캑캑거리는 순간 그때서야 놀라서 제 정신으로 돌아왔다고 보는 것이 더 사실에 근거합니다.

피고인은 살인죄와 상해죄로 기소되어 있습니다. 피고인의 무죄를 주장하고, 피고인이 석방되기를 바라고 이 사건 변론을 하고 있는 것은 아닙니다. 최소한 내 아이를 죽이려고 했던 그런 비정의 엄마는 아니라는 것을 변소(주장)하고 있습니다. 살인죄는 5년 이상의 징역입니다. 하지만 변호인이 주장하는 변소는 상해치사입니다. 상해치사도 3년 이상의 징역입니다. 3년 이상의 징역은 우리 법이 규정하고 있는 범죄 중 상당한 중형에 속합니다. 그리고 피고인도 범죄사실 제1항은 전부 인정하고 있어 7년 이하의 징역을 받을 수 있는 범죄를 그대로 자백하고 있습니다. 살인의 범의를 부인해 무죄로 방면되고자 하는 취지의 변호가 아닙니다. 피고인이 바라는 마음은 상해치사일 뿐입니다. 3년 이상의 중형, 똑같은 중형입니다. 다만 법률적 평가에 있어서 살인의 고의가 없다는 말을 하고 싶을 뿐입니다.

법을 공부하면서 가장 시험에 많이 나오는 문제가 '미필적 고의'와 '인식 있는 과실'의 구별입니다. 이것이 왜 시험에 많이 나오겠습니까. 수많은 학설을 우리가 말로 설명은 하지만 실제로는 그만큼 구별이 어렵기 때문입니다. 무슨 말인지도 모를 정도로 많은 판례를 몇 십 년 공부한 법률전문가도 쉽게 증명하지 못합니다. 몇 백년 된 독일이나 일본의 학설에 의해서도 그 판단 기준을 찾기가 어렵습니다. 그런데 변호사와 검사와 존경하는 재판장님이 할 일을, 오늘 여기 처음 오셔서 재판에 참여하시는 배심원 여러분에게 맡기고 있습니다. 저도 잘 모르겠습니다. 하지만 제가 만난 피고인은 그런 비정의 어머니는 아니었다는 점을 분명하게 말씀드리겠습니다.

우리 대법원 판례는 이렇게 명시하고 있습니다. '미필적 고의'와 '인식 있는 과실'은 구별이 어렵지만 본인이 범죄 발생의 가능성, 살인의 결과가 발생할 가능성을 인식했다는 것만으로는 살인의 고의가 아닙니다. '에이, 죽어도 할 수 없지, 죽어라'하면서 감수하고 묵인했을 때 살인의 미필적 고의를 인정하고 있습니다. 하지만 이것도 저희가 논리적으로 얘기하는 것이지 그조차 피고인의 심정을 함부로 예단하고 평가할 수는 없습니다. 피고인이 이 사건 범죄 전에 최선을 다해 보여주었던 엄마로서의 모습, 범죄 직후에 간절히 구조를 바랐던 그 모습, 그리고 여기 와서 진실로 눈물을 흘리는 저 모습을 보시고 과연 피고인에게 어느 누가 쉽게 얘기할 수 있겠습니까? 검사는 살인죄의 고의가 명백히 입증되었다고 하지만, 변호인인 저는 아무것도 입증된 것이 없다고 생각합니다. 그리고 다시 한 번 강조하는데 피고인이 순간적인 속임수로 무죄 방면을 받고자 하는 것이 절대 아닙니다. 범죄사실 제1항은 상해, 범죄사실 제2항 상해치사의 점을 전부 인정하고 이미 3년 이상의 중형이 예상되고 있다는 점을 분명히 밝힙니다. 사망에 상응하는 형량이고, 죽은 생명에 대한 존엄의 가치라고 생각합니다. 그래서 제가 주장하는 것은 무죄로 방면해 날라는 취지가 아니라 피고인의 행위에 상응하는 처벌과 양형을 정해 달라는 취지입니다.

그리고 심신미약에 대해서 얘기하겠습니다. 심신미약하면 여러분이 오해할 수 있습니다마는 정신병자여야만 심신미약은 아닙니다. 정상인이어도 술에 만취되었을 때, 사물을 변별하기 힘든 상태일 때, 범죄 전후의 상황이 잘 기억나지 않았을 때도 심신미약입니다. 피고인이 술을 먹었다고 한다면, 제가 배심원 선정절차에서 술을 좋아하지 않은 분은 전부 기피했을 것입니다. 왜냐하면 술을 마셔보지 않은 분들은 술을 마신 사람의 심리상태를 심신미약으로 평가해 주지 않을 가능성이 높기 때문입니다. 다만 피고인이 술을 마시고 이 사건 범행을 범한 것이 아니라 3년 전부터 앓고 있었던 지병인 우울증과 요즘 시대에는 거의 없어진 결핵까지 앓고 있었던 점이라는 사실입니다. 피고인은 정말 방치된 가여운 소녀에 불과합니다. 따지고 보면 애가

애를 낳아서 혼자 감당했습니다. 피고인이 조금만 영악하고 현명했다면 차라리 아이를 버리고 도망가서 살았으면 될 일입니다. 하지만 월세도 못 내는 상황에서 100만 원을 주고 아이를 데려온 그 심정을 보면 평상시에는 정상적인 엄마입니다. 다만, 극도의 수면장애와 생활고를 겪었음을 생각해 주십시오.

사건 무렵의 피고인의 생활을 다시 한 번 살펴보겠습니다. 2007년 11월 20일 제왕절개로 아이를 출산하고 산후 조리도 받지 못한 채 월세도 내지 못하는 차가운 원룸에 방치된 상태였습니다. 그것도 힘이 들 것인데 갓 태어난 아이와 또 18개월 된 아이가 있습니다. 18개월 된 아이는 엄마, 아빠 정도의 말을 하면서 말귀도 잘 못 알아듣습니다. 방을 온통 어지럽히면 타이르고 안아주어야 할 나이입니다. 저도 아이를 잘 봐주는 편은 아니지만 아이가 둘 있습니다. 제 아이지만 정말로 때려주고 싶고, 통제되지 않을 때가 있습니다. 이러한 여러 정황들을 무시하고 사건을 바라보지 않았으면 좋겠습니다. 이 사건 이후만 가지고 법률적인 잣대로 폭행이나 상해죄로 의율擬律(죄의 경중에 따라 법을 적용)할 수는 있겠으나 심정적 상황까지 단죄하기는 어려움이 있습니다. 정신병으로 감정되어야만 심신미약인 것이 아니라 평상시 우울증에 산후우울증이 겹치고 이 사건 범행 당시에는 수면부족 상태까지 겹쳐서 정상적인 상황이 아닌 상태, 자신도 모르게 아이를 누르고 있다가 깜짝 놀라서 구호조치 한 상태를 심신미약으로 인정해 주시기를 바랍니다. 백보를 양보해서 살인의 범의를 인정하시더라도 법률상 감경사유인 심신미약 감경을 해주셔서 피고인에게 감경된 형을 선고해주시기 바랍니다.

마지막으로 피고인을 만나면서 변호인의 마음이 너무 무겁습니다. 피고인이 감옥살이를 하고 있지만 피고인의 어린 셋째 아이도 감옥살이를 하고 있습니다. 모유를 먹은 뒤 감옥을 나오는 아이, 그 아이를 품고 나오는 아빠의 마음, 과연 이 가족을 우리 사회가 앞으로 어떻게 하는 것이 맞는지, 책임 있는 사회구성원이라면 우리가 이제 고민해 볼 시기입니다. 누가 미혼모가 되고 싶겠습니까? 어찌하다 보니 어린 나이에 방치된 상태에서 미혼모가 되고, 누군가를 만나서 사랑을 하고 아이를 낳고 살다가 이번 사건에 이르렀습니다. 만약 피고인을 교도소로 보낸다 하더라도 검사님께서 숙고하고 숙고했던 형량이 징역 8년이라면 너무나 가혹합니다. 정말 치밀하게 계획해서 죽인 그런 범죄나 두 명 이상 죽인 범죄라야 징역 8년을 선고합니다. 일반적인 살인죄에 징역 8년을 선고하는 경우는 거의 없어 보입니다. 배심원 여러분들께서 판례를 찾아보시고 양형을 정해 주시기 바랍니다.

존경하는 배심원 여러분! 변호인 접견 과정에서 피고인이 저에게 했던 말 중에 가장 가슴 아픈 말이 있습니다. 지금까지 세상에서 만난 모든 사람 가운데 자기를 믿고 따뜻한 마음을 보여준 사람, 서로 사랑하며 의지하는 사람이 단 한 명뿐이랍니다. 엄마도 아니고, 아빠도 아닌 지금의 남편이라고 합니다. 배심원 여러분께서 양형을 정하실 때 '살인의 범의'가 인정되지 않는다는 판단을 해 주시리라 믿습니다. 살인의 범의가 인정된다는 생각을 하셨더라도 심신미약 상태에서 벌어진 우발적 범행임을 인정하셔서 피고인에게 집행유예의 선처를 해 주시기 바랍니다. 여러분 모두가 피고인을 단죄하는 사람이 아니라 피고인의 마음을 넉넉히 품어주는 그리고 이 가족을 넉넉히 품어 줄 수 있는 사랑을 가진 사회구성원이길 희망합니다. 경청해 주셔서 감사합니다.

2008. 4. 21.

피고인 ○○○의 국선 변호인

변호사 김정호

강도상해죄로 만난 피고인들

십 수 년째 변호사로서 수많은 사람들을 변호해 왔다. 나보다 변론 경험이 많은 변호사도 강도죄와 같은 강력범죄의 변호를 맡는 일은 주저하게 된다. 그러나 선임을 망설이다가 우여곡절 끝에 변호를 맡은 사건에서 오히려 그동안 놓쳤던 일을 새삼스레 느끼고 배울 때가 있다. 법익 침해의 정도가 크고 사회 비난가능성이 높은 중대범죄를 저지른 피고인의 경우라 할지라도 그들의 이야기에 귀 기울이다보면 사건 속에 숨어있는 사실관계나 법리적인 쟁점을 간과할 뻔했다는 사실을 뒤늦게 깨닫기도 한다. 선입견과 편견으로 마음을 열지 못했기 때문이다. 강도상해죄로 공소 제기된 피고인들의 사건을 맡았다가 깨달음과 보람을 느꼈던 몇 가지 사건이 있다.

강도상해죄는 강도가 범행과정에 흉기로 피해자에게 상해를 입히는 흉악 범죄라는 인식이 일반적이다. 그러나 실제 사건에서는 우리가 전형적으로 미리 단정 짓는 강도상해죄와는 다소 거리가 있는 어설픈(?) 강도들도 있다. 장기간 공무원 시험에 불합격한 피고인이 대학도서관에서 책상 위에 놓인 다른 사람의 지갑을 훔치다가 발각돼 도주하는 과정에서 체포를 시도하는 피해자의 손을 뿌리치다가 피해자에게 전치 2주의 타박상을 입혀 강도상해죄로 기소된 사건, 골목길에서 지나가던 여성의 핸드백을 날치기하다가 핸드백을 빼앗기지 않으려는 피해자와 실랑이 하다가 피해자에게 전치 2주의 찰과상을 입혀 강도상해죄로 기소된 사건, 직장동료들과 저녁회식자리에서 만취해 혼자서 집으로 돌아가다가 자신의 집이 아닌 인근의 다른 사람의 집에 들어가 집안의 물건을 만지다가 발각돼 도주하다가 피해자에게 상해를 입혀 강도상해죄로 기소된 사건들이 있다.

내가 변호했던 피고인들인데 피고인들 모두 해당 사건 이외에는 아무런 범죄 전력이 없는 초범이었고, 피해자와 원만히 합의했으며,

장기간의 수험생활이나 만취 상태에서 순간적인 판단력 부족으로 저지른 범행이었다. 그런데 강도상해죄의 법정형 하한이 살인죄보다도 높은 징역 7년 이상이어서 그대로 유죄가 인정되면 재판부에서 아무리 작량감경酌量減輕*을 하더라도 집행유예는 불가능하고 최소한 3년 6개월 이상 사회에서 격리되는 불가피한 상황이 발생하는 것이 문제였다.

'대학도서관에서 발생한 사건'에서는 피해자의 상처부위가 일상생활에서 생길 수 있는 경미한 것이고, 자연적으로 치유될 정도의 상처라는 점에서 강도상해죄의 상해로 평가할 수 없다는 점을 주장했다. '골목길에서 발생한 핸드백 날치기사건'에서는 날치기과정에서 어느 정도 물리력 행사는 있었지만 강도짓에서 생긴 피해자의 반항을 억압할 정도의 폭행이나 협박은 없었다는 점을 강조했다. '만취해 타인의 집에 잘못 들어간 사건'에서는 물건을 훔칠 생각이 없어서 절취의 고의와 불법영득의사*가 없었다는 점과 심신미약 감경을 주장했다. 다행히도 세 가지 사건 모두 피고인들에게 일부 무죄가 선고되면서 집행유예의 선처가 이뤄졌다. 피고인들과 변호인이 사건의 경위와 사건 당시 피고인의 의도와 범행상황에 대해 충분한 대화를 통해 사실관계를 정리하고 법리적 주장을 했기에 가능한 결과였다.

최근에도 지역 언론에 떠들썩하게 보도되었던 편의점 강도사건을 변호한 적이 있다. 피고인은 새벽심야시간에 공사장에서 못을 뽑는데 사용하는 이른바 '빠루(노루발못뽑이)'라는 위험한 물건을 들고 편의점에 들어가 편의점 주인을 협박해 돈을 요구하다가 피해자에게 상해를 입힌 사건이었다. 흉기나 위험한 물건을 사용한 특수강도가 상해까지 입혀서 강도상해죄로 기소된 사건이어서 처음에는 변호인이 주장할 수 있는 내용이 별로 없었다. 하지만 피고인 가족의 간곡한 요청에 의해 일단 피고인을 접견해 사건의 전말을 들은 뒤 변호를 맡을지 여부를 결정하기로 했다. 피고인을 직접 만나서 이야기를 나눠보니 변호인이 미처 생각하지 못했던 내용들이 있어 결국 변호를 맡게 되었다. 피고인이 편의점에 침입해 돈을 요구한 특수강도인 점은 분명했다. 그러나 강도라고 미리 알아차린 피해자의 적극 방어로 오히려 피고인이 두들겨 맞았고, 돈이나 물건을 빼앗기는커녕 도망쳐 나오기 바빴으며, 피해자가 피고인을 체포하다가 함께 넘어지는 과정에서 전치 2주의 경미한 찰과상 정도만 입은 정황이었다.

국민참여재판으로 진행된 제1심에서는 상해가 경미해서 강도상해죄의 상해라고 평가할 수 없다는 이유로 강도상해는 무죄가 선고되고, 특수강도 미수만 인정되어 피고인에게 징역 2년의 실형이 선고되었다. 항소심에서는 국민참여재판의 배심원 대부분이 집행유예 의견을 개진한 점과 피고인이 초범이고 피해자와 합의한 점 등의 정상관계를 참작해 집행유예의 선처가 이뤄졌고, 검찰도 상고하지 않아 형이 그대로 확정되었다.

강도상해죄로 기소된 피고인들의 변호를 통해 변호인이 가지는 선입견이나 편견이 자칫 피고인들에 대한 성의 있고 진정성 있는 변론을 가로막는 원인이 될 수 있다는 교훈을 얻었다. 피고인 이야기에 귀를 기울이지 않고, 피고인과 충분한 대화를 하지 않으면 변호인은 사실관계를 제대로 파악할 수 없다. 공소장을 통해 겉만 보고 선입견과 예단으로 피고인을 대하고 있지는 않은지 변호인들은 늘 경계해야 한다. (2014년 4월)

* **작량감경(酌量減輕)**: 법률상 벌의 감경사유가 없어도 법률로 정한 형이 범죄의 구체적인 정상에 비추어 과중하다고 인정되는 경우 법관이 그 재량에 의해 형을 감경하는 것(형법 제53조).

* **불법영득의사(不法領得意思)**: 불법으로 다른 사람의 재물을 제 것으로 만들려는 생각, '영득죄'란 절도죄, 강도죄, 사기죄, 공갈죄, 횡령죄 등을 말한다.

피고인과 피해자 사이에서

대한민국 건국 이후 최악의 참사로 기록될 2014년 세월호 침몰사건은 안전불감증에 빠진 시스템 부재의 우리의 현주소를 확인하게 해준 참담한 사고였다. 인재로 평가될 수밖에 없는 대형 참사에서 가족을 잃은 유가족들의 고통은 말로나 글로는 그 크기조차 표현하기 어렵다. 한편 아무리 무거운 잘못을 저지른 범죄자라도 자신의 사정을 설명하고 변호인의 조력을 받을 권리는 헌법이 보장한다. 헌법상 변호인의 도움을 받을 권리는 법치국가원리, 적법절차의 원칙 등에 비취 구속된 피의자뿐만 아니라 불구속 피의자에게도 당연히 인정되는 권리다. 그런데 피해자들의 피해가 회복되지 않고, 유가족들의 절규가 현재진행형인 상황에서는 변호를 받을 피의자의 권리와 피해자의 피해감정이 충돌하는 상황이 발생한다. 피의자의 권리와 피해감정의 충돌 상황을 어떻게 합리적이고 조화롭게 해결할지는 우리 사회가 안고 있는 또 다른 숙제다.

변호사라는 업무는 어려움에 처해 찾아 온 피의자(기소되면 피고인)를 외면해서는 안 되는 직업이다. 그러나 최근 우리 사회는 변호사가 선임을 주저할 정도로 고민스러운 사건이 연이어 터진다. 실제로 세월호 사건에서 피고인들은 사선 변호인을 선임하지 못하고 대부분 국선 변호인을 통한 변호를 받는 상황이 발생했다. 수사와 재판을 시작하기도 전에 이미 여론에 의한 재판이 이뤄지고, 향후 수사와 재판에서는 이러한 여론 때문에 객관적인 사실관계의 규명에 다소 부담을 갖는 상황이 발생할 수도 있다. 물론 사회통념과 국민의 법 감정에 부응하는 수사와 재판이 되어야 마땅하지만 법치주의와 사법권 독립의 측면에서 한 번쯤 짚고 넘어가야 할 문제임은 분명하다. 사회통념과 법치주의 사이에서 그리고 피의자와 피해자 사이에서 변호사들은 고민할 수밖에 없다. 실질적으로 피의자를 변호하면서도 피해자의 피해에 대한 공감능력을 견지할 수 있는 묘안을 찾기는 결코 쉽지 않다.

세월호 사건의 승무원들과 청해진해운의 임직원들에 대한 변호 요청은 부끄럽게도 용기가 없어 간곡하게 거절했다. 변호인이기 전에 아이들을 키우는 부모로서 마음이 매우 아려 와서 도저히 정상적으로 변호할 마음이 생기지 않았다. 담양에서 발생한 펜션화재사건에 대한 변호 요청을 사건 발생 이틀 뒤에 받았다. 펜션 운영자의 자녀가 변호인의 법대 후배라고 찾아왔는데 가족을 위해 눈물로 선임을 의뢰했다. 후배의 간곡한 요청을 외면할 수 없었다.

먼저 유족에게 인간적인 사과를 하자고 피의자와 피의자 가족에게 제안했다. 수사 받기 전 당장 가능한 일이고, 설령 유가족에게 항의를 받고 수모를 당하더라도 그것이 피의자와 피해자 사이의 인간적인 거리를 조금이라도 좁히는 길이라고 믿었기 때문이다. 물론 가족을 잃은 슬픔이 지속되는 상황에서 피의자의 어떤 사과도 그 피해를 돌이킬 수는 없겠지만 그래도 할 수 있는 한 사과해야 한다고 생각했다. 피해자들로부터 용서를 받거나 법적 합의를 하기까지 수많은 시간이 더 필요하겠지만 진정성을 보여야 했다. 다행히 피의자는 변호인과 상의해 모든 것을 내려놓고 낮은 자세로 사태수습에 최선을 다하기로 했다. 구속영장실질심사에 임하면서도 죄책감에 무척 괴로워했고, 기초의회 의원직을 사직했다. 유족들의 처지에서 보면 피의자가 감옥에 수감되었다는 사실이 감정적 위안이 될 수 있다면서 피의자는 구속수감을 자청하기도 했다.

이 사건은 피의자의 과실이 주된 원인임은 부인할 수 없는 사실이라고 하더라도 피의자의 고의가 아닌 과실로 발생한 사건이다. 모든 잘못이 전적으로 오직 펜션 운영자에게만 돌려지는 현실과 피의자 한 사람만을 희생양으로 삼아 마녀사냥식의 비난이 쏟아지는 일이 올바른 것인지에 대한 고민은 여전히 남는다. 모든 사건은 외부에서 지켜보는 것과 사건 안에서 바라보는 것의 시각 차이가 있을 수밖에 없다. 우리는 외부에서 바라보는 시각과 내부에서 바라보는 시각의 차이를 줄여가려는 합리적인 노력이 필요하다.

사법부 독립이 권력으로부터 독립이란 의미가 있지만 현대에서는 언론과 여론으로부터의 독립인 측면도 있다. 한 사회의 성숙성과 품격의 척도는 어떤 사건이 발생했을 때 과정과 절차가 보장되어 있는지 사법부가 책임에 상응하는 처벌을 내리는 시스템이 갖춰졌는지에 달려 있다. 피의자들이 피해자들의 피해에 대한 공감능력을 잃지 않으려는 노력뿐만 아니라 피의자들이 자신의 잘못에 상응하는 합리적인 처벌을 받는 것도 반드시 지켜야 할 가치다. 우리 사회의 성숙성과 품격을 지키려는 사회구성원들의 노력이 어느 때보다도 절실하다. (2014년 12월)

어느 살인 피고인을 위한 변론

연쇄살인범처럼 아무리 흉악범죄를 저질렀더라도 변호인의 변호가 필요한 것은 당연하다. 그러나 실제로는 살인죄와 같은 중범죄를 접하면 변호인으로서 선뜻 사건을 맡아 변론하고픈 마음이 일반사건에 비해 떨어지는 것은 어쩔 수 없는 인지상정人之常情이다. 살인죄를 저지른 피고인의 항소심 변호를 맡은 적이 있다. 변호사로서 결코 잊을 수 없는 변호였다. 피고인을 접견하고 변론하면서 사람의 생명을 빼앗은 중범죄자의 삶과 사건 이후의 사법시스템의 역할에 대해 고민해 보는 계기가 됐던 사건이기도 했다.

피고인은 자신의 부인과 바람을 피운 남자를 살해해 제1심에서 징역 8년을 선고 받은 50대 초반의 남자였다. 피고인에 대한 범죄 사실은 사건 발생 당시 공중파나 지역일간지에 크게 보도됐던 터라 사건기록보다 언론을 통해 먼저 만났다. 이 사건에 대한 선입견이 있었다는 뜻이다. 제1심 판결 선고가 난 뒤 피고인의 가족이 변호인을 찾아와 항소심 재판의 수임을 의뢰했을 때 사건의 변호를 맡을지 망설였다. 언론에서 보도된 선입견에서 자유롭지 못했고, 범행 수법이 잔혹해 선고 받은 징역 8년을 감형 받기가 쉽지 않다는 생각이 들었기 때문이다.

하지만 피고인의 얼굴을 마주보고 대화를 나누는 과정에서 변론을 열심히 준비해야겠다고 다짐했던 기억이 지금도 선명하다. 피고인은 자신이 살아 온 과정과 이 사건에 이른 경위에 관한 이야기를 하며 하염없이 눈물을 쏟아냈다. 피고인의 얼굴에는 진심어린 사죄가 묻어 있었다. 사무실로 돌아와서 몇 번이고 되풀이해서 기록을 읽었다. 피고인이 보여줬던 사과의 진정성과 살인에 이른 경위의 솔직함을 확인하는 시간이었다. 피고인이 피해자의 생명을 빼앗은 행위는 어떠한 이유로도 합리화될 수 없는 중범죄행위임은 부인할 수 없는 사실이다. 하지만 피고인은 최초 내연관계를 안 이후에 피해자에게 관계를 청산하라는 말을 했을 뿐이고, 과거의 관계에 대해 눈제 삼지 않겠다는 말을 했었다. 또 이 사건 이전까지 전과 다름없이 성실하게 살아온 점, 범행 후 3시간 만에 수사기관을 찾아가 자수한 점 등 이 사건 양형조건이 되는 제반 정상관계에 비춰 제1심의 징역 8년형은 피고인에게 너무 무겁고 가혹하다는 취지의 변론을 했다. 항소심에서 피고인은 제1심보다 3년이 감경된 징역 5년을 선고받았고, 검찰과 피고인 모두 상고를 포기해 사건은 그대로 확정되었다.

그 어떠한 이유로도 생명의 소중함은 인간이 빼앗을 수 없는 가치다. 그래서 살인죄를 저지른 피고인에게 중형 선고는 불가피하다는 생각에 전적으로 동의한다. 다만 살인의 동기와 경위, 살인 이후의 피고인의 태도에 따른 양형의 합리화는 필요하다고 생각한다. 가장 중범죄인 살인사건의 경우 초범이지만 오히려 우발적인 '격정범'이 많다는 통계수치가 있다. 범죄전력이 없는 사람이라고 할지라도 순간적인 감정통제를 할 수 없는 극단적인 상황에서 걷잡을 수 없는 살인의 결과에 이르는 경우가 상당수라는 뜻이다. 선입견에 이끌려 사건 수임을 가장 망설인 살인사건의 변호를 맡으면서 죄지은 사람의 순수한 반성의 눈빛과 태도를 경험했다. 어느덧 피고인의 석방이 얼마 남지 않았다. 피고인이 건전한 사회 구성원으로 복귀하기를 간절히 바라본다. (2008년 9월)

* **격정범죄(激情犯罪, affective crime)**: 순간적인 감정폭발 때문에 저지르는 범죄. 보통 분노나 질투 등과 같은 외적 동기로 갑자기 격정이 끓어올라 사리분별을 못한 채 저지른다. 빠른 변화의 시대를 맞이해 사람들은 자주 좌절을 느낀다. 분노의 시작이다. 분노는 공포나 취약성, 무력감에 방어적 반응으로 나타나기도 하고, 중요한 일에 방해를 받거나 차단당해도 드러난다. 대한민국 사회가 급속도로 발전하면서 사람들이 분노에 대한 자제력이 떨어졌다. 분노 예방과 통제를 위한 스트레스와 치료 프로그램, 곧 분노 조절과 관리 프로그램이 학생 시절부터 적절하게 필요하다. 격정범죄를 줄이는 방법이다.

불편한 동행

하루에도 수많은 사람을 만나는 일상을 이어간다. 저마다 억울한 사연을 가지고 찾아오는 이들의 사건을 맡아 소송을 대리하거나 변호하는 것이 직업이기 때문이다. 누군가를 도왔다는 느낌을 받을 수 있는 사건에서는 보람이 있지만 누군가에게 이용당했다는 느낌을 받을 때는 씁쓸함이 밀려온다. 씁쓸함을 넘어 인간의 본성에 대한 회의와 고민의 계기를 주었던 사건이 있었다. 지난 2012년 여름에 항소심 변호를 맡았던 사건인데 피고인은 심야시간에 나이트클럽에서 만난 피해자와 아침까지 술을 마신 뒤 광주에서 폭행하고 화순으로 데리고 가서 성폭행했다는 공소사실로 제1심에서 실형이 선고된 상태였다.

　세속적인 욕심이나 선임료에 대한 기대는 없었다. 선임을 여러 차례 고사하다가 피고인과 그의 여자 친구의 간곡한 부탁에 인간적인 측은지심惻隱之心이 생겨 맡게 된 사건이었다. 선임을 고사했던 이유는 피고인이 지나치게 자신의 기준으로만 사건을 바라보고 항소심에서 반드시 무죄를 선고받아야 한다는 집착을 보였기 때문이다. 피고인 스스로 자신을 내려놓고 이 사건에 이른 피고인의 경솔함과 잘못도 객관적으로 성찰할 수 있어야 변호가 가능하다는 것이 변호인인 나의 생각이었다. 몇 번의 교도소 접견을 통해 피고인의 태도변화를 확인한 뒤 변호를 시작했다.

　광주에서 상해를 입힌 사실과 화순에서 성폭행한 사실은 부인할 수 없는 사실이어서 항소심에서 유일한 변론의 방향은 폭행과 성폭행이 시간적으로 차이가 나고 장소적으로도 떨어져서 발생했다는 점에 주목해 '강간치상죄'보다는 '상해죄'와 '강간죄'가 별도로 성립한다는 것뿐이었다. '강간치상죄'는 당시 친고죄가 아니지만 '강간죄'는 친고죄였다. 피고인은 제1심에서 이미 피해자와 합의한 상태였다. 광주에서 먼저 발생한 피해자에 대한 상해가 시간이 흐른 뒤 화순으로 이동해 발생한 강간의 수단으로 평가되지 않는다면 '강간죄'는 합의되어 공소 기각되고, 피고인이 '상해죄'의 죄책만 부담할 수도 있는 사건이었다.

사건의 쟁점은 광주에서 발생한 상해로 인해 피해자가 계속 심리적으로 자유롭지 못한 상태에서 화순까지 끌려가 성폭행이 발생한 것인지 아니면 광주에서는 상해가 발생한 것과 화순에서 발생한 성폭행은 별개의 죄인지 여부에 있었다. 항소심에서 사실관계와 법리적인 쟁점에 대해 변론했고, 증인 신문을 통해 성심성의껏 피고인을 변호했다. 피고인은 항소심 재판과정에서 "하나님이 변호사님을 만나게 해주심에 감사의 기도를 드리고 있고, 참으로 인간적인 변호에 감사하다"는 표현을 접견과정에서도 말했고, 편지를 써서 수차례 표현하기도 했다. 그러나 피고인과 변호인의 희망과는 달리 몇 차례에 걸친 항소심 재판에도 불구하고 항소이유는 받아들여지지 않고 항소 기각 판결이 선고되었다.

문제는 여기부터였다. 판결 선고 이전에 그토록 감사함을 표현하던 피고인이 판결 선고가 본인의 기대와 다르게 나오자 그동안의 과정은 무시하고 하루아침에 태도가 돌변해 변호인에게 협박과 비난을 하기 시작했다. 재판의 결과가 좋지 않더라도 변호사와 의뢰인의 관계는 서로의 진정성과 인간적인 마음으로 소통하고 향후 상급심에서 대처방안에 대해 흉금을 털어놓고 이야기를 나눌 수 있어야 하는데 참으로 유감스럽고, 안타까운 상황이었다.

급기야 의뢰인은 나를 광주지방변호사회에 진정하기에 이르렀다. 변호사로 누군가를 변호하거나 대리하기 시작한지 10년이 지나는 동안 처음 경험해 본 일이었다. 그동안 나름대로 기준을 가지고 성실하게 변론활동에 임했고, 결과를 떠나서 진정성을 바탕으로 의뢰인과 교감의 기회를 가져왔다는 자부심이 한순간에 무너졌다. 나는 그간의 어느 변론 과정보다 가장 인간적으로 접근하고 노력했던 사건이었다. 피고인의 협회 진정을 접하고 처음에는 화가 나고 받아들이기 어려웠다. 하지만 시간이 흐를수록 피고인 본인을 걱정하고 누구보다도 열심히 도왔던 변호인에게까지 가해의사를 가진 황폐화된 피고인의 영혼에 연민의 정이 느껴졌다. 피고인 스스로 주관적인 피해의식을 걷어내고 마음 속 양심의 소리에 귀를 기울여 본연의 자기 모습으로 돌아오기를 바라는 마음을 갖고 나는 인내의 시간을 보냈다. 피고인이 자기 자신의 양심을 회복하는 것은 어느 누구를 위해서가 아니라 바로 피고인 자신을 위하는 일이라는 생각이 들었기 때문이다.

그로부터 몇 개월의 시간이 흐른 뒤 피고인은 진정을 취하하고 변호인에게 편지를 보내왔다. 편지에는 자신의 성장배경과 성격의 문제점 그리고 사과의 뜻이 담긴 자기 고백성 편지였다. 이렇게 일단락되었는데 이 사건이 향후 변호 업무에 소극적으로 임하게 하는 계기가 되지 않을까 우려가 되었다. 피고인과 비슷한 처지에서 인간적인 도움을 청하는 이들에게 마음을 열고 그들의 억울한 심경을 들어줄 수 있을까? 의뢰인들과 신뢰감을 유지하면서 적극적으로 변호할 수 있을까? 마음이 한참 어지러웠다.

그러나 나는 누군가의 대리인이고 변호인이다. 변호사라는 직업을 그만두지 않는 한 때로는 영혼을 파괴하는 고통을 주는 사람을 만날 수 있다. 그들과 불편한 동행은 변호사의 숙명이다. 좋은 변호사가 되는 것은 어려운 일일지라도 최소한 나쁜 변호사가 되지 않기 위해 노력한다. 그것이 내가 오늘도 누군가를 변호하는 이유고, '불편한 동행'을 계속하는 이유다. (2014년 4월)

제 3 부

영화와
인생

영화 <마농의 샘>

○ 사회적 존재로서 인간의 미덕을 생각하다!

우리가 명작이라고 평가하는 소설이나 영화는 그 작품 속에 우리들의 모습이 투영되고, 그 이야기에 등장하는 인물들의 갈등을 통해 작가가 지향하는 가치와 주제의식이 담겨있다. <마농의 샘>은 소설이 됐든 영화가 됐든 프랑스 국민들이 자랑으로 여기는 작품이다. 오래된 무성영화를 보는 듯한 느낌이 들고, 배우들의 눈빛과 상황 연기가 뛰어나다. 권선징악과 인과응보를 그린 작품이라고 단순하게 평가할 수도 있겠으나 인간의 탐욕으로 인한 갈등, 그 사이에서 벌어지는 복수와 용서, 회개가 입체적으로 전개된다. 1920년대 프랑스 남부의 프로방스 지방이 배경이지만 현재 우리들이 사는 사회와 그 구성원들의 삶이 고스란히 담겨있다. 이야기의 구성과 전개가 탄탄함은 물론 인생이란 무엇이고, 어떤 모습으로 어떤 가치를 지향해야 하는지를 되돌아보게 하는 작품이다.

병역을 마친 위골랭(다니엘 오떼유 분)은 고향으로 돌아와 카네이션 재배의 꿈을 꾸며 정착한다. 이웃의 땅에 욕심을 낸 위골랭은 백부인 세자르 빠뻬(이브 몽땅 분)와 짜고 땅에서 솟아나는 샘물을 막아버린다. 이웃의 땅을 메마르게 해 땅을 싸게 사려는 속셈이었다. '샘물'이 사랑과 숙명의 역사를 만드는 순간이다. 음모를 꾸미는 위골랭과 음흉스런 세자르 빠뻬의 연기가 볼만하다. 위골랭이 욕심낸 땅의 주인은 세자르 빠뻬의 연인이었던 플로레트였다. 플로레트에게는 꼽추 아들 쟝이 있었고, 그 땅은 플로레트가 죽은 뒤 쟝이 물려받는다. 땅을 물려받은 쟝이 아내 에이메(엘리자베스 디파르디유 분)와 딸 마농(에네스틴 마주로나 분)을 데리고 프로방스로 이사를 오면서 이야기는 본격적으로 펼쳐진다. 위골랭과 세자르 빠뻬는 새로 이사 온 쟝의 가족들에게 친절을 베푼다. 쟝의 가족이 물이 없는 땅에서 오래 견디지 못할 것이고, 그 땅을 팔고 떠날 것이라고 확신했기 때문이다.

꼽추라는 장애를 가졌지만 척박한 환경에서 성실함과 순수함을 잃지 않은 쟝(제랄드 드빠르디유 분)은 가족의 삶을 위해 희망을 놓지 않고 끝까지 최선을 다한다. 쟝의 모습에서 현재 우리를 있게 해준 고단했던 우리들 아버지의 모습이 겹친다. 우리의 아버지와 어머니는 '우리들'을 위해 인내와 헌신의 시절을 보냈다. 쟝의 정성이 하늘에 통했는지 적절할 때 비가 내렸고, 첫 수확은 성공을 거둔다. 그러나 마을 사람들은 쟝을 따돌리고, 위골랭은 위선적인 행동을 일삼는다. 가뭄이 계속되자 쟝은 마지막 수단으로 위골랭에게 땅을 저당 잡히고 우물을 파기로 한다. 우물을 파던 날, 쟝은 다이너마이트로 암벽을 폭파하던 중 그만 죽고 만다. 위골랭은 자신의 몹쓸 짓이 결국 쟝을 죽게 했다는 죄의식을 느끼지만 잠시 뿐이었다. 쟝의 아내 에이메와 딸 마농은 집을 떠나기로 하는데 그때 비로소 위골랭과 세자르 빠뻬는 막았던 샘을 다시 뚫는다. 그 모습을 본 마농은 소스라치게 놀란다. 가문의 유일한 혈육인 줄 알았던 위골랭에게 부를 물려주고 가문을 지키려했던 세자르 빠뻬는 쟝이 죽고 나서야 비로소 쟝이 자신의 아들임을 알게 된다. 자신의 진짜 아들을 죽음으로 내몰았던 사실을 뒤늦게 안 것이다. 샘을 막아버린 비뚤어진 탐욕이 세자르 빠뻬의 비극을 만든 셈이다.

영화에서 지금 대한민국의 모습이 매우 자연스럽게(?) 떠올랐다. 승자독식 구조에서 승자인 사회지도층의 모습은 특권의식에 사로잡히고, 골목상권까지 빼앗는 대기업은 자본의 탐욕과 비정함을 우리 현실에서 그대로 보여준다. 노블리스 오블리주*라고는 찾아볼 수가 없다. 영화 <마농의 샘>에서 물을 독점하는 세자르 빠뻬의 탐욕과 대한민국 대기업의 독과점이 낳은 비극은 서로 닮았다. 인간의 탐욕은 그 탐욕이 자기 자신을 파멸시킨 뒤에야 비로소 탐욕추구를 멈춘다는 사실을 세자르 빠뻬는 보여준다.

세자르 빠뻬의 탐욕이 가능했던 것은 상대방을 자기와는 아무런 상관이 없고, 배려할 필요도 없는 타인이라고 인식했기 때문이다. 마을 사람들 또한 쟝이 자기들과 아무런 상관없는 타향사람이라고 생각했기 때문에 끝까지 쟝에게 샘의 존재를 알려주지 않았다. 세자르 빠뻬의 탐욕을 방관하면서 묵인한 것이다. 그러나 역설적이게도 쟝은 세자르 빠뻬의 혈육, 친아들이었다. 마을사람들도 쟝이 같은 마을 출신인 플로레트의 아들이라는 사실을 잊은 채 도시에서 온 타향사람이라고, 꼽추라고 배척하기만 했다. 이런 어리석음이나 나약함은 세자르 빠뻬의 악행에 가담한 꼴이 되었고, 선량한 이웃인 쟝의 삶을 망가뜨리는 악행의 결과를 낳았다. 마을사람들의 무관심과 방관이 마농의 가족을 외면했다. 옛날 영화인데도 지금 우리가 다른 사람의 고통과 피해에 대해 애써 모른 척하는 세태, 다시 말해서 공감능력과 피해감수성을 상실한 모습이 지금의 세태를 보여주는 것만 같아서 영화를 보는 내내 안타까웠다.

타인에 대한 배려의 시선을 거두고 자신만을 위한 이기적 탐욕으로 세상을 살게 되면 우리가 의식하든 의식하지 못하든 누군가에게 피해를 주거나 고통을 준다. 이는 결국 자신의 삶까지 파괴한다. 타인의 문제와 이웃의 문제가 언제든 바로 자신의 문제가 될 수 있다. 사회 문제를 자신의 문제로 연결지어 인식하지 못하면 세상은 개선되지 못한다. 그게 우리가 함께 살고 있는 사회다.

영화 <마농의 샘>은 단순히 등장인물들의 갈등을 묘사하는 데에 그치지 않고, 인과응보를 이야기한다. 영화 곳곳에서 '우리들 세상에는 용서받지 못할 죄는 없으며, 회개하는 사람의 방은 의로운 사람의 방보다 더 크고 넓다'는 메시지를 보낸다. 또한 '죄를 지었다는 사실 자체보다 그 죄를 인정하고 회개함으로써 새사람으로 거듭나야 함'을 강조한다. 그래서인가? 위골랭은 자신의 맨 가슴에 바늘과 실로 리본을 꿰맨다. 가장 엽기적인 장면이다. 이는 위골랭의 짝사랑이 결딴났다는 암시이기도 하고, 처절한 참회의 몸부림이기도 하다. 위골랭은 운명의 힘에 이끌려 마농을 짝사랑하지만 그 짝사랑은 집착이었다.

자신이 저지른 음모로 마농의 아버지 쟝을 죽음에까지 이르게 한 죄를 스스로에게 끔찍한 고통을 가하면서 후회한다.

위골랭은 쟝의 비참한 죽음을 목격하고 '내가 울고 있는 것이 아니라 (나도 모르게) 내 눈이 울고 있다'고 말한다. 양심의 소리에 위골랭 스스로 괴로워하는 것이다. 후회하는 인간의 모습이다. 어리숙하고 자꾸 흔들리는 위골랭과 달리 세속적인 탐욕의 극치를 보여주었던 세자르 빠뻬도 역시 가혹한 운명에서 벗어나지 못한다. 자신의 인생에서 유일한 연인이었던 플로레트와의 사이에서 태어난 자신의 아들을 죽음으로 내몬 사실을 뒤늦게야 알게 된다. 어리석은 인간의 모습이다. 세자르 빠뻬가 탐욕을 부렸던 이유이자 근거이고 탐욕의 목표이자 지향점이었던 것이 역설적이게도 탐욕의 희생양이자 대상이 되어버린 상황이었다. 다른 사람의 고통 위에 쌓아올린 재물은 마지막 죽음의 순간에는 아무런 의미가 없다. 죽음의 순간에 세자르 빠뻬의 손에 쥐어진 것은 십자가와 플로레트가 남긴 머리핀뿐이었다.

세자르 빠뻬가 죽음의 문턱에서 마농에게 남긴 유서에는 '죽음 뒤에 나를 괴롭힐 것이 지옥일지라도 그 지옥마저 감미롭게 받아들인다'고 적혀있다. 유서는 자신이 평생 지은 죄의 무게를 나타내고 있고, 자신의 아들조차 알아보지 못하고 아들을 탐욕의 희생양으로 삼은 인간의 어리석음을 뼈저리게 뉘우친다. 세자르 빠뻬와 위골랭을 보면서 우리들 또한 자신도 모르게 선한 모습과 악한 모습의 이중성을 동시에 갖고 있는 어리석고 나약한 인간이라는 사실을 깨달았다. 영화에서 탐욕스런 인간의 전형으로 묘사되고 있는 세자르 빠뻬와 그와 함께한 위골랭조차도 그 내면에는 선한 모습과 악한 모습이 모두 들어있고, 자기 내면의 세계 속에만 매몰되면 인간이 얼마나 악해질 수 있는지를 보여주었다. 자신의 잘못을 깨닫고 회개하면 충분히 선해질 수 있다는 가능성 또한 영화 <마농의 샘>은 그대로 보여준다.

탐욕스런 세자르 빠뻬나 위골랭의 모습이 한낱 소설이나 영화 속에 등장하는 허구의 존재로만 머무는 것이 아니라 어쩌면 우리들 자신의 내면에 수많은 세자르 빠뻬나 위골랭이 들어있는지도 모른다. 삶의 과정에서 저마다 구체적 상황에 처해 세자르 빠뻬나 위골랭처럼 죄악을 저지르며 악하게 살아갈지, 아니면 영화 끄트머리의 선한 세자르 빠뻬나 위골랭처럼 회개하고 다른 사람의 고통과 피해에 대해 공감능력과 피해감수성을 가진 인간으로 살아갈지 자신을 성찰해보는 기회를 영화는 제공한다. 이는 우리가 어떤 가치관으로 주위와 소통하고 공감하면서 살아가느냐에 따라 달라질 수 있다는 것을 말해준다.

사회라는 공동체는 다른 사람의 피해에 대해 공감능력을 갖고, 공동의 문제를 자신의 문제로 인식하는 개인들이 모여 만들어 나간다. 사회 구성원인 개인들이 공동체의 문제를 자신의 문제라고 인식하지 못하면 공동체는 재생산에 실패하고, 파편화된 개인만이 남게 된다는 사실을 우리가 놓쳐서는 안 된다. 세자르 빠뻬와 위골랭이 인간으로서 품는 탐욕, 쟝과 갈등, 마농의 복수와 용서 그리고 세자르 빠뻬의 회개를 통해 영화 <마농의 샘>이 우리에게 말해주는 것이 있다. 인간은 사회적 존재다. 고립된 개인으로만 선량하고 모범적이라고 해서 사회구성원으로 사는 것이 아니라 공동체의 우리로서 끊임없이 성찰하고 소통하려는 노력이 필요하다. (2013년 4월)

* **노블리스 오블리주(noblesse oblige):** 높은 신분에 걸맞은 도덕적 의무. 초기 로마시대의 사회 고위층은 봉사와 기부, 헌납이 의무이자 명예였다. 이는 투철한 도덕의식과 솔선수범의 공공정신에서 비롯했는데 자발적이고 경쟁적으로 이루어졌다.

영화 <레 미제라블>

○ <레 미제라블>을 위한 사랑과 연민 그리고
   자유와 정의를 향한 대서사시

누구나 알고 있다고 생각하는 이야기이지만 원작을 제대로 읽은 사람은 많지 않을 것 같은 《레 미제라블》을 오페라 영화로 만났다. 나 역시 어렸을 적에 읽었던 《장발장》의 수준에 머물러 있었다. 굶주린 어린 조카를 위해 빵 한 개를 훔친 죄로 19년 옥살이를 하고 사회에 나와 미리엘 신부님의 은그릇마저 훔치지만 신부님의 사랑과 용서로 착하게 살았다는 도덕 교과서 수준의 이야기. 내가 《레 미제라블》이 한 시대를 가로지르는 대작이라는 사실을 알게 되기까지는 상당한 시간이 걸렸다. 내 유년 시절인 70년대와 80년대의 군사정부 아래에서는 《장발장》이 단순히 "착하게 살자"는 이야기로만 박제되어 있었기 때문이다. 아마도 《레 미제라블》이라는 소설 안에 시민혁명을 언급하는 불온한(?) 이야기가 들어있어서 그랬는지 모른다.

프랑스의 대문호인 빅토르 위고의 원작 《레 미제라블》은 장발장의 이야기만이 아니라 수많은 레 미제라블Les miserables(비참한 사람들, 불행한 사람들, 가난한 사람들)의 이야기와 그들에 대한 따뜻한 사랑과 연민을 그렸다. 그리고 바리케이드로 상징되는 자유와 정의를 향한 끊임없는 의지를 표현한 대서사시다. 사회고발 소설을 쓰고자 했던 빅토르 위고는 "단테가 시를 통해 지옥을 그려냈다면, 나는 소설을 통해 현실을 가지고 지옥을 만들어 내려한다"는 말로 《레 미제라블》의 집필동기를 밝혔다.

아무튼 영화 <레 미제라블>(감독: 톰 후퍼Tom Hooper)은 국내 개봉 한 달 만에 500만 관객을 돌파했고, 우리 사회 곳곳에 큰 메아리를 울렸다. 영화의 흥행과 사회적 반향의 원인은 원작 자체가 담고 있는 시대와 공간을 초월한 보편적 가치에 사람들이 공감했다는 증거다. 영화는 프랑스대혁명 이후 19세기 초반의 프랑스를 살아가는 민중들의 비참한 현실을 장발장(휴 잭맨 분)과 팡틴(앤 해서웨이 분)과 코제트(아만다 사이프리드 분)의 삶을 통해 표현하고 있다.

그 시대엔 굶주린 조카를 위해 빵 한 조각을 훔친 사람이 19년의 감옥살이를 하고 차별과 냉대에 시달려야 했다. 꽃같이 예쁘고 순수한 소녀가 미혼모가 되고 공장에서 쫓겨나 사회안전망이 없는 밑바닥까지 추락한다. 머리카락과 치아를 뽑아서 팔고, 마침내 거리의 여자로 전락해야만 하는 시대였다. 영화는 이런 사회적 안전망의 부재와 무전유죄로 상징되는 가난한 사람들의 비참한 현실을 고스란히 담고 있다. 이는 비단 19세기 프랑스에서 있었던 과거의 역사가 아니라 21세기의 세계 곳곳에서도 드러나는 현실임을 지적하는 듯 보였다. 대한민국 사회도 '레 미제라블'로 불리는 사회 약자들의 소외와 고통에 대해 법은 그동안 도대체 어디에서 무엇을 하고 있었는지를 지적하는 것 같아서 가슴이 아팠다.

<레 미제라블>이 위대한 대작이라고 생각되는 몇 가지 이유가 있다. '레 미제라블'이라는 낱말의 뜻인 비참하고 불행하고 가난한 사람들, 그들의 절망을 증언하는 '시대의 기록'이기 때문이다. 또한 주인공 장발장을 통해 포기하고 싶은 처참한 절망의 깊은 우물에서 희망을 길어 올리는 '극복의 과정'을 보여준다. 그리고 마리우스(에디 레드메인 분)와 앙졸라(아론 트베잇 분)를 통해 불의의 시대에 저항하는 용기 있는 사람들의 '희망'을 기록하고 있다.

분노와 증오에 가득 찼던 장발장은 미리엘 신부님(콤 윌킨슨 분)의 조건 없는 사랑과 용서 덕분에 자기 삶에서 구원의 계기를 찾는다. 하지만 의도하지 않았던 팡틴의 불행이 장발장을 또 다시 절망으로 이

끌지만 팡틴이 부탁한 코제트를 만나 새로운 삶의 희망을 만들어간다. 결국 장발장은 코제트에게 자신의 모든 것을 내주는 희생과 배려의 모습을 보여준다. 눈시울을 적실 수밖에 없는 장면이다. 고통 속에 좌절했던 한 인간이 조건 없는 사랑과 용서로 구원을 얻고, 그 구원을 자기 삶의 실천으로 내면화한 뒤 승화시키는 과정은 종교적 메시지를 넘어 휴머니즘의 진면목을 제대로 묘사했다.

개인적으로 <레 미제라블>에서 인상 깊었던 것은 주인공 장발장과 경찰 자베르 사이에 생기는 인간 내면의 갈등을 묘사한 부분이다. 장발장이 살아가는 궤적에서 절대로 빼놓을 수 없는 인물이 자베르 경감이다. 자베르는 '범죄에는 사정이 있을 수 없고, 법의 집행에는 동정이 있을 수 없으며, 범죄자의 갱생은 있을 수 없다'고 믿는 냉혈한이다. 인간미 없고 차가우며 융통성이라고는 찾아볼 수 없으며, 자신에게 주어진 임무에만 충실한 사람이다. 불의에 찬 시대이고 모순투성이 사회일지라도 사회질서가 무너져 혼란해지는 것보다 체제를 지켜야 한다는 우직한(?) 확신을 가지고 있다. 자베르는 어쩌면 우리 사회에서 실종된 진정한 보수주의자의 모습일지도 모른다.

자베르는 평생을 추적하고 체포해야 할 범죄자인 장발장을 쫓다가 그에게서 양심과 용기 그리고 희생과 배려를 본다. 그러면서 옳은 것이라고 굳게 믿었던 자신의 확신에 회의가 일어나 자기분열과 내면의 갈등을 이기지 못하고 자살을 한다. 법의 무력감과 인간 가치의 중요성을 강조하려는 위고의 주제의식이 아닐까? 원작에서 빅토르 위고는 자베르를 '법 가치의 상징', 곧 평등하게 법을 실현하려는 사람으로 그렸다. 장발장은 '인간 가치의 상징', 곧 사랑과 헌신의 아이콘으로 묘사했다. 빅토르 위고는 줄곧 자베르보다 장발장을 더 가치 있게 그린다. 다시 말해서 법의 가치보다 인간적인 가치*가 더 중요하다고 일깨운다.

'진보는 분열로 망하고, 보수는 부패로 망한다'는 말이 있다. 자베르에게서는 부패의 그늘을 찾아 볼 수 없다. 오히려 자살 직전 평생의 자존심이자 명예의 상징인 훈장을 떼어서 혁명에 앞장서다가 희생당한 어린 소년 가브로쉬의 가슴에 달아주는 의외의 모습을 보여준다. 자베르가 살아간 삶의 방식과 철학에 동의할 수는 없더라도 생각이 다른 사회구성원을 인정할 수 있는 진정한 보수주의자의 모습이다. 법의 가치를 상징하는 자베르는 자신의 과오에 대해 책임지는 자세로 사표를 제출하고, 양심의 가책을 느끼는 상황에서 목숨까지 내놓으면서 자신의 정체성을 지키려고 했다. 사법시스템에 여러 가지 한계가 있음에도 '인간적인 가치'와 함께 사회에서 '법의 가치'와 '법의 존재이유'를 경시할 수 없는 이유를 자베르의 모습을 통해 볼 수 있다.

<레 미제라블>은 단순하게 현실의 비참한 사람들을 묘사하는 데 그치지 않는다. 그 비참함 속에서 끊임없이 희망의 메시지를 던지는 주제의식이 돋보이는 작품이다. 우리는 1789년 프랑스대혁명으로 인

해 루이 16세가 단두대의 이슬로 사라진 뒤 시민혁명의 결과물로 오늘날의 민주주의가 가능했다는 식의 역사적 서술에 익숙해져 있다. 그러나 프랑스대혁명이 지나고 왕은 사라졌지만 왕의 자리를 대신해 부르주아지로 일컬어지는 신흥자본가 세력을 중심으로 또 다른 지배층이 들어서고 왕정이 복구됐는데, 영화의 시대적 배경이 이 때다. 왕정이든 부르주아지든 또 다시 왕정이든 민중들의 피폐한 삶은 나아지지 않고 그대로라는 사실을 <레 미제라블>은 적나라하게 보여준다.

학교에서 배운 세계사에서는 프랑스대혁명 이후 1870년 공화정이 제도적으로 정착되기까지의 수십 년 동안의 현실을 대수롭지 않게 넘어가고 있지만 위 혼란의 격변기에 노출된 민중들의 삶은 우리가 상상하는 이상으로 비참했다는 것을 영화는 보여주고 있다. <레 미제라블>의 시대적 배경인 19세기는 수많은 장발장과 팡틴과 코제트가 거리를 배회하는 시대였다.

70~80년대 군부독재에 저항하던 우리 사회의 청년학생들은, 불의의 시대엔 사랑도 '사치'라는 생각을 많이 했다. 앙졸라가 사랑에 빠진 마리우스를 비판하는 모습에서 그때의 대한민국 젊은이들이 떠올랐다. 지금 우리가 마음껏 자유를 누리고 사랑할 수 있는 것은 역사 속에 자신을 희생한 수많은 앙졸라들이 있었기 때문이다. 영화 속에서는 마리우스에 가려져 관람객들에게 이름조차 기억되기 힘든 앙졸라의 삶을 생각하면서 미국 현대사의 양심으로 불리는 하워드 진

의 《달리는 기차 위에 중립은 없다》란 책의 구절이 스쳐 지나갔다.

"사람들은 누구나 불합리한 시대에 변화를 바랍니다. 그러나 다른 것들보다 웃자란 잔디 잎사귀가 되어 먼저 잘려나가길 원하지는 않습니다"

자신이 먼저 역사 앞에 희생되는 것은 두렵고, 다른 누군가가 먼저 움직여 신호를 보내주기를 기다리는 대중의 심리를 지적하는 표현이다. 영화에서 1832년의 봉기를 묘사하는 장면이 나온다. 처음에는 청년들의 혁명에 민중들이 호응한다. 하지만 대세가 기울자 두려움이 생긴 민중은 대문을 걸어 잠근다. 가슴 아픈 모습이다. 단순한 '호응'과 '적극 참여'의 차이다. 우리는 사회의 진정성 있는 변화와 개혁을 통해 역사의 진보를 희망한다. 그러면서도 행동이 필요할 때에 우리는 망설이고, 희생이 필요할 때에는 아무리 작은 희생이라도 우리는 마음속에서부터 대문을 걸어 잠그고 살아온 것은 아닌지. 앙졸라의 삶을 보면서 우리를 되돌아보지 않을 수 없는 오늘이다. (2013년 1월)

* 나는 개인적으로 빅토르 위고 《레 미제라블》의 '인간적 가치'는 세익스피어의 희곡 《베니스의 상인》에서 '자비로 완화된 정의'와 비슷한 주제의식을 함의하고 있다는 생각을 한다. '자비로 완화된 정의'라는 표현은 법조선배인 문형섭 변호사가 《베니스의 상인》을 읽고 '어느 형사변호인의 회상'이라는 부제를 달아 책의 제목으로 사용했고, 이정희 변호사가 문형섭 변호사의 뜻을 이어서 선후배 법조인에게 강조하는 말이기도 하다. '자비로 완화된 정의'는 《베니스의 상인》에서 샤일록은 돈을 갚지 못한 안토니오의 살을 베게 해 달라는 소송을 걸었는데, 재판관 포샤는 샤일록에게 "자비를 가지고 정의를 완화할 때 지상의 권력은 신의 권력에 가장 가까워지는 것이다. 오로지 정의만을 쫓는다면 인간은 단 한 사람도 구원받을 수 없다"고 자비를 베풀도록 권하는 장면에서 유래한 말이다.
샤일록의 정의는 어떻게 되었던가? 재판관 포샤는 '계약 준수가 곧 정의'라며 뜻을 굽히지 않던 샤일록에게 "계약서에 의하면 1파운드의 살을 베어내는 것이니 머리카락 한 올이라도 초과하면 안 된다.

또 피를 흘려도 좋다는 내용이 없으니 피를 흘려서도 안 된다"고 말했다. 그런 조건으로 살을 베어낼 수는 없었다. 결국 자비를 베풀지 않고 오로지 계약서에 써진 대로의 권리만을 주장했던 샤일록은 빚을 받기는커녕 베니스 시민의 생명을 위태롭게 했다는 죄목으로 전 재산을 몰수당하고 자신의 생명을 구걸해야 했다. 토마스 아퀴나스의 말처럼 '자비 없는 정의는 잔인하다.' 진영논리와 편가르기에 익숙하고, 이분법과 흑백논리로 쉽게 선악을 구분하고, 저마다 자신의 정의만이 옳다고 주장하는 오늘날, '자비로 완화된 정의'는 반드시 되새겨 봐야 할 경구이다.

영화 <브레이브 하트>

○ 자유를 향한 스코틀랜드인들의 위대한 투쟁

13세기 후반부터 14세기 초반 스코틀랜드의 독립 영웅 윌리엄 월레스(멜 깁슨 분)의 운명적 사랑과 조국의 자유를 향한 투쟁을 그린 영화 <브레이브 하트>를 1995년 이후 다시 봤다. 오랫동안 기억에서 잊었던 영화의 장면들이 퍼즐조각처럼 제 자리를 찾았다. 영화는 처음부터 끝까지 1280년대 스코틀랜드인들이 겪어야 했던 처절한 삶의 모습을 그대로 보여준다. 윌리엄 월레스를 통해 굴종을 거부하고 자유를 찾아 스스로의 삶을 개척해 나가는 스코틀랜드인들의 지향점도 잘 묘사한다. 만약 이 영화가 윌리엄 월레스의 이야기에만 초점을 맞췄다면 아마도 우리가 흔하게 접했던 미화된 영웅의 무용담에 머물렀을 것이다.

<브레이브 하트>(감독: 멜 깁슨Mel Gibson)는 단순한 전쟁영화가 아니라 스코틀랜드 독립전쟁의 과정에서 '인간의 삶과 자유'를 되새

기게 하는 철학적 성찰의 서사시다. 이는 굶주림과 수적 열세에도 용기를 잃지 않은 윌리엄 월레스와 그와 대비되는 인물 로버트 더 브루스(앵거스 맥페이드 분)가 있었기에 가능했다. 로버트 더 브루스는 우리가 발 딛고 서 있는 현실에서 막 튀어나오는 날 것 그대로의 모습인 인간의 나약함과 한계, 그리고 내적 갈등을 그대로 보여준다. 윌리엄 월레스가 고민했던 '우리가 추구해야 할 지향점이자 이상'과는 사뭇 달랐다.

어린 시절 윌리엄 월레스는 아버지와 형의 참혹한 죽음을 직접 보았고, 영주의 초야권初夜權(미개사회나 봉건시대에 서민이 결혼할 때에 추장, 영주, 승려 등이 신랑보다 먼저 신부와 잠자리를 할 수 있는 권리)을 피해 몰래 결혼한 운명의 여인 머론(캐서린 맥코맥 분)을 만난다. 윌리엄 월레스는 머론과 평범한 가정을 이루고 소박한 삶을 꿈꾸었으나 모순과 불합리로 가득 찬당시의 스코틀랜드 상황은 윌리엄 월레스의 평범을 허락하지 않고 가혹한 운명으로 끌고 간다. 잉글랜드의 폭정은 머론을 잔인하게 죽이고, 윌리엄 월레스는 머론의 죽음을 복수한다. 머론의 복수 과정에서 용맹과 투지의 스코틀랜드 사람들이 하나 둘씩 모여들고, 윌리엄 월레스는 저항군을 이끄는 지도자가 된다. 소박한 농부이자 평범한 남편으로 살고자 했던 윌리엄 월레스는 삶의 존재 근거마저 빼앗기고, 스코틀랜드 독립의 기수이자 잉글랜드에 대한 분노의 화신으로 전쟁터에 서게 된다.

한편 스코틀랜드 귀족이자 유력한 왕위계승자인 브루스는 잉글랜드와 싸움을 앞두고 윌리엄 월레스에게 협상의 필요성을 강조한다. 전력의 열세인 악조건에서 싸우는 것은 용기가 아니라 분노일 뿐이라고! 이때 윌리엄 월레스의 명대사가 나온다. '잉글랜드와 싸움은 단순한 분노가 아니라 분노 이상이다. 당신들 귀족은 우리에게 당신들을 도와주길 바라지만 (오히려) 당신들이 우리의 자유를 위해서 우리를 도와주어야 한다. 나는 스코틀랜드의 자유를 위해 끝까지 싸울 것이다'. 자신의 처절한 심경과 절박한 스코틀랜드의 자유를 외친 것이다. 간절함은 진정성을 내뿜고, 그 진정성은 무엇보다 가장 논리적이다. 성城과 영토와 재산과 권력을 가진 귀족인 브루스가 바라보는 스코틀랜드의 모습 그리고 잉글랜드와 싸움에 임하는 브루스의 자세는 평범한 남편이자 서민이었던 윌리엄 월레스가 바라보는 시각과 같을 수 없음을 보여준다.

영화는 소중한 것을 지키려고 자신의 목숨도 아끼지 않는 필부匹夫들의 모습에서 영웅을 찾고자 하는 주제의식을 표현했다. 그런 필부 가운데 가장 상징적인 인물이 바로 윌리엄 월레스였다. 귀족으로 대표되는 기득권자들은 겉으로는 대의를 내세우고 조국의 안위를 걱정하는 사람인 것처럼 행동한다. 하지만 기득권자들은 스코틀랜드 왕좌가 비어있는 권력공백기에 권력만을 탐하고, 잉글랜드의 침략으로 국가가 위기인 순간에 협상이라는 명분으로 제일 먼저 기득권을 챙기기에만 정신을 쏟는다. 급기야 귀족들은 피난행렬의 선봉에 서는 모습을 보인다. 이는 당시 스코틀랜드에서만 확인되는 사실이 아니고, 나라마다 국난의 시기에 보였던 사회 지배층의 일반적인 행태다. 우리 역사에서도 조선시대 임진왜란 당시 선조와 양반들이 백성을 버리고 가장 먼저 도성을 떠나 피난행렬에 앞장섰다. 일제강점기 치하에서 사회지도층들이 앞다투어 벌이던 친일행태, 한국전쟁 당시 한강 다리를 폭파하고 피난을 떠났던 이승만 대통령과 사회지도층의 장면에서도 확인되는 사실이다. 사회지도층이 아니라 사회지도'충蟲'의 모습이다.

귀족들과 평민들이 조화롭기 어려운 상황에서 서민들을 단결로 이끄는 윌리엄 월레스의 리더십은 빛난다. 윌리엄 월레스는 스코틀랜드 평민들이 귀족들을 위해서 싸우다가 죽을 이유가 없다면서 전열을 이탈하려하자 선두에 나서서 '당장 도망치면 당분간은 살 수 있을 것이오. 그러나 세월이 흘러 죽게 되었을 때, 오늘부터 죽음에 이를 때까지의 시간들과 바로 이 순간을 맞바꾸고 싶을 것이오. 잉글랜드가 우리의 목숨을 빼앗을 수는 있어도 우리의 자유를 빼앗지는 못할 것이오'라고 외치며 스코틀랜드인들을 하나로 결속시킨다. 명연설은 우리를 전율케 한다.

폴커크 전투에서 스코틀랜드 기사들은 잉글랜드에 돈으로 매수되어 패배하고, 윌리엄 월레스는 겨우 목숨만 건진다. 다시 군대를 정비하려 하지만 스코틀랜드 귀족들의 배신과 잉글랜드의 전제 군주 롱생크(패트릭 맥구한 분)의 계략으로 윌리엄 월레스는 포로로 잡힌다. 결국 윌리엄 월레스는 런던으로 압송되고 자비를 구걸하라는 요구를 받는다. 요구를 거절하고 잔인한 공개처형의 운명을 맞으면서 윌리엄 월레스는 또 한 번 외친다. '롱생크에게 충성을 맹세하면 난 죽은 것이나 마찬가지다. 사람은 모두 언젠가 죽기 마련이다. 다만 무엇을 위해 죽느냐가 중요하다. 목숨이 붙어 있다고 살아 있는 것은 아니다'라면서 최후의 순간까지 '자유Freedom'를 외치다가 장엄한 죽음을 맞이한다. 정의가 몸에 배면 어떤 순간에도 정의를 따른다.

한편 브루스는 자신의 의도와는 상관없이 아버지와 다른 귀족들의 계략에 빠져 윌리엄 월레스를 잉글랜드 손에 넘겨주게 된 사실에 자책하고, 잉글랜드와 끝까지 맞서 함께 싸우자던 윌리엄 월레스와 약속을 못 지켜서 괴로워한다. 영화 <마농의 샘>에서 탐욕 때문에 순수한 장을 죽음으로 내몬 위골랭이 세자르 빠뻬에게 눈물을 흘리며 '마음이 운다'고 괴로움을 토로하는 모습이 겹쳐 떠오른다. 사람이 의로움을 깨달으면 자신 때문에 누군가 손해만 입어도 가슴이 미어지는데 죽음에까지 이르게 했다면 가슴이 찢어지는 일이다. 브루스는 귀족의 기득권을 지키고 왕권을 차지하려는 권모술수에만 익숙한 아버지를 경멸하면서 신념을 지키지 못하고 불의에 협력한 자신을 돌아본다. 브루스는 비록 윌리엄 월레스와 대조적인 삶을 살았지만 나중에 바녹번 전투를 승리로 이끌면서 스코틀랜드 독립을 쟁취한다. 실제 역사에서는 스코틀랜드 귀족들의 배신과 모략으로 윌리엄 월레스가 최후를 맞이한 건 맞다. 하지만 브루스는 윌리엄 월레스와 다른 역사의 시간에 스코틀랜드 독립전쟁사에 등장한다. 아마 스코틀랜드의 독립에 기여한 브루스의 모습을 통해 영화의 극적 효과를 높이려고 작가가 픽션을 가미한 모양이다.

인간성을 파괴하는 악행을 저지른 뒤에 보통 인간성 회복을 위한 정서적 갈등의 반작용이 찾아온다. 이런 반작용이 바로 우리 마음속에 존재하는 마지막 양심이다. 양심은 우리에게 더 나쁜 악행을 막고, 잘못된 행동을 올바른 행동으로 되돌아오게 하는 황금의 다리이기도 하다. 그래서 우리는 그 마지막 양심마저 저버리는 사람을 보고 '짐승만도 못하다'고 말한다.

인간의 자유를 억압하는 제도나 행태는 인류의 과거 역사에서 너무 흔히 접할 수 있다. 신분 차별을 근간으로 하는 귀족제도와 노예제도, 농노제도는 모두 인간의 자유를 억압했다. 브라만, 크샤트리아, 바이샤, 수드라로 나누었던 인도의 카스트제도, 양반, 상민, 천민을 구별했던 우리나라 반상제도 역시 계급을 당연시 하고, 자유를 억압했다. 특정한 국가나 사회에서만 나타나는 건 아니고, 대부분의 사회에서 나타났다. 그래서 인류역사의 진보는 이러한 계급을 무너뜨리고, 인간의 자유를 확대하는 과정에서 이뤄졌다. 영화에서는 스코틀랜드 사회 내부의 모순도 그렸지만 잉글랜드와 대외적 관계를 더 크게 다뤘다. 자국이기주의의 탐욕 때문에 다른 나라를 수탈하고, 자기 나라의 자유를 확대하려고 다른 나라의 자유를 억압하는 역사를 담았다. 나라 사이의 지배 관계, 민족 사이의 종속 관계의 불합리에 저항하는 모습을 윌리엄 월레스를 통해 나타냈다.

자기 나라의 자유를 확대하려는 탐욕 때문에 다른 나라의 자유를 억압하고 수탈하는 모습은 비단 지나간 과거의 역사만은 아니다. 오늘날 세계 곳곳에서 정도의 차이가 있을 뿐 계속 벌어지고 있다. 잉글랜드에게는 대영제국의 통일 시도라고 이름 붙일 수 있겠지만 스코틀랜드나 아일랜드의 처지에서는 잉글랜드의 침략행위였다. 일본에게는 대륙 진출의 발판 마련이었겠지만 우리 민족에게는 일본제국의 침략이자 강제 병합이었다. 이처럼 강대국이 약소국을 침략해 식민지화하고 수탈하는 행태는 자국이기주의의 탐욕이 초래하는 잔인한 전쟁이다.

최근 우리 사회에는 약자의 인격을 침해하고, 경제적 착취에 가까운 이른바 '갑질 사건'이 자주 일어난다. 라면 때문에 항공사 승무원을 때린 어느 회사 상무, 장지갑으로 호텔 지배인의 뺨을 때린 어느 중소기업 회장, 대리점 사장에게 욕설을 퍼부었던 큰 우유회사 사태 등과 갑을관계에서 비롯되는 불합리한 일이 하루가 멀다 하고 일어나고 있다. 영화에서도 중세봉건사회 장원의 영주에게 인정되는 악습인 프리마 녹테Primae Noctis(초야권)가 나온다. 갑의 지위에 있는 영주에게는 자신의 신분과 권력을 확인하는 행위일지 모르나 을의 처지인 농

[라면 갑질]

노들에게는 자신과 가족의 순결함과 인격의 존엄을 송두리째 빼앗기는 인간성 침탈행위다.

　사회라는 공동체는 다른 사람의 피해에 대한 공감능력을 갖고, 공동의 문제를 자신의 문제로 인식하면서 성립한다. 갑과 을이라는 지위는 상대에 따라 달라질 수 있다. 누군가에게는 갑일지 모르나 누군가에게는 을이 된다. 갑과 을은 순환적이어서 바뀌기도 한다. 어떤 경우에는 갑이 되지만 어떤 경우에는 을이 되기도 한다. 이렇게 갑과 을의 지위가 상대적이고 순환적인 관계라는 사회 특성을 성찰하지 못하면 불합리와 모순은 근본적으로 해결하지 못한다는 사실을 우리는 놓쳐서는 안 된다. 자유 또한 다른 사람의 자유를 침해하지 않으면서 조화롭게 행사해야 공동체를 지킬 수 있다. 13세기 말, 소중한 것을 지키기 위해 자신의 목숨도 아끼지 않았던 윌리엄 월레스를 비롯한 평범한 필부였던 스코틀랜드 사람들은 자신들의 삶에 있어서 승자였고 자유인이었다고 영화는 말하고 있다. (2014년 12월)

영화 <위대한 개츠비>

○ <위대한 개츠비>와 부패할 수 없는 꿈

사람이 살아가는데 있어 돈으로 상징되는 세속적 가치의 의미와 돈에 대한 삶의 태도의 문제는 우리들의 삶에서 언제나 뜨거운 감자와도 같다. 너무 집착하면 추하고 너무 꺼림칙해하면 현실감이 없어지는 그런 느낌을 준다. 소설과 영화로 만날 수 있는 '위대한 개츠비'도 인간의 속물성과 욕망 그리고 사랑과 꿈을 그리고 있는 작품이다.

영화 <위대한 개츠비>(감독: 바즈 루어만Baz Luhrmann)는 우리가 삶에서 지향해야 할 가치를 낡은 광고판에 나오는 에클버그 박사의 두 눈을 통해 바라보면서 화자인 닉 캐러웨이(토비 맥과이어 분)의 언어로 묘사하는 형식을 취한다. 에클버그 박사의 커다란 두 눈은 절대자를 상징하는 것으로 보이고, 우리 삶에서 감출 수 있는 비밀은 존재할 수 없다는 사실을 말해준다. 1920년대 미국의 경제호황으로 신흥부자가 된 개츠비(레오나르도 디카프리오 분)는 배금주의와 속물근성의 범주 안에 있지만 그래도 '부패할 수 없는 꿈'을 가진 모습으로 그려진다. 원작자인 피츠제럴드의 눈에 비친 당시의 미국은 고도성장과 부를 이룩했지만 도덕적 타락과 부패가 심화되었고, 상류층은 풍요로웠지만 노동자와 실업자를 포함한 하류계층은 빈곤한 시기였다. 상류층의 사치스러움과 호화스러움을 드러내는 인물로 개츠비의 옛 연인 데이지(캐리 멀리건 분), 데이지의 남편 뷰캐넌(조엘 에저튼 분) 그리고 뷰캐넌의 정부情婦 머틀 윌슨(아일라 피셔 분)을 내세운다. 그들의 화려함 뒤에 스며있는 부패와 타락과 물질 탐닉에서 비롯한 삶, 그러한 삶의 공허함은 결국 파멸로 끝나고 만다. 삶의 현실과 통속성을 그대로 보여주어서인지 관객들은 높은 점수를 준다.

소설 《위대한 개츠비》는 완벽한 소설이라는 평을 들으며 미국인들이 가장 좋아하는 작품으로 손꼽는다. 자칫 통속적인 사랑으로 그칠 수 있는데도 재미와 감동을 느낄 수 있는 것은 등장인물 속에 우리들의 모습이 그대로 들어있기 때문이다. 속물근성의 화신인 데이지를 비난하면서도 한편으로는 그녀를 이해하고 공감하는 우리들 자신을 스스로 발견하고 은근히 놀란다. 세속적인 조건을 충족하는 배우자를 찾는 모습은 과거나 현재의 우리들 삶에서도 어렵지 않게 접할 수 있는 모습이다. 우리 스스로는 그렇지 않다고 부정한다고 하더라도 우리 자식의 결혼문제에 있어서는 무일푼의 상대와 결혼하겠다는 자식을 사랑만으로 흔쾌히 허락할 부모는 솔직히 그리 많지 않다. 자녀의 혼사를 평생의 과업으로 알고, 과시의 기회로 삼으려는 부모의 비뚤어진 욕망, 집안 사이의 경제력 차이에서 빚어지는 혼수갈등은 이혼사건을 맡으면서 만난 적이 많다. 우리 사회 안에 이미 수많은 데이지들의 일그러진 모습이 있다는 증거다. 인간 개츠비보다 개츠비가 수집해 놓은 영국제 셔츠를 더 좋아하는 데이지의 속물적 눈물을 우리는 마냥 비난할 수만은 없다. 우리들 속에 데이지의 눈물이 숨어있기 때문이다. 데이지의 눈물을 우리 스스로 닦으면서 되돌아보는 성찰의 기회를 갖는다면 영화의 또 다른 역할은 충분하다.

우리는 길어야 백년도 살지 못하는 짧은 인생이다. 그러면서 자신의 성공과 출세라는 이름으로 대변되는 탐욕을 충족시키려고 부지불식간에 다른 사람들에게 피해와 상처를 주며 사는 경우가 많다. 그 탐욕이 가져오는 인간성 파괴의 폐해에 대해서는 애써 눈감으면서 생존경쟁이라는 명분으로 합리화시킨다. 그러한 우리들의 자화상은 오늘날 우리 사회에서 갑질문화의 문제를 고스란히 드러낸다. 데이지가 그랬던 것처럼 쉽게 사랑과 허영에 빠지고, 자신의 무책임이 심각한 결과로 돌아올 때는 그 책임을 남에게 떠넘기고 달아나는 삶은 비단 소설이나 영화 속에서만 존재하는 허구의 이야기만은 아닐 것이다.

개츠비 또한 데이지 자체를 사랑한 것이라고 볼 수 없다. 과거의 데이지를 집착하며 사랑하는 것일 뿐이다. 자신의 이미지를 사랑했을지도 모를 개츠비라는 개인이 위대한 것이 아니라 '위대한 개츠비'라는 작품 자체가 '위대한 고전'이라고 감히 붙이고 싶다. 이는 개츠비와 데이지, 뷰캐넌이 모두 속물적인 인간상이라고 하더라도 등장인물들은 제가끔 작가가 표현하고자 하는 주제의식 속에 승화되어 우리들에게 간접경험과 자기성찰의 기회를 주는 작품이기 때문이다. 고전 《위대한 개츠비》는 속물성에 근거한 탐욕을 버리고 부패할 수 없는 꿈을 꾸라고 일깨워준다. 우리의 삶은 어쩌면 물결을 거스르는 배처럼 쉴 새 없이 과거 속으로 돌아가려고 하지만 끝내 앞으로 나아갈 수밖에 없음을 '위대한 개츠비'가 오늘을 사는 우리에게 가르쳐준다. (2013년 6월)

영화 <설국열차>

◦ 인류 모습의 축소판

어린 시절의 여름을 가만 떠올려 본다. 동네 우물가 논두렁에서 물고기를 잡고 아무리 땡볕에서 놀아도 마당에서 펌프물이나 지하수 한 바가지 끼얹으면 무더위는 사라졌다. 선풍기나 냉장고를 가진 집이 거의 없었고, 에어컨은 듣도 보도 못한 가전제품이었지만 무더위 때문에 지쳤던 기억은 없다. 부채만으로도 넉넉히 여름을 견딜 수 있었다.

그러나 산업이 점점 발전해 우리 생활이 나아지면서 자동차가 늘어나고, 어느덧 에어컨도 필수품이 되었다. 국가는 개발이라는 이름으로 자연을 훼손했다. 대기오염은 심각해지고, 지구온난화라는 문제에 부닥치게 되었다. 그 결과 당장 눈앞의 일상생활은 편리해졌으나 오히려 살아있는 생명체들은 점점 살기 힘들어지는 것이 현실이다. 우리들의 일상생활에서 전기를 쓰지 않거나 화석연료의 의존 없이 살아간다는 가정을 하기 어려울 정도가 되어버렸다. 현대인들의 라이프스타일 자체가 문명의 이기와 편리함이라는 이름으로 지구 온난화를 가속화시키는데 이미 익숙해졌고, 만성이 된 게 사실이다. 지구 온난화에 대한 대책을 거창하게 논의하기조차 힘겨워한다.

미래세대인 아이들에게 기후로 인한 고통과 재난을 물려주지 않아야 한다. 지구 온난화는 개인이나 국가의 문제가 아니라 전 지구적 차원에서 해결해야 할 문제다. 특히 화석연료 배출에 있어서 원죄와 책임이 있는 서구 선진국들이 앞장서서 지혜를 모아 정책을 세우고 실천해야 한다. 그러나 여러 차례 기후협약을 체결하고 총론에는 동의하면서 구체적인 실천방안이나 기후대책에 필요한 재원마련에 있어서는 늘 각 나라의 이해관계 때문에 답보상태만 되풀이하고 있다. 지구가 중병을 앓고 있다는 인식에 이의를 제기하는 나라는 없으면서도 치료방법에 관한 처방만 무성할 뿐 정작 의미 있는 치료는 하지도 못하고 있다. 앓고 있는 병은 시름시름 깊어만 가는 형국이다. 환경을 무시한 정책이나 사람들의 과소비 행태를 보면 몇몇 뜻있는 단체나 개인들의 운동과 구호로만 그치는 것이 아닌지 심히 걱정스럽다.

지구온난화와 관련한 재난영화인 <설국열차>(감독: 봉준호)를 봤다. 영화 속에서 설국열차와 엔진을 만든 절대자로 그려진 윌포드(에드 해리스 분)의 대사처럼 열차는 '세계'이고 열차 안의 탑승객들은 '인류 모습의 축소판'이라고 할 수 있다. 지구 온난화에 대한 대책인 인공 냉매제 CW-7의 살포로 지구는 새로운 빙하기를 맞이하고, 인류의 마지막 생존지역으로 설정된 설국열차가 17년째 멈추지 않고 달린다. 열차 안의 앞 칸과 꼬리 칸의 승객들로 그려지는 인류의 모습은 다소 억지스러운 설정이라는 비판도 있지만 현재 세계 곳곳에서 우리가 직면하고 있는 불평등과 불합리의 모습을 지극히 사실적으로 보여준다.

지구의 자원과 재화가 비록 한정되어 있더라도 한정된 물량을 공정하고 합리적으로 분배할 수만 있다면 인류의 불평등과 비참한 불합리가 어느 정도 완화될 수가 있다. 하지만 이것은 이상적인 희망사항일 뿐이다. 현실에서는 정도의 차이가 있을 뿐 소수가 독점하고 다수가 소외되는 모습이 산업혁명 이후 초기 자본주의 시기부터 인류가 보여 온 한계였다.

영화는 맨 앞 칸부터 꼬리 칸까지 이어지는 각 객실 안 사람들의 모습과 아동노동력 착취 묘사 등을 통해 이와 같은 모순과 불평등을 그대로 고발한다. 설국열차에 무임승차한 꼬리 칸의 승객들은 굶주림으로 서로를 잡아먹기까지 하는 인간성 파괴 상황에 맞닥뜨리고, 그 결과 커티스(크리스 에반스 분)를 중심으로 한 꼬리칸 사람들은 끊임없이 앞 칸을 향해 나아가는 혁명을 꿈꾼다. 반대로 앞 칸의 상류계층들은 꼬리 칸 사람들에게 신발(꼬리 칸 사람들)을 모자(앞 칸 사람들)처럼 머리에 사용할 수 없듯이 신발은 발아래에 누고 모자는 머리 위에 두는 것이 질서라고 강조한다. 또한 자기의 분수를 알고 처음부터 정해진 자신의 자리를 지키는 것이 미덕이고 그 질서유지가 그나마 삶을 연명해 가는 유일한 길임을 꼬리 칸 사람들에게 설파한다. 앞 칸 사람들이 누리는 자유와 풍요가 모든 사람이 보편적으로 조화롭게 누리는 것이 아니라 꼬리 칸 사람들에 대한 차별과 억압으로부터 나오는 것이라면 그런 자유와 풍요는 결국 영속적일 수 없고 언젠가는 갈등을 불러올 수밖에 없다는 사실을 영화는 보여주고 있다.

지배층의 탐욕으로 희생양이 된 피지배층은 점점 희망을 잃어간다. 그렇지만 피지배층은 사회개량이나 신분상승의 꿈을 잃지 않고, 실패하거나 미완에 그칠지라도 기존 질서를 끊임없이 바꾸려고 한다. 꼬리 칸의 혁명 리더 커티스의 봉기가 그것이지만 인류역사에서 수없이 경험하듯이 미완의 혁명을 되풀이한다. 혁명이 왜 미완이 되는가를 보여주는 모습이기도 하다. 혁명은 깊은 성찰과 철학을 동반해야 한다. 혁명 이후의 삶을 준비하고 혁명 이후의 계획을 갖고 있어야 한다. 혁명 이후 생기는 수많은 혼란과 과제를 해결하지 못하면 일반 민중들은 근본적인 모습을 그대로 끌어안은 채 지배자만 바뀌는 것 이상의 의미가 없다. 피지배층은 목숨 걸고 혁명을 성공했음에도 '도로 피지배층'의 신세를 면하지 못한다.

커티스는 물론 꼬리 칸의 전前 지도자였던 길리엄(존 허트 분)도 이런 한계가 있었다. 그래서 절대자로 군림하는 윌포드의 '폐쇄된 생태계의 균형 유지를 위해서는 인구수를 조절해야 한다'는 논리에 설득 당한다. 극단적이고 위험한 나치처럼 폭동을 유도하거나 살인을 해서라도 인구수를 조절해야 한다는 말에 혼란스러워 한다. '공동체의 이익'이나 '생태계의 균형 유지'란 번드르르한 말을 앞세우며 차별과 억압을 방치하면 누가 지도자가 되더라도 그것은 혁명이라고 말할 수 없다. 열차 안 승객들로 상징되는 인류의 근본 모순의 해결을 길리엄과 커티스가 아닌 남궁민수(송강호 분)에게서 찾을 수밖에 없는 이유다. 대다수 사람들은 열차 밖을 나가면 얼어 죽는다는 세뇌교육과 고정관념 그리고 새로운 환경 변화에 두려움을 갖고 있었는데 열차 밖으로 나가야 열차 안의 근본 모순 해결의 돌파구를 찾을 수 있다고 믿는 유일한 사람이 남궁민수였다.

남궁민수가 설국열차 밖으로 나갈 생각을 하지 않았다면 그리고 그 생각을 용기 있는 행동으로 옮기지 않았다면 열차 안을 벗어나지 못하는 한계에 머물렀을 것이고, 설령 혁명에 성공해도 지도층만 바뀌고 꼬리 칸의 굶주림은 계속해서 상대를 먹이로만 생각했을 것이다. 열차 안의 한정된 재화와 자원 속에서는 인구수의 증가로 폐쇄된 생태계의 균형을 유지하기 어렵다. 인간성 파괴와 모순은 줄기차게 이어질 것이고, 아무리 혁명이 일어난다고 하더라도 굶주림을 끊을 수는 없다. 혁명은 되풀이해서 계속될 수밖에 없다.

그래서 나는 엔진 칸의 객실 문만을 열려고 노력하는 커티스의 집착과는 대비되는 모습으로 엔진 칸의 객실 문이 아닌 열차 밖으로 나가는 문을 부숴버리라는 남궁민수의 탁견에 주목한다. 차창을 통해 10년 전 에카테리나 다리 부근에 불시착한 여객기 잔해의 모습을 살피면서 빙하기가 완화되고 있다는 사실을 깨닫고 열차 밖에서도 인류가 생존할 수 있는 가능성을 알아채는 남궁민수의 신중함은 영화에서 가장 인상 깊은 장면으로 꼽고 싶다. 감독은 영화의 주제의식을 선명하게 부각시키려고 북극곰을 등장시켜 멸종된 것으로 보였던 자연생태계의 복원을 암시한다. 열차 탑승객 가운데 요나(고아성 분)와 타냐(옥타비아 스펜서 분) 두 명만이 생존한다. 이 두 사람은 마치 인류의 모순을 극복하고 죄를 씻은 상태에서 아담과 이브처럼 인류가 새 출발한다는 장면으로 비춰진다. 이 대목은 다소 작위적이고 개연성이 떨어지는 서사구조로 옥의 티라는 생각이 들었지만, 한편으로는 감독이 말하고자 하는 바를 잘 드러냈다. 물론 요나의 손에는 피를 묻히지 못하게 하고 자신이 해결하고 열차 문을 폭파한 뒤 죽음에 이르는 남궁민수의 모습에서 미래세대의 새 출발을 바라는 기성세대의 부채의식을 엿볼 수는 있었다.

이 영화 밑바닥에는 '지구온난화가 초래할 치명적인 위험 경고'를 깔고 있다. 개인적으로 영화 <설국열차>의 문제의식과 주제의식을 매우 높이 평가한다. '자기 자리를 지키는 것이 질서이고, 누가 정해준 것인지도 모르는 그 자리를 지키는 것을 미덕'으로 알고 삶을 살 것인지, 아니면 '사회의 모순과 부조리를 보면 문제의식을 가지고 그것을 해결하기 위해 노력'할 것인지를 처음부터 끝까지 우리에게 물으면서 성찰의 기회를 제공하고 있기 때문이다.

남궁민수는 절망적인 상황에서도 열차 밖으로 나갈 생각을 하고 노력을 했다. 우리 삶의 여러 가지 한계나 현실적 제약 속에서도 좌절하지 않는 모습이다. 인간의 존엄을 지키면서 타인을 착취하지 않는 방법으로 새로운 대안을 찾는 인류의 끊임없는 노력을 상징하기도 한다. 그 노력은 바로 우리에게도 묻고 있는 것이다. 이야기의 개연성과 작품의 완성도가 떨어진다는 평가가 있고, 아이들과 보기에 지나치게 잔혹한 장면이 있다는 의견도 있으나 관객들에게 던지는 문제의식과 주제의식은 매우 의미 있는 영화라는 생각이다. (2013년 10월)

영화 <7번방의 선물>

○ 현실성 떨어지는 드라마에 감동하다!

2월의 첫 번째 주말에 아빠와 딸이 주인공으로 등장하는 영화 <7번방의 선물>(감독: 이환경)을 봤다. 어린 딸이 교도소에 몰래 들어가서 생활한다는 억지스런 설정 때문에 현실감 떨어진다는 선입견을 갖고 있어서 큰 기대를 하지 않았다. 그러나 <7번방의 선물>은 관객을 웃고 울게 만들고 감동까지 안겨주었다. 개연성이 떨어지는 단순한 영화라는 선입견은 인간의 순수함과 진정성 앞에 엉터리 선입견이 되고 말았다.

영화는 6살 지능의 지적장애인 이용구(류승룡 분)와 그의 어린 딸 이예승(갈소원 분)을 등장시켜 부모의 애틋한 자식 사랑, 자식의 알뜰한 부모 사랑을 말 그대로 애가 타게 그렸다. 또한 범죄를 저지르지 않았음에도 이용구가 교도소에 수감되는 상황이 그려지는데 이용구는 자신이 어떤 처지인지 왜 갇히는지도 제대로 알지 못하는 순수한 바보다. 이 장면은 법과 사법제도가 약자와 소외 계층에게 아무런 보호막이 되지 못하고, 오히려 그들을 절망으로 빠뜨리는 문제점을 지적하고 있는 셈이다. 법조인으로서 마음이 많이 아팠다. 영화는 제가끔의 처지에서 드러나는 인간의 본성을 다루고, 정의가 빠진 자리에 불의가 고개를 드는 모습들에 초점을 맞춘다. 그리고 인권유린이라는 무거운 문제를 깔았다. 주제는 그렇지만 진지함 대신에 가볍고 유쾌한

〈7번방의 선물〉 ⓒ NEW

연출을 선택했고, 개성 있는 배우들의 멋진 연기가 영화를 뒷받침했다.

부정父情을 보여주는 두 아버지의 모습도 빼놓을 수 없는 관람 포인트였다. '채우려는 아버지'와 '비우는 아버지'의 모습이다. 권력을 가진 현직 경찰청장(조덕현 분)의 딸이 갑작스럽게 죽는다. 딸이 죽었으니 그 슬픔과 황망함이 작을 수는 없다. 하지만 딸의 죽음에 대한 희생양을 찾고, 경찰청장의 체면과 명예라는 욕망을 채우려는 비뚤어진 부정父情으로 변질된다. 반면에 6살 지능의 사회적 약자인 이용구는 누명을 쓰고 감옥에 들어왔으면서도 혹시나 자신 때문에 사랑하는 딸 예승이가 불이익이나 위해危害를 받을까봐 기꺼이 희생양이 되는 것을 받아들인다. 권력도, 돈도, 사회적 지위도 전혀 없는 이용구는 결국 자신의 삶과 목숨을 송두리째 내어 놓는 비움과 희생의 부정父情을 보인다.

교도소에 불이 났을 때 모두 탈출하기에 바쁜 상황이 생긴다. 이때 바보 이용구는 목숨을 걸고 불길 속으로 뛰어들어 보안과장 장민환(정진영 분)을 구하며 쓰러진다. 자신은 쓰러지면서도 무의식중에 '과장님을 살려 달라'고 말한다. 이용구는 바보로 묘사되지만 그 누구보다도 배려와 희생을 몸에 장착한 영웅이 아닐 수 없다. 이러한 바보 이용구를 두고 교도소 의무과장(성형진 분)은 이렇게 말한다. '유괴하고 교도소에 들어온 사람 맞아? 혹시 유괴 당해서 교도소에 들어온 것 아니야?' 착한 이용구를 보고 아이를 '유괴한 사람'이 아니라 국가나 권력으로부터 '유괴 당한 사람'으로 비유를 한다. 의무과장은 바보 이용구를 두고 하는 소리였지만 나는 우리 사회에 묻고 있는 말로 들렸다. 지적장애인 이용구는 인권이 유린된 채 교도소에 수감되었고, 그는 국선변호와 재판을 통해 어떠한 권리 구제도 받지 못했다. 결국 누명을 쓴 채 억울하게도 형장의 이슬로 사라졌다. 이 영화는 우리 사회의 부정의不正義와 불합리不合理를 고발하고 있다.

억울한 피고인의 목소리에 귀를 기울이지 않는 재판장과 소명의식이 부족한 국선변호인이 바보 이용구를 구제하지 못하는 장면은 정말 가슴이 아팠다. 이 아픈 가슴을 위로하듯 영화에서는 뜻밖의 장면이 나타난다. 사법연수원의 모의재판 장면이다. 모의재판에서 선택한 가상의 사건은 바로 '이용구의 유괴 사건'이고, 변호인의 변론을 통해 이용구의 결백이 밝혀지고 무죄가 선고된다. 진짜 재판에서 풀지 못했던 정의롭지 못한 현실을 사법연수원의 모의재판에서 바로잡은 것이다. 이 모의재판에서 변호인 역할을 해서 무죄를 이끌어낸 사법연수생은 다름 아닌 성장한 이용구의 딸 예승(박신혜 분)이다. 현실이 외면한 정의를 가상에서라도 실현시키는 이 장면에서 관객들은 씁쓸한 마음을 달랜다.

영화 <광해, 왕이 된 남자>에서도 비슷한 대목이 있다. 진짜 왕이 다스리는 현실에서는 도탄에 빠진 백성들의 삶을 구하지 못하고, 불합리한 현실도 바로잡지 못한다. 기대조차 하기 힘들었다. 그래서 왕 노릇을 하는 가짜 왕 하선을 통해서 올바른 정치에 대한 희망을 표현한다. 가짜로라도 안타까운 마음을 쓰다듬어 준다. 아무튼 가상이지만 바보 이용구의 무죄가 선고되는 장면은 법과 사법제도가 정의란 이름을 달고 '부정의를 합리화'하는 현실을 지적하는 장면이고, 그런 불합리를 개선하라고 알려주는 장면이다. 앞으로 우리 사회가 정의를 좇고, 불합리를 개선하는데 더 많은 노력을 함께 해야 한다는 사실을 영화는 일깨워준다.

나는 6살 된 딸과 영화관에 나란히 앉아 이 영화를 보면서 그동안 너무 당연하지만 놓치고 살았던 새삼스런 사실 하나를 깨달았다. 과열경쟁 속에서 다른 사람들보다 앞서려고 우리는 더 빨리 철이 들어야 하고, 다른 사람들에게 뒤처지지 않으려고 더 일찍 사회화되어야 한다고 배우면서 산다. 얽히고설킨 사회에서 적당히 타협하는 것을 얼른 터득하고 눈치가 빨라야 경쟁에서 이긴다고 배웠다. 하지만 이런 가르침들은 오히려 부정의를 부추기고 불합리를 합리화시키고 만다. 바보 이용구는 머릿속으로 유·불리의 계산을 하지 않았고, 6살 지능의 순수함과 진정성만 가지고 있었다. 그 순수함과 진정성이 서슬 퍼런 반사회적 성향의 재소자들을 감화시켰고, 유괴 범죄의 피해자로 마음의 문을 닫고 살아오던 교도소 보안과장의 마음의 문도 활짝 열었다. 불합리한 현실에서 희망을 건져 올리는 일은 세속적인 가치가 아니라 순수함과 진정성인 것이다. 우리는 이용구가 가진 순수함과 진정성을 잊은 채 살아가고 있다. 인생에서 정작 필요한 순수함과 진정성은 이미 유치원에서 모두 배웠다는 말이 맞아 떨어지는 영화다.

요즘 우리 대부분은 돈, 권력, 지식 등 세속적인 욕심과 가치를 채우려고만 하고, 그런 마음과 행동에 매우 익숙하다. 물질의 풍요와 지

[7번방의 선물]

식의 홍수 속에서 좀처럼 여유와 여백은 찾아보기 힘든 인간성 상실의 시대를 살고 있다. 우리 마음속에 '딸(만 생각하는)바보, 사람(만 생각하는)바보'인 이용구가 보여 준 순수함과 진정성이 조금이라도 들어 올 수 있게 하려면 무엇을 채우려 할 게 아니라 오히려 우리 마음속에 가득 차 있는 세속적인 가치들을 비우려고 노력해야 한다. 그래야 그 빈자리에 사랑과 행복을 담은 인간적인 가치가 찾아올 테니까. (2013년 3월)

영화 <인생은 아름다워>

○ 희망을 포기할 수 없는 이유

최근에 영화 <7번방의 선물>을 보면서 오래된 기억 속에 남아 있던 영화 한편이 떠올랐다. 로베르토 베니니Roberto Benigni 감독이 만든 이탈리아 영화 <인생은 아름다워>다. 두 영화가 모두 어린 자녀를 교도소나 수용소에 데리고 들어간다는 다소 개연성이 떨어지는 설정이지만 관객에게 웃음과 슬픔 그리고 감동을 준다는 공통점이 있다.

시골 총각 귀도(로베르토 베니니 분)는 로마에 와서 도라(니콜레타 브라스키 분)를 만나 운명처럼 첫눈에 반한다. 귀도와 도라는 누구나 그렇듯이 사랑의 어려움을 이겨내고 단란한 가정을 꾸린다. 아들 조수아(조르지

오 깐따르니 분)가 태어나고, 귀도의 재치와 유머는 영화를 휘어잡는다. 조수아의 다섯 살 생일, 갑작스레 들이닥친 나치 군인들은 단지 유태인이라는 이유만으로 귀도와 조수아를 수용소행 기차에 실어버린다. 소식을 들은 도라는 기차에 따라 오른다. 단란했던 평범한 가족의 행복은 풍비박산風飛雹散이 난다.

오직 살아남는 것만이 유일한 목표인 수용소의 슬픈 이야기에 왜 하필 인생이 아름답다는 제목을 붙인 것일까? 수용소임에도 인생이 아름다울 수 있는 것은 무슨 이유일까? 왜 우리들은 이와 같은 영화에 감동하는 것일까? 영화가 끝나고 나서도 이러한 질문들은 뇌리에서 떠나지 않았다.

현대 사회에서 학력과 지식수준은 높아지고, 기술은 비약적으로 발전한다. 이에 반비례해 인간성 상실은 커져만 간다. 그래서 인간에 대한 사랑과 헌신은 각박해진 우리들 삶을 완화시키는 소중한 가치로 자리한다. 영화 <7번방의 선물>이나 <인생은 아름다워>는 사랑의 너비와 헌신의 깊이를 깨닫게 해준다. 아마 이 영화에 사람들이 열광하는 이유인지 모른다. 사회 계층은 갈수록 양극화되고, 인간의 탐욕이 빚어낸 불합리不合理와 부정의不正義는 난무한다. 제로섬 게임과 비인간적 경쟁구조도 심화된다. 그렇더라도 우리가 삶을 버텨내는 것은 가슴 깊이 인간 가치에 대한 믿음과 저마다의 양심이 있기 때문이다. 사람은 무엇이 옳은지 알면서도 잊고 지내거나 자신의 여러 가지 현실 조건을 핑계 대며 행하지 못함을 합리화시킨다. 그리고 실천하지 못한 죄책감을 지니고, 실천하고자 하는 갈망도 갖는다. 그러다가 누군가가 사랑과 헌신을 실천에 옮기는 모습을 보면 정서적 지지와 호응을 보낸다. 그리고 우리들 삶을 되돌아보고 정화시키려고 애를 쓴다. 비록 영화가 현실은 아니지만 영화를 보면서 우울함, 불안감, 긴장감을 해소하고 마음을 정화시키며 옳음을 실행해야겠다는 다짐이라도 하게 된다. 그 기회를 이 영화는 준다.

도라는 유태인이 아니면서도 자신의 삶을 가족과 함께하기로 결심하고 유태인 수용소로 들어간다. 생지옥과 같은 수용소에서 부정의와 비참한 상황을 보면서도 귀도는 어린 아들에게 재미있는 게임이라고 설명을 한다. 무자비한 수용소 생활은 단체 게임이고, 1천 점을 따면 진짜 탱크를 준다면서. 이는 아들을 달래고, 끝까지 희망을 심어주려는 아빠의 마음이다. 심지어 독일군에게 총살당하기 직전의 극한 상황에서조차 생의 마지막 순간의 몸짓과 눈빛까지 온전히 어린 아들에 대한 사랑과 배려, 희생을 보여준다. 마음이 숙연해지고 마음속 깊은 곳에서부터 울음이 나오는 장면이었다.

러시아 비운의 혁명가인 레온 트로츠키는 멕시코에 망명하지만 1940년 스탈린은 암살자를 보내 트로츠키를 죽인다. 죽음 직전에 그 절망과 극단적인 최후의 상황에서 트로츠키는 '인생이 아름답다'고 말한다. 이 영화 제목의 모티브가 된 말이기도 하다. 트로츠키는 자신을 희생하면서 세상의 불평등, 부조리, 불합리를 극복하려는 수많은 사람들을 봤고, 그들의 아름다운 삶을 느꼈기 때문에 이렇게 말하지 않았을까? 그들은 자신의 이름도 내세우지 않으면서도 포기하지 않고 끊임없이 실천한다.

귀도의 희생이 도라와 조수아의 삶을 아름답게 지켜주었던 것처럼 <인생은 아름다워>. 어린 딸 예승이를 향한 바보 아빠 이용구의 사랑처럼 <7번방의 선물>. 미리엘 신부의 조건 없는 사랑과 용서로 구원을 얻은 장발장이 코제트에게 자신의 삶을 희생하며 배려하는 모습처럼 <레 미제라블>. 측은지심을 느낀 오스카 쉰들러가 끊임없이 용기를 내고 희생하는 모습처럼 <쉰들러 리스트>. 내전으로 황폐화된 아프리카 남수단에서 헌신한 이태석 신부의 삶처럼 <울지마 톤즈>. 또한 언론에 보도되는 이름을 밝히지 않는 수많은 기부천사들의 삶처럼. 이들은 모두 삶이 주는 여러 가지 고통에도 우리가 인생이 아름다울 수 있다는 희망을 포기하지 않고 품게 하는 이유이기도 하다. <인생은 아름다워>의 영화포스터 글귀에 눈이 머문다. '전 세계를 울린 위대한 사랑! 마법처럼 놀라운 이야기!' (2013년 3월)

영화 <도가니>, <부러진 화살>

○ 사법부 비판 영화가 주는 통쾌함과 불편함

우리 사회에 사법부를 포함한 법조계의 변화를 촉구하는 비판적 시각의 영화가 연이어 개봉되어 흥행에 성공했다. 영화 <도가니>(감독: 황동혁)는 청각장애인 학생들을 교사와 교직원들이 지속적으로 성폭행해 형사 처벌을 받았던 광주인화학교 사건을 영화화해 사회적 반향을 일으켰다. 영화 <부러진 화살>(감독: 정지영)도 2007년 대한민국 사법부를 뒤흔들었던 이른바 '석궁테러 사건'의 주인공 김 모 전 성균관대 교수의 재판이야기를 영화로 만들어 국민적 관심을 받았다. 영화를 관람한 상당수의 국민이 사법부를 포함한 법조계를 비판적으로 묘사하는 영화 내용에 대해 통쾌해하고 공감을 나타냈다. 이는 아마도 선출된 권력이 아니면서도 지금까지 어떠한 비판도 할 수 없었고, 성역으로만 존재했던 사법부를 정면으로 비판한 것이 국민들에게는 신선한 충격으로 다가왔기 때문이리라.

나 또한 두 영화를 보고 '통쾌함'에 공감하면서도 마음 한편으로는 솔직하게 말해 왠지 모를 '불편함'을 느꼈다. 두 영화에서 통쾌함과 불편함이 공존함에도 영화가 주는 불편한 부분을 언급하는 목소리가 상대적으로 적어서 이 글을 쓰게 됐다. 불편함을 언급함으로 통쾌함과 불편함 사이의 간격을 조금이라도 좁히고, 통쾌함과 불편함이 조화되어 합일되기를 바라는 마음이니 오해하지 않기를 바라는 마음이다.

영화 <도가니>에 대해 다소 불편한 감정을 가지는 이유는 극적 재미를 위해 가공한 몇 가지 허구의 사실이 실제로는 '존재하지 않는 사실'이 있어서다. 또 하나는 관람객들에게는 '불편한 진실'로 인식되어 사법부와 법조계에 대한 건설적인 비판은 이해를 하겠는데 맹목적인 비난과 불신을 확대 재생산할 우려가 있기 때문이다. 1심 재판과정에 부장

〈부러진 화살〉 ⓒ (주)명필름

판사 출신 이른바 전관 변호사가 사건의 진실을 왜곡하는 변론을 하면서 담당재판부에 로비를 한 듯 묘사되었고, 심지어 담당검사는 결정적 증거인 성폭행 장면이 촬영된 동영상이 담긴 시디CD를 증거로 제출하지 않아 불의에 타협한 것처럼 그려졌다. 그러나 실제 사건에서는 피고인들에게 징역 5년의 중형이 선고되었다. 영화에서 재판장과 친분이 있는 부장판사 출신의 변호사로 그려지는 부분과 주요 증거를 의도적으로 누락하는 검사는 실제 사실과 다르고, 영화의 극적 재미를 위해서 추가한 허구일 뿐이다.

도가니 사건의 항소심에서는 1심에서와 달리 피해자의 합의서가 제출된 사정 변경이 있었던 것으로 보인다. 피해자와 합의를 양형에 어떻게 평가해야 하는지는 재판부의 양형재량권에 속하는 사항이고,

항소심 담당검사는 마지막 결심공판까지 실형을 구형했다. 담당검사는 항소심 선고 이후 자신의 일기에 피해자들에 대한 안타까움을 기재했다가 언론에 공개하기도 했다. 항소심에서도 역시 영화와는 달리 재판장과 친분이 있는 부장판사 출신의 변호사는 없고, 중요 증거를 의도적으로 누락한 검사도 없었다.

영화 <부러진 화살>에서는 김 교수가 판결에 불만을 품고 석궁을 들고 판사를 찾아간 의도에 대한 비판적 검토 없이 단지 김 교수를 '부정한 사법부'를 향해 석궁을 날린 영웅으로만 비춰지게 묘사한 내용이 불편했던 것이 사실이다. 관람객들은 작은 개인인 김 교수가 사법부라는 거대권력 앞에서 작아지기보다는 오히려 권위적인 태도를 취하며 대항하는 것을 보고 대리만족이라는 통쾌함을 느꼈을 것이다. 그러나 김 교수가 석궁을 들고 판사의 집에까지 찾아간 배경에 김 교수의 '반反법치주의 태도'가 자리 잡고 있는데 영화는 애써 이 부분을 외면했다고 보인다. 판결에서 연이어 패소한 사실을 두고 김 교수는 '판사의 잘못'으로만 몰아붙이고, 자신은 끝내 옳다며 억울해한다. 이는 교수인 자신이 '당연히' 옳다는 김 교수의 권위주의적이고 엘리트주의적인 확신에서 나왔고, 그 결과로 석궁을 들고 판사를 찾아간 일도 상식적으로는 잘 이해할 수 없는 행동이라는 측면이 엿보인다. 영화화되기 전 책을 통해 이 사건이 알려졌는데 이 책을 쓴 작가도 권위주의적인 사법부와 너무도 닮아있는 김 교수의 권위주의와 엘리트주의를 언급한 바 있다.

원칙대로 깐깐하게 사는 수학자와 법리를 따지는 판사의 한판 승부를 통해 대한민국 사법부의 변화와 개혁을 촉구하는 영화의 의도와 내용에 공감한다. 하지만 주변 사람들을 괴롭게 만드는 고집불통의 권위주의자가 사법부라는 또 다른 권위에 도전하는 일로 영웅이 될 수 있다는 식의 전개에는 불편함을 지적하지 않을 수 없다. 이런 불편함에도 불구하고, 국민들이 사법부와 법조계를 비판하는 영화에 상당한 호응을 한다는 건 주목할 만하다. <도가니>와 <부러진 화살>의 흥행성공은 그만큼 현재 사법부와 재판부의 공정성에 대한 신뢰에 의문을 표시하는 시각이 우리 사회에 상당수 존재한다는 사실을 보여주고 있기 때문이다.

우리 사회의 복잡다기하고 첨예한 갈등은 법적 분쟁이 되고, 사법부의 판단으로 분쟁을 해결하는 것이 사법시스템이다. 이는 사법부에 대한 신뢰가 없으면 안 되는 일이다. 그런데 우리 사회의 최종적인 갈등 해결 구조인 사법부가 흔들리는 것은 사법부와 법조계뿐 아니라 국민 모두에게 바람직스러운 것은 아니다. 영화를 보는 내내 사법부의 신뢰회복을 위해 사법부를 포함한 법조계 내부의 뼈를 깎는 자성과 사회 구성원 모두의 노력이 필요하다는 생각을 했다. <도가니>와 <부러진 화살>이 국민에게 주는 '통쾌함'을 인식하는 것에서부터 출발해 영화가 '불편함'에도 그 '불편함'을 감수하고 받아들여야 할 이유이기도 하다. 법조계가 국민에게 낮은 자세로 '불편함'을 받아들일수록 '신뢰도'는 높아질 것이고, 법조계에 대한 '신뢰도'가 높아질수록

국민들의 '통쾌함'의 정도는 낮아질 것이기 때문이다. (2012년 4월)

영화 <변호인> 1

○ 상식과 진정성을 이야기하다!

가슴이 먹먹해지고 소리 없이 눈물만 흘리고 왔다. 영화 <변호인>(감독: 양우석)이 가슴을 먹먹하게 하고 눈물을 흘리게 하는 까닭은 무엇일까? 기본적으로 돼지국밥집 아주머니(김영애 분)와 그 아들(임시완 분)로 상징되는 우리 이웃들의 가슴 아픈 이야기였기 때문일 것이다. 또한 1970년대 과거에 있었던 억울한 사람들의 이야기지만 2013년 현재의 우리 사회에서도 여전히 다양한 영역에서 억울함을 호소하는 사람들의 모습이 겹쳐지고, 시대착오적인 색깔론은 현재진행형이어서 낯설지 않다는 느낌이 들기 때문이다.

현재 우리 사회는 진영논리에 갇혀 합리적이고 생산적인 논의가 실종되었고, 사안마다 좌우프레임을 따지는 상황에 포위되어 있다. 최소한 무엇이 상식인지, 무엇이 정의인지조차도 사회적 공감대를 형성하지 못하면서 다투고만 있다. 이런 상황에서 시민들이 영화 <변호인>을 스크린으로 만날 수 있다는 건 그나마 다행스럽고, 어쩌면 운이 좋은 듯도 하다. 영화라는 대중적 형식의 매개체를 통해 송강호

(송우석 변호사 역), 김영애, 곽도원(보안경찰 차동영 역)이라는 배우들의 뛰어난 연기로 풀어내는 상식과 진정성 그리고 '사람 사는 이야기'를 우리가 접할 수 있기 때문이다.

어떤 사람은 영화 <변호인>을 '노무현의 영화'라는 이유만으로 영화 내용을 보지도 않고, 개봉하기 전부터 편집 테러를 가하기도 했다. '누구를' 이야기 하는지에 대한 편견으로 거부할 것이 아니라 '어떤 내용'의 이야기를 하는지 귀 기울여 주지 못하는 우리 사회의 미성숙성이 아쉽다. 국회의원으로 당선된 1988년 이후의 정치인 노무현에

〈변호인〉 ⓒ NEW

대해서는 호불호와 찬반양론이 첨예하게 갈릴 수는 있겠다. 하지만 최소한 1981년 이른바 부림사건* 변호 이후부터 정치에 입문하기 전인 1987년까지 인권변호사 노무현의 삶은 좌우 프레임에 갇힌 외눈박이 시각으로 폄하할 수 있는 대상은 아니라고 본다.

영화에는 우리 사회를 바라보는 다양한 시각들이 나타난다. 주인공 송우석 변호사의 생각조차도 부림사건을 변호하기 이전과 이후의 생각들이 극적인 대비를 이루고 있고, 미국 유학을 다녀온 해동건

설 아들(류수영 분)의 후진국 민주주의에 대한 생각도 여과 없이 드러난다. 시위나 데모를 대하는 여러 가지 생각, 언론을 바라보는 여러 시각, 이런 다양한 의견들을 평가하는 일은 오롯이 관객들의 몫이다. 다만 우리 주변의 이웃이 아무 잘못도 없이 끌려가 아무런 법적 보호도 받지 못한 채 국가폭력의 피해자가 되었을 때 우리는 같은 사회 구성원으로서 어떤 태도를 취해야 하는지를 영화는 담고 있다. 지극히 당연한 상식과 진정성에 대한 이야기를 주제의식과 지향점으로 풀어내고 있다.

여기서 잠깐 우리들 스스로가 보신주의, 개인주의, 가족이기주의에 익숙해져 있어서 내 문제나 내 가족의 문제가 아니라면 이웃의 피해와 고통에 대해 외면하고 있는 것은 아닌지 되돌아봐야 한다. 한번쯤은 되돌아보라고 영화가 말하고 있으니까. 이웃의 피해와 고통에 대해 무관심과 냉소가 지배하는 사회는 어떤 부조리나 불합리도 사회적 문제로 제기하지 못하고 다만 개인적인 문제로 치부하고 만다. 이는 곧 내 자신의 처지가 바뀌어 부조리와 불합리의 피해자가 되었을 때 사회적 관계에서 해결책을 찾을 수 없게 되고, 이는 사회적 유대관계의 단절을 불러오게 될 것이다. 사회적 동물인 인간이 개인의 문제를 사회적 공동체의 문제로 인식하고 함께 해결책을 모색하고 노력해야 한다는, 다시 말해 사회적 연대의 중요성을 영화는 가르쳐주고 있다.

또 하나 영화에서 주목해서 볼 것은 주인공을 인격의 완성체로 미화하는 것이 아니라 흠투성이인 있는 그대로의 모습을 그리고 있다는 점이다. 누구나 삶을 살아가는 과정에서 수많은 선택의 순간에 맞닥뜨리고, 그 선택으로 세속적인 이익을 얻거나 심각한 불이익을 입을 수도 있다. 사회적으로 지위가 높을수록 돈이 많을수록 자기가 가진 기득권을 포기하는 선택을 하기는 힘들다. 오히려 잇속을 찾느라 내면의 양심을 버리는 선택을 하는 일이 다반사다. 영화에서도 판사, 검사, 변호사로 상징되는 법조인들이 최소한의 직업적 소명의식과 양심을 지키지 못하는 모습을 비판적 시선으로 그린다. 우리가 새롭게 마음에 깊이 새길 부분은 현재 우리가 누리는 민주주의는 선택의 순간에서 불이익을 감수하고 자신의 양심을 지킨 수많은 사람의 희생과 노력으로 얻어진 결과라는 사실이다. 가난의 설움을 직접 경험한 송우석 변호사가 인생역전의 기회를 잡고 난 뒤 선택의 순간에 놓인다. 돼지국밥집 아주머니의 절박하고 인간적인 부탁을 받아들이고, 경제적인 이익이 보장되는 세속적인 기회를 포기하는 순간, 그 순간을 고뇌하는 주인공의 모습이 오래 남는다. 이는 그 선택의 순간이 우리의 삶과 동떨어지지 않아서일 것이고, 우리 자신도 그 선택의 순간에 놓여있다는 동질감을 느껴서이기 때문일지도 모른다.

바위는 아무리 단단해도 죽은 것이고 달걀은 아무리 약해도 산 것이어서 바위는 부서지면 모래에 불과하지만 결국은 산 달걀이 죽은 바위를 넘는다는 대사가 나온다. 바위로 상징되는 권력이 아무리 강해 보이더라도 결국은 달걀로 상징되는 깨어 있는 국민이 죽은 바위를 넘어 설수 있다는 희망을 말해주고 있다.

또한 주인공 송우석 변호사는 보안경찰 차동영 경감의 왜곡되고 비틀어진 애국심으로 인간을 수단으로 삼고, 국가와 정권을 구별하지 못하는 태도를 지적한다. 그때 송우석 변호사는 '대한민국의 주권은 국민에게 있고, 모든 권력은 국민으로부터 나온다(헌법 제1조 2항). 국가는 곧 국민이다'고 일갈한다. 이 장면이 바로 감독이 영화에 투영하려는 주제의식이다. 너무도 간단하면서도 뚜렷하다. 인간을 도구화하고 수단으로 삼는 반인권적 태도는 어떠한 명분으로도 인류사의 긍정적 발전에 기여하지 못한다. 설령 그 이념과 제도가 국민을 이롭게 한다고 하더라도! 우리는 역사에서 이미 수없이 교훈으로 배웠다. 그럼에도 구시대의 유물로 전락한 인간의 도구화와 반인권적 태도를 우리는 그 동안 애지중지하며 살아오고 있지는 않았는지 영화는 돌아보게 한다.

극적 완성도가 높은 상업영화로 성공한 영화 <변호인>은 정치적 논란의 대상이 아니다. 우리 사회의 더 많은 시민들에게 상식이 무엇인지, 사회적 존재로서 인간의 미덕이 무엇인지, 우리 자녀들이 살아가야할 미래의 대한민국은 어떠한 사회여야 하는지, 성찰의 기회를 주는 소통의 매개체다. (2013년 12월)

* **부림사건**: '부산의 학림(學林)사건'의 줄임말. 보통 군사독재의 제5공화국이 출범하면서 통치기반을 확보하려고 만든 사건이라고 말한다. 1981년 9월 부산지검의 최병국 검사는 독서모임을 하던 양서

협동조합의 학생·교사·회사원 등을 영장 없이 체포해 불법으로 감금하고 구타와 고문을 가했다. 독서 모임에서 나눈 이야기는 정부 전복을 꾀하는 반국가단체의 '이적 표현물 학습'과 '반국가단체 찬양고 무죄'를 뒤집어쓴다. 모두 22명이 구속되었고, 5~7년의 중형을 선고 받았다. 국가보안법·계엄법·집 시법(집회 및 시위에 관한 법률) 위반 혐의를 받은 이들은 재판을 받을 때에야 처음 만나는 사람들도 여 럿 있었다. 그때 노무현·김광일 변호사 등이 무료 변론을 맡았는데, 고 노무현 변호사는 고문당한 학생 들을 접견하고 권력의 횡포에 분노한다. 1983년 12월 구속되었던 사람들은 전원 형집행 정지로 풀려 나고, 노무현과 함께 부산지역 민주화운동을 이끈다. 사건 피해자들은 2014년 2월 모든 혐의에 대해 무죄판결을 받았다. 33년이 걸렸다. 그러나 검찰은 항소했고, 9월에 대법원은 무죄 원심을 확정했다.

영화 <변호인> 2

○ 자랑스런 후배, 부끄러운 선배

최근 우리 사회에 신드롬을 일으키고 있다고 할만큼 이슈의 중심 에 서 있는 영화 <변호인>이 개봉 18일 만에 800만 관객 돌파를 눈 앞에 두었다고 한다. 이 영화는 과거 우리 사회에서 용공조작 등으로 국가폭력의 희생자가 되었던 평범한 사람들의 가슴 아픈 이야기를 통 해 현재 대한민국의 현실을 살펴보게 하고 우리 사회가 상식이 통하 는 사회이길 바라는 희망을 전달하고 있다. 그런데 어떤 이는 이 영화 를 보고 무력감과 부끄러움이 느껴져 몹시 힘들었고 불편했다고 한 다. 일상에서 5명의 가족을 부양하려고 누구보다도 성실하게 살아가 고 있는 평범한 사회 구성원인 40대 중반의 가장이 느꼈다는 불편함 의 정체는 무엇이었을까? '영화'가 불편한 것이 아니고 현재의 '시대 상황'이 우리를 불편하게 하는 게 아닐까?

"이러면 안 되는 거잖아요", "우리 자식들에게는 이런 말도 안 되는 일로 브레이크 밟히는 세상을 물려주지 않아야 하는 거 아닌가요?!" 영화에서 송우석 변호사는 피를 토하듯 외치지만 어려운 이야기가 아니라 그냥 '상식'일 뿐이다. 우리가 모르고 있었던 것을 새삼스럽게 교훈처럼 가르치는 것이 아니라 공동체 사회의 공감을 부르짖고 있을 뿐이다. 누구나 알고 있으면서도 삶의 여러 가지 한계를 이유로 우리가 애써 눈감고 모른 척하고 살아왔던 부분을 말한다. 그만큼 상식과 공감이 사라져버린 대한민국 사회이기에 어떤 사람들은 영화를 보면서 불편함을 느끼는 것이다. 같은 시대를 살아가는 사회구성원으로서 불의와 불합리를 보고 과거에나 현재나 아무런 역할도 하지 못하고 있다는 무력감과 부끄러움이 어떤 사람들을 불편하게 하는 것이다. 현재의 어지러운 시국을 만들어낸 우리 내면의 티끌만한 양심이 부채의식으로 다가오니 불편함을 느끼는 것이다.

우리는 양심과 세속적인 이익 사이에서 늘 갈등한다. 양심에 따른 결정을 했을 때 심각한 불이익을 입을 수 있다는 사실은 철이 들고 나서 여러 경험으로 안다. 그 불이익 때문에 무엇이 옳은지 뻔히 알면서도 쉽사리 양심에 충실한 옳은 선택을 하지 못한다. 양심에 조금만 둔감해지면 불이익을 피할 수 있는데 양심을 지키면 고스란히 감수해야 하는 피해에 대한 두려움 때문에 비겁해진다. 살면서 누구나 겪는 일이다. 미국 현대사의 양심으로 불렸던 하워드 진*은 《달리는 기차 위에 중립은 없다》는 책에서 이러한 두려움을 '사람들은 누구나 불합리한 시대에 변화를 바란다. 그러나 다른 것들보다 웃자란 잔디 잎사귀가 되어 먼저 잘려나가길 원하지는 않는다'고 표현했다. 자신이 먼저 역사 앞에 희생되는 것은 두렵고, 다른 누군가가 먼저 움직여 신호를 보내주기를 기다리는 대중의 심리를 '웃자란 잔디 잎사귀'로 비유하고 있다.

우리는 대부분 두려움 앞에 위축되는 양심을 가지고 있다. 하지만 자신이 모든 것을 걸고 용기 있게 양심을 행동으로 실천하는 의로운 사람을 보면 때로는 양심의 소리에 조금 더 귀 기울이게 된다. 비록 소수일지라도 실천하는 양심을 보면서 우리는 우리 안에 퍼져있는 냉소와 체념을 스스로 극복하는 계기가 된다. 하지만 우리는 역사의 진보를 바라면서도 자신의 희생과 행동이 필요할 때는 번번히 망설이고, 양심의 소리를 외면한다. 우리가 양심을 두고 망설이거나 외면하지 않을 때 우리 사회는 진정성 있는 변화와 개혁을 맞이할 수 있다. 영화가 우리에게 가르쳐주는 대목이다.

다행스러운 것은 우리 사회에는 자신의 불이익을 기꺼이 감수한 채 사회의 건강성을 지켜내는 양심 있는 사람들이 존재하고 있어서 우리에게 여전히 희망을 준다는 것이다. 지난 대선 과정에서 발생한 국가정보원의 불법적인 정치개입사건과 관련해 용기 있게 양심을 지킨 권은희 수사과장도 우리 사회 양심의 표본이다. 권 과장의 아름다운 소신을 치기어린 돌출행동이라거나 정치에 입문하려는 사욕에서 비롯된 것이라고 폄훼하는 우리 사회 일각의 시각에 동의할 수 없다. (나의 바람과는 달리 후배 권은희는 2015년 8월 현실정치인이 되었다. 현실정치인으로서 권은희에 대한 호불호와 공과의 평가 문제는 역사와 국민들의 몫으로 남겨놓고 싶다. 2014년 1월 이 칼럼을 쓸 당시 수사과장 권은희가 보여준 양심과 용기가 국정원 댓글 사건의 진상을 밝히는 결정적인 계기가 되었던 것은 사실이기에 이 부분은 수사과장 인간 권은희의 공으로 기억되기를 바란다.) 당연한 상식과 부정의한 몰상식을 드러낸 영화 <변호인>은 둔감해져 있던 우리들 마음속의 양심을 일깨웠을 뿐 아니라 현재 우리가 누리는 민주주의가 결정적인 순간에 불이익을 감수하고 자신의 양심을 지킨 권 과장과 같은 사람들의 희생과 노력으로 얻어진 결과라는 사실을 훌륭하게 보여주고 있다.

권 과장은 2012년 대선 전후 밤늦은 시각에 전화해 수사책임자로서 불합리를 접했다고 인간적인 고민을 토로했다. 권 과장은 사법시험에 합격한 뒤 경정으로 특별채용된 경찰이다. 대한민국 건국 이후 여성으로는 최초였다. 나는 권 과장에게 승진에 불이익이 우려되니 모르는 척하고 넘어가라고 조언했지만, 권 과장은 불이익을 감수하더라도 오직 경찰수사를 원칙대로 진행해 진실을 밝히고 싶을 뿐이라고 했다. 법대 신입생 시절 '양심을 파는 일은 절대하지 마라'고 내가 후배에게 해줬던 말도 덧붙이면서 말이다. 몹시 부끄러웠다. 10년 넘게 변호사로 일하면서 수많은 사건을 변론하고 수많은 사람을 만나면서

[우산 장수와 부채 장수]

양심을 몇 번 팔았는지조차 기억하지 못하는 부끄러운 선배의 굴종과 비겁함을 일깨워준 말이었다.

　2014년 새해를 맞은 대한민국 곳곳에서는 안녕하지 못한 사람들이 추운 거리에 내몰려 있다. 2014년 갑오년은 사람이 곧 하늘이라는 '인내천'의 기치를 내걸고 1894년 갑오동학농민운동이 일어난 지 120주년이 되는 상징적인 해이기도 하다. 영화 <변호인>과 자랑스러운 권은희 후배를 보면서, 어떻게 살아야 하는지 내 자신에게 묻고 있는 나를 발견했다. 현실과 타협하는데에 익숙해지고, 여러 가지 제약을 핑계 삼아 합리화하는데 급급한 내 부끄러운 모습들이 주마등처럼 스쳐간다. 우리가 감동을 주는 좋은 영화에 높은 평점을 주듯이 양심을 실천하는 사람들의 행적을 높이 평가하는 까닭은 우리 자신을 돌아볼 수 있는 기회를 주기 때문이다.

권은희 후배가 근무하는 서울의 한 경찰서 건물입구에 새겨진 다음과 같은 문구가 우리네 삶의 현실에서 공허한 메아리가 되지 않으면 좋겠다. 그리고 대한민국이 양심과 진정성을 지키는 가치가 오롯이 평가되는 상식이 통하는 사회이길 바란다.

"불의를 증오할 줄 모르는 사람은 정의를 사랑하지 못한다!"

(2014년 1월)

* 하워드 진(Howard Zinn): '현대사의 양심'으로 불리운다. 반전·평화·인권에 앞장섰고, 진보를 실천한 지식인이다. 흑인들만 다니는 스펠만대학교 교수를 지낼 때는 흑인 차별에 항거했고, 보스턴대학교에서는 베트남 반전 운동을 이끌었다. 저서로는 《미국민중사》, 《오만한 제국》이 있다. 평생 불이익을 당하면서도 양심을 지킨 삶을 살았다.

영화 <광해, 왕이 된 남자>

○ 가짜 왕 하선을 통해 현실의 부조리와 부정의함을 고발하다

천만 명 이상이 관람했다는 <광해, 왕이 된 남자>(감독: 추창민)를 나는 대선이 끝난 연말 한밤중에야 겨우 보았다. 영화는 처음부터 푹 빠지게 했고, 끝나고 나서도 줄거리를 헤아리게 했다. 배우들은 마치 현실처럼 연기를 했다. 무엇보다 영화가 관객에게 주려는 주제의식이 쏙 들어왔다. 명불허전名不虛傳이란 말은 이럴 때 써야 맞다.

영화는 약 400년 전인 광해군 8년(1616년) 왕위를 둘러싼 권력 다툼과 붕당정치의 혼란이 극에 달하던 때의 이야기인데 결코 과거의 이야기가 아니었다. 영화를 보는 동안 현재의 이야기를 보고 있다는 느낌이 많았다. 고단한 백성들의 삶, 사대주의가 깃든 외교관계, 국가 조세제도의 문제, 붕당정치의 역기능인 당쟁의 문제, 상식과 몰상식의 문제, 옳고 그름의 문제 등이 오늘의 현실에서도 그대로 답습하고 있다는 생각을 떨칠 수가 없었다. 부조리한 현실개혁의 필요성은 조선시대나 오늘날이나 비슷하다. 정치적 이해관계에 가로막혀 변화는 지지부진遲遲不進하고, 사회지배층의 기득권이란 거대한 장벽 때문에 개혁은 좌초된다. 그때나 지금이나 익숙한 일이고, 영화나 현실이나 비슷하다.

우리 역사에서 광해군은 역사적으로 가장 극단적 평가를 받는 왕이다. 인조반정으로 왕위에서 쫓겨나 묘호조차 얻지 못한 비운의 왕이기도 하다. 광해군에 대한 평가는 어쩌면 《광해군 일기》 편찬 과정에서부터 한계가 있지 않나 싶다. 《광해군 일기》를 쓴 대부분 사람들은 광해군을 몰아내고 인조를 옹립한 서인세력이라는 점에서, 인조반정의 정당성을 펴야했고, 인조의 정당성을 이야기하려면 광해군을 폄하할 수밖에 없었겠다. 기초적 사실관계에 대한 있는 그대로의 기술보다는 왜곡이나 조작 가능성을 배제할 수 없는 시대적 상황에 놓여있었다.

영화는 가짜 광해군 역할을 하는 하선(이병헌 분)을 등장시켜서 관객들의 흥미를 유도하는 설정을 하고, 가짜를 통해 현실의 부조리와 부정의함을 드러낸다. 진짜 광해군의 무기력함을 광대에 불과한 하선이 보름 동안 왕 노릇을 하면서 극복해 나간다. 높은 지식을 가지고 있는 왕이나 대감들도 하지 못하는 일을 소학 정도밖에 배우지 못한 하선이 상식을 일깨우고 정의를 실현한다. 무지렁이 광대 하선조차도 알 수 있는 상식과 정의를 진짜 왕이나 대감들은 왜 실천하지 못하는지를 꼬집으면서 감독이 의도한 주제의식을 영화 구석구석에 촘촘하게 박아놓았다. 현실의 장벽을 뚫지 못하고 왕의 자리를 지키려는 데 급급한 진짜 임금 광해군이 놓치고 있었던 백성에 대한 사랑을 가짜 광해군은 아무렇지 않게 펼친다. 그것이 삶의 상식이니까!

가짜 광해군은 백성의 희생을 담보로 하는 허울뿐인 명나라에 대한 사대주의를 비판한다. 가짜 광해군이 시원하게 쏘아붙이며 비꼰다. "적당히들 하시오, 적당히들! 대체 이 나라가 누구 나라요? 뭐라, 이 땅이 오랑캐에게 짓밟혀도 상관없다고? 명 황제가 그리 좋으시면, 나라를 통째로 갖다 바치시든가." 그리고 감독이 던지고 싶은 영화 주제를 뱉는다. "부끄러운 줄 아시오! 그깟 사대의 명분이 뭐요? 도대체

뭐길래 2만의 백성들을 사지死地로 내몰라는 것이요? 임금이라면, 백성이 지아비라 부르는 왕이라면? 빼앗고, 훔치고, 빌어먹을지언정! 내 그들을 살려야겠소. 그대(대감)들이 죽고 못 사는 사대의 예보다 내 나라 내 백성이 열 갑절 백 갑절은! 더 소중하오!!" 이 대목에서 관객들은 마음속으로 손뼉을 쳤을 것이다. 또한 억울한 역모를 뒤집어쓴 처남이자 충신인 신하를 풀어준다. 비록 가짜 왕이지만 고달픈 민중들의 삶에 대한 연민이 있으니 가능한 결정이다. 사회 지배층이 측은지심이 없으면 어떻게 되는지 우리는 '세월호 참사'에서 겪었나. 가짜 광해군 하선이 약속을 지키고 용기 있게 실천하는 모습은 관객들을 후련하게 한다. 이게 바로 카타르시스다. 그러나 진짜 왕이 있는 객관적 현실에서는 실제로는 구현되기 어렵다는 사실, 가짜 왕을 통해서만이 해결될 수밖에 없는 상황이 딱하고 안타깝다는 생각을 지울 수 없다. 기미나인 사월이(심은경 분)의 삶과 죽음, 왕의 호위 담당인 도부장(김인권 분)의 삶과 죽음은 '백성을 사랑하는 지도자'를 사람들이 얼마나 애타게 기다리는지를 상징적으로 보여준다.

　문제점을 개선하고 극복해 가는 과정에서 기득권을 내려놓을 수 있는 용기는 어쩌면 필수 덕목이다. 약속의 실천 또한 필수 덕목이다. 과거에도 그렇고, 현재도 그렇다. 철학 없는 지도자에게는 '문제점'이 늘 다람쥐 쳇바퀴 돌 듯 머나먼 과제로만 머물고 만다. 박정희, 전두환으로 이어진 군부 독재정권이 집권하던 시기에 성장이란 '상수'만 있고, 다른 '변수'를 보지 못했다. 지도자의 철학이 보이지 않으니 국민의 인권이 보이지 않았고, 철학이 보이지 않으니 그를 따르는 건 세력이 아니라 '아부'였다. 산업화만 부르짖다가 산업화가 어느 정도 단계에 이르자 사회양극화로 중산층이 붕괴되고, 다시 산업화 세대가 집권을 하자 진전된 민주화와 인권신장마저 후퇴하고 있다. 글로벌시대에 국제관계의 변수를 생각하지 못하니 남북관계 경색 또한 현실이 되고 있다. '변수'를 생각하지 못하고 '상수'만 외치다가 '변수'에 당하는 꼴이다. 그 피해는 기득권이 아니라 고스란히 국민들에게 돌아간다.

글로벌 경제위기 속에서 우리의 시대적 과제는 우리 경제의 체질 개선, 경제민주화를 통한 동반성장, 서민 경제의 재건과 복지국가 지향 등이다. 그 어느 때보다도 새로운 리더십이 요구된다. 이런 시대적 상황에서 국민들은 51%의 지지율로 여성대통령을 선택했다. 그녀를 선택하지 않은 나머지 48%의 국민들은 상실감과 허탈함이 존재한다. 농부가 밭을 탓할 수는 없고, 목수가 연장을 탓할 수는 없기에 단 3%의 차이라고는 하지만 민주주의 사회에서 다수의 선택을 받은 현실을 받아들일 수밖에 없다.

그럼에도 우리 사회에서 가장 힘없는 서민들이 계층배반 투표를 한 것은 가슴이 아프다. 경제적으로 저소득층인 국민들이 자신의 이해관계와 배치되는 공약에 투표를 하고, 저소득층을 소외시키는 정책을 펴는 후보를 선택한 현실은 서민들의 절실함을 제대로 담아내지 못한 야권의 무능력이 한 몫을 했다고 본다. 또한 '누가 당선되더라도 국민들의 삶은 크게 달라지지 않더라'는 경험을 통한 학습효과 그리고 정치하는 사람들은 겉으로 주장하는 말과 달리 약속을 지키지 않으니까 '그 사람이 그 사람'이라는 정치권에 대한 불신이나 냉소주의도 포함되었으리라. 고단한 현실에서 삶의 무게를 감당하기 힘겨운 서민들의 애환은 마치 생활정치를 할 것 같은 이벤트를 펼친 여성 후보를 선택하는 현실을 만든 것이라는 생각도 든다.

AP나 AFP 같은 세계의 유력 외신들은 성숙한 민주주의를 가진 대한민국에서 '독재자의 딸'을 대통령으로 뽑은 현실에 무척 놀라워하는데 정작 우리는 인권이나 민주주의와 같은 가치에 너무도 무감각해 안타깝다. 영화 <광해, 왕이 된 남자>에서 풍자하고 있는 것처럼 진짜 왕이 있는 현실에서는 진정으로 국민을 위한 선정을 구현할 지도자가 없다는 냉소를 우리 정치권이 걷어내는 노력부터 시작해야 할 것이다. 영화에서 공납제도*의 폐해를 시정하려고 추진하는 대동법*에 대해 대규모의 토지를 가진 기득권층인 양반들이 극렬하게 저항하는 장면이 나온다. 오늘의 현실에서도 되풀이 되는 모습이어서 새삼스럽지 않고 오히려 익숙했다. 더 많은 토지를 가진 사람이 더 많은 경제적 이익을 얻으니까 국가에 세금을 더 내야 한다는 건 지극히 상식이다. 비단 조선시대만의 상식이 아니고 오늘 대한민국 현실에서도 상식이다.

대통령 선거 결과를 본 뒤 평정심을 찾으려는 몸부림이 이어지지만 아직도 잠이 들지 못하는 것을 '48% 국민들의 옹졸한 마음'이라고만 설명하기엔 매우 안타깝다. 우리 사회에는 삶이 벼랑 끝에 내몰려 있어서 대통령 임기 5년을 더 기다리기에 너무도 절박한 사람들이 많이 있기 때문이다. 지금 바깥에는 세찬 눈바람이 치고 있다. 이 순간에도 송전탑 위에서 생존권 보장을 위해 외롭게 외치고 있을 그들을 생각하니 영화 <광해, 왕이 된 남자>에서 진짜 왕 노릇을 하던 그 가짜 왕 하선의 모습을 더욱 더 보고 싶어진다. (2013년 1월)

* **공납제도**: 지역에만 나오는 특산물(공물)을 내는 조선시대의 세금 제도. 공물이 한번 정해지면 고치기가 쉽지 않았다. 막힌 관료 사회의 모습이다. 대리납부(방납)를 하면서는 그 구조에 빌붙어 폭리를 취하는 상인이나 관리가 있었고, 소농민들은 몰락했다. 제도나 법은 가진 자의 편에서 만들어서는 안 된다.

* **대동법**: 조선시대 세금으로 내던 지역 특산물(공물)을 쌀로 통일해 내게 하는 제도. 조광조·이이 등이 주장했고, 임진왜란 때 군량미를 확보하려고 유성룡이 일시적으로 시행했다. 광해군 때 이원익의 건의로 경기 지역에 처음으로 실시되었고, 1708년 숙종 때 전국으로 확대되었다. 전국 확대까지 100년이 넘게 걸렸는데 가진 자들의 반대가 워낙 격렬했기 때문이다. 마침내(?) 국가재정이 궁핍해지고, 세금을 내야 할 농민들이 몰락하니까 시행하게 된 측면이 있다. 기득권의 저항은 나라가 무너지고, 백성들이 무너진 다음에서야 누그러졌다. 기득권은 나라가 무너지고 백성들이 무너지는 상황에서도 물러서지 않을 때도 있다.

영화 <로빈 후드>

○ 영화 <로빈 후드>에 로빈 후드가 없다

5월의 마지막 주말 식구들과 오랜만에 영화관을 찾았다. 스펙터클의 대가 리들리 스콧Ridley Scott 감독이 만들고 러셀 크로우가 주연한 <로빈 후드>가 인기라고 해서 일주일 전에 영화를 예약했다. 영화관에 가기 전 딸아이와 함께 로빈 후드와 관련된 책을 읽고 자료를 찾아보면서 나름대로 딸아이를 사전지식으로 무장시키고 영화를 보기 시작했다. 솔직히 말하자면 여러 영화 가운데 <로빈 후드>를 선택한 것은 정치권력의 학정虐政과 폭압暴壓으로부터 도망쳐 나온 서민들을 위로하는 영웅 로빈 후드를 통해 대리만족을 얻고 싶어서였다.

이명박 정부는 4대강사업으로 국토를 파헤치는가 하면 민주주의에서는 과감히(?) 역주행을 했다. 역주행도 한번이 아니라 여러 번 되풀이해 출구를 찾기 어려운 난국에 빠져들었다. 내가 대리만족이라도 얻고 싶었던 까닭이다. 그런데 영화가 시작되고 한참을 지나도 우리가 찾는 로빈 후드는 등장하지 않았다. 딸아이는 책에서 나온 의적 로빈 후드와 내용이 너무 다르다면서 도대체 로빈 후드는 언제 나오느냐며 투정을 부렸다. 금방 짠~하고 나타날 것이라고 여러 차례 말했으나 결국 거짓말쟁이가 되고 말았다. 영화가 끝날 때까지 서민들의 유토피아 셔우드 숲의 의적 로빈 후드는 등장하지 않았다. 영화의 끄트머리에 지나치듯이 살짝 언급은 되었지만.

장르의 개척자라 불리는 영국 출신의 리들리 스콧 감독은 이 영화에서 기존의 천편일률적인 모습의 로빈 후드를 그릴 수는 없었나 보다. 2편 찍을 것을 염두하고 2편에 가서야 로빈 후드를 등장시키기로 했는지 1편에서는 로빈 후드가 나오지 않았다. 이번 로빈 후드는 영화 자체의 재미보다는 역사적 배경과 서사를 묶어 놓은 설정 그리고 전쟁 장면의 풍성한 볼거리에 치중한 점이 아주 특이했다. 리들리 스콧 감독과 러셀 크로우와 함께 찍은 영화 <글래디에이터>의 박진감 넘치는 전투 장면이 떠오르기도 했고, 영화 속으로 빨려 들어가게 했던 <글래디에이터>의 짜임새 있는 구성도 생각났다.

눈에 거슬렸던 부분도 있었다. 역사적 사실과 어긋나는 상황묘사다. 존 왕에게 주인공 로빈이 서명을 요구한 권리장전은 마그나카르타(대헌장)와 혼동한 것이 아닌가 싶다. 마그나카르타는 1215년 과거부터 귀족이 지켜오던 관습을 국왕이 침범하지 말라는 정도의 의미로 성립된 '귀족 문서'다. 곧 서민과는 상관이 없는 귀족들의 권리를 보장한 것이다. 국왕으로부터 귀족들의 권리를 보장하는 문서였던 한계를 전혀 설명하지 않아서 어지러웠다. 마그나카르타 이후로 약 470년이 지난 뒤에 영국에서는 명예혁명이 일어나고 그 결과물로 1689년 권리장전Bill of Rights을 제정한다. 이는 마그나카르타에 나오는 귀족의 권리를 일반시민에게도 보편적으로 확대한다는 의미를 담고 있는 '시민 문서'라고 말할 수 있다. 아마도 리들리 스콧 감독은 마그나카르타가 권리장전의 기초가 된 것이 사실이고, 존 왕 시대에는 마그나카르타가 혁명적인 발상이었고, 전환의 계기였다는 생각이 들어서 극적 재미를 높이려고 마그나카르타를 권리장전이라고 표현한 것이 아닌가 싶다. 그래도 역사의 잘못된 표현은 눈에 몹시 거슬렸다. 역사를 비틀면 삐뚤어진 주장을 할 수 있기 때문이다. 대한민국의 독도 문제처럼! 영화와 달리 실제 역사에서는 존 왕이 실정을 거듭하고, 각 지방의 귀족들은 들고 일어난다. 존 왕은 귀족들에게 백기를 들고, 1215년 '마그나카르타'에 서명한다. 영화에서는 실제와 달리 존 왕이 '권리장전'에 서명을 거부하는 것으로 비춰진다.

나는 1991년에 개봉한 케빈 코스트너 주연의 <로빈 후드>(감독: 케빈 레이놀즈Kevin Reynolds)에 익숙한 세대여서 그런지 그때의 향수를 찾아 의적 로빈 후드가 등장하기만을 기다렸다. 안타깝게도 등장하지도 않는 로빈 후드를 기다리다가 리들리 스콧 감독이 관객들에게 주려는 의미를 제대로 간파하지 못했다. 못내 아쉽다. 하지만 등장하지 않은 로빈 후드 덕분(?)에 영화가 끝나고 난 뒤 12세기 영국의 시대적 배경과 사자왕 리처드 1세와 그의 동생 존 왕 그리고 영국 설화의 주인공 로빈 후드에 대해 딸아이에게 상당기간 설명을 해야 하는 수고를 맡아야 했다. 딸아이는 그때서야 원망을 조금 누그러뜨렸다.

사람들은 시대가 어려울수록 대리만족을 찾는다. 자신의 힘으로는 어쩌지 못하지만 다른 사람의 행동을 보고 마음을 달래기도 하고 만족을 얻기도 한다. 대리만족 현상은 로빈 후드나 우리나라의 홍길동,

임꺽정처럼 국경과 민족을 초월해서 의적들의 이야기로 나타난다. 리들리 스콧 감독의 <로빈 후드>에는 셔우드 숲속에서 부패한 정치권력과 봉건영주에 맞서 싸우던 로빈 후드는 없다. 대신에 <글래디에이터>에서 로마시대의 검투사로 나오던 러셀 크로우가 중세 영국의 의적 로빈 후드로 탈바꿈하지 못한 채 등장한다. 나는 리들리 스콧 감독이 셔우드 숲을 유토피아로 만든 로빈 후드를 만나게 해 줄 2편을 잘 제작해주길 기대한다. 그렇지만 한편으로는 리들리 스콧 감독이 의적 로빈 후드를 완벽하게 재현한 걸작을 만들어 국내에서 개봉하더라도 대리만족을 위해 딸아이와 영화관에 가고 싶은 마음이 생기지 않도록 우리 사회가 소통이 잘 되면 더 좋겠다. 민주주의를 논의하는 것조차 잊어버리는 대한민국이 되기를 소망한다.

영화 이야기를 쓰는 동안 그냥 단순한 오락영화를 편하게 웃으면서 보면 될 것을 왜 그리 어렵고 무겁게 사는지 모르겠다는 핀잔이 어깨너머로 들려온다. 맞는 지적일 수 있다. 핀잔을 핑계 삼아 서둘러 두서없고 지루한 글을 마무리한다. 그래도 입에서는 나도 모르게 한마디가 툭 튀어나온다. 젠장! 꼭 핀잔 때문은 아니다. (2010년 5월)

영화 <26년>

○ 미완의 역사에 대해 숙제를 던지다

영화 <26년>(감독: 조근현)을 아주 조심스런 마음으로 봤다. 몇 해 전 영화 <화려한 휴가>(감독: 김지훈)를 보면서도 비슷한 심정이었다. 마음 깊숙한 곳에는 벌써 20년 넘게 이 무거운 문제에 대해 어떻게 풀어야 할지 해결책을 찾지 못하고 고민하고 있기 때문이다. 장준하* 선생을 비롯한 수많은 분들의 의문사 문제이든 유신*이든 인혁당*

〈26년〉 ⓒ 영화사청어람(주)

사건이든 지난 역사를 지금의 우리가 어떻게 받아들여야 할까. 언제까지 과거에만 매몰되어 살 것인지 묻는 사람들도 있다. 이제는 광주도 5·18*이라는 무거운 굴레를 스스로 벗어 버리고 앞으로 나아가자는 말을 하는 사람들도 많다. 지난 역사의 아픔을 이제는 서로 용서하고 화합해 미래를 지향하자는 주장이 겉보기에는 매우 합리적으로 보일 수는 있겠다. 그러나 과거의 잘못된 역사를 청산하지 못하고, 교훈을 얻지 못하면 잘못된 과거는 여전히 현재라는 탈을 쓰고 되풀이된다는 현실을 지적하지 않을 수 없다. 역사의 악순환은 '서민들'을 아프게 하거나 죽인다. 기득권층이 아니라!

36년 일본 제국주의의 식민지배 아래에서 잔혹한 친일 반민족 행위를 한 사람들에게 우리 역사는 아무런 단죄를 하지 못했다. 청산하지 못한 친일·반민족의 행위는 여전히 현재 진행형으로 남아 우리에게 역사의 숙제로 던진다. 나는 친일파 청산의 문제를 ①생명과 신체의 자유 박탈(형사 처벌) ②친일행위로 인해 축재한 재산의 박탈 ③명예와 사회적 지위 박탈, 3가지 단계로 본다. 우리는 가장 낮은 단계인 친일파에 대한 사회적 지위와 명예 박탈조차도 시도하지 못한 무력한 역사를 가지고 있다. 이는 결국 과정을 중요시 하지 않는 결과지상주의를 가져왔고, 실력보다 눈치를 인정하는 기회주의적인 왜곡된 가치관을 사회 곳곳에 심어놓았다. 최소한의 청산도 하지 못한 결과는 사람들의 마음을 비틀어놓았을 뿐만 아니라 양심과 도덕의 기준마저 뒤헝클었다.

80년 5월 광주에서 시민 수천 명의 목숨과 삶을 배앗아 간 5공 그리고 6공 군부 실세들의 천인공노天人共怒할 범죄행위를 접하고도 우리는 32년이 흐른 지금(2012년)까지 발포 책임자에 대한 진상규명조차도 명확히 밝혀내지 못하고 있다. 물론 1997년 대법원은 5공 군부 세력에 대한 판결에서 광주민주화운동 진압과 관련해 그 사람의 책임을 부인할 수 없다는 취지의 판결을 했으나 여전히 무고한 시민들을 향해 발포한 진상은 밝혀지지 않고 있다. 30년 넘게 피해자와 유족들은 피맺힌 한을 가슴에 묻고 살고, 가해자들은 참회하지도 사과하지도 않는다. 오히려 피해자들에게 용서를 강요하고, 화해를 요구하는 기막힌 상황이 벌어지고 있다. 이제는 피해자들이 광주가 아닌 다른 지역에서는 80년 5월 광주를 어떻게 바라보고 어떻게 평가하는지 눈치보며 살피고, 피해자가 자신들의 언행을 자기 검열하는 등 표현행위 자체를 스스로 위축시키는 실정까지 오고 말았다. 떳떳해야 할 피해자들에게 30년이 넘도록 피해의식만 덧씌운 꼴이다.

2천억 원이 넘는 추징금을 납부하지 않으려고 29만 원밖에 없다고 버티는 안하무인의 그 사람을 그의 고향에서는 그를 기념하는 일해 공원(일해는 전두환의 호)을 세우고, 그가 졸업한 대구공고와 육군사관학교에서는 그에 대한 환영행사를 일삼는다. 심지어는 육군사관생도들의 사열까지 이뤄졌다는 소식을 듣고 나서는 그저 망연자실茫然自失할 따름이다. 사열查閱이라 함은 열병이나 분열 같은 행진을 통해 부대의 사기나 교육, 장비 등을 검열하는 일이다. 그런데 권력을 차지하려는 욕심 때문에 적을 막으라고 준 총으로 국민을 향해 총을 쏜 자에게 장교가 될 사관생도들을 검열하라고 했다는 것이다. 앞으로 장교가 되어 나라를 지켜야 할 사관생도들에게 국민을 향해 총부리를 겨누라고 가르치는 것인지 의문이 들지 않을 수가 없다. 국민의 군대가 지켜야 할 국민에게 총부리를 겨눈 장본인이자 역사의 죄인에게 반면교사反面敎師의 교훈을 얻지 못하고 오히려 그를 예우하고 환영하는 육군사관학교 등의 역사의식 부재의 모습에서 우리나라의 뒤틀린 현실을 그대로 확인할 수 있다.

권력에 대한 탐욕이 벌인 80년 5월 광주에서의 시민들에 대한 살상행위, 그런데 군부 독재 세력들은 지역감정의 망령과 레드 콤플렉스라는 색깔론으로 덧칠해서 사건의 본질을 가리고 있다. 좌우 이념 갈등으로 벌어진 한국전쟁이 멈춘 지 약 60년이 지난 현재까지도! 이러한 아픈 가슴은 할아버지의 아버지 때부터 할아버지와 아버지를 이어 그리고 우리들이 안고 있다. 어쩌면 우리의 아이들도 아픈 가슴을 안고 살아야할지 모른다. 우리가 청산하지 못한다면 말이다. 인간의 존엄과 가치는 좌우의 이념대립의 문제도 아니고 영호남 사이의 지역감정의 문제는 더더욱 아니다.

현실은 친일의 잔재를 청산하지 못하고 있고, 군부독재의 과오도 청산하지 못하고 있다. 청산은 커녕 무고한 시민들에 대한 발포 책임과 관련한 진상규명조차 하지 못하고 있다. 이러한 현실이 지속되는 가장 큰 원인은 청산을 바라지 않는 세력이 있기 때문이다. 청산을 바라지 않는 세력은 청산으로 말미암아 기득권과 특권을 내려놓아야 하는 세력이다. 이들은 끊임없이 청산을 훼방하고 청산 논의 자체를 틀어막으려고 애쓴다. 영화 <26년>에서 80년 5월 당시 계엄군이었고, 현재는 그 사람의 경호책임자인 마상렬(조덕제 분)의 절규를 접하고는 머리에 망치를 한 대 얻어맞은 기분이었다. 마상렬의 대사는 "각하의 역사는 정당하다", "나에게 명령하지 마라", "각하, 너는 죽으면 안돼, 야, 이 새끼야. 넌 끝까지 뻔뻔하게 잘 살아서 내 삶의 정당성을 확보해야 해" 이 세 마디로 요약할 수 있다. 마상렬의 자기분열적 절규는 자기 내면의 고백이고, 역사적 사실의 시비를 판단할 수 있는 근거다.

영화에서는 마상렬이 삶의 회한을 드러내고 있지만 실제 현실의 '마상렬들'은 내면의 갈등을 숨긴 채 그 사람을 지키는데 앞장서는 우직한 충견의 모습이다. 현실의 '마상렬들'은 뒤틀린 현실을 든든하게 버티는 버팀목으로 행동하고 있다. 내 생각일지 모르지만 마상렬의 세 마디 속에 우리의 일그러진 현대사가 그대로 투영되어 압축되었다는 느낌을 받았다. 우리 사회의 구성원 가운데에는 역사의 수레바퀴를 퇴행으로 이끄는 수많은 '마상렬들'이 존재하고 있다.

영화가 아무리 편하고 쉬운 전달의 기능을 갖고 있더라도 잘못된 역사를 인식시키기에는 무리가 있기는 하다. 더군다나 잘못된 역사를 '평생의 신념'으로 간직한 사람들에겐 더욱 그렇다. 거창한 역사인식이나 민주주의, 친일 청산을 이야기하고자 하는 것은 아니다. 최소한의 진상규명을 통해 역사에서 무엇이 잘못되었는지 밝혀서 평화와 인권과 민주주의를 유린한 오욕의 역사가 되풀이 되지 않도록 영화가 그 길잡이 역할을 해주기를 바라는 마음이다. 이는 80년 5월이나 친일의 문제뿐 아니라 우리 일상생활의 부정의와 불합리에도 적용해 볼 수 있는 문제다.

영화 속 김주안(배수빈 분)은 "그 사람이 죽인 나의 부모님은 폭도도 아니고, 빨갱이도 아니었다"고 한이 맺혀 울부짖는다. 가슴 한 구석에 깊이 박혀 마음을 아프게 했다. 꼭 나만 그랬을까. 영화를 본 사람은 그 아픔이 깊이 박혔을 것이다. 마지막 장면에 경찰의 신호등 조절을 통한 특혜를 받으며 세종로를 질주하는 검은 자동차 행렬과 김주안의 울부짖음이 아스라한 대비를 이룬다. 마치 현실은 하나도 변하지 않았다는 것을 알려주는 것처럼! 유가족으로서 아무 것도 할 수 없는 절망적 상황을 곽진배(진구 분)는 심미진(한혜진 분)에게 "지금을 놓치면 앞으로 우리는 무엇을 할 수 있겠냐, 미안해하지 말고, 세상 탓도 그만하고, 인자 털어 내불자(방아쇠를 당겨라)"고 외친다. 그 사람에 대해 더는 법적, 제도적 단죄가 불가능한 무기력한 현실 앞에서 유가족들의 피눈물은 우리들에게 부채의식을 안긴다. 시간이 지날수록 5·18 희생자들의 의미는 무뎌지고, 희생자 가족들의 고통은 잊혀져 간다. 같은 시대를 살아가는 우리에게 미완의 역사에 대한 숙제를 던지는 영화다. (2012년 12월)

* **장준하(1918~1975)**: 평안북도 선천에서 태어나 일본에서 공부하던 중 1944년 일본군에 끌려갔다 탈출해 한국광복군이 되었다. 광복이 되자 대한민국임시정부 김구 주석의 비서로 1945년 12월 김구와 함께 조국에 돌아왔다. 1953년 잡지 《사상계》를 창간했고, 민주화운동에 앞장서다 여러 차례 투옥되었다. 1962년 아시아의 노벨상이라 불리는 필리핀의 막사이사이상을 한국인 최초로 받았다. 1967년 7대 국회의원에 옥중 당선되었고, '박정희의 유신' 반대운동을 하다가 1975년 의문사 했다. 2012년 묘지 이장을 할 때 두개골 함몰 흔적이 발견되었다. 책 《돌베개》를 썼다. 독재 정권 아래에서는 알 수 없는 죽음과 밝혀지지 않는 죽음이 많다. 사람들은 의문사라고 부른다.

* **박정희의 10월 유신**: '유신維新'은 낡음을 새롭게 고친다는 뜻. 그러나 5·16 군사쿠데타로 집권한 박정희의 유신은 대통령의 권한을 강화하고 국민 기본권을 제한했다. 비상계엄을 선포하고 국회 해산, 정치 활동 금지, 헌정 중단 등의 조치를 취했다. 1972년 유신 헌법이 등장하면서 대통령직선제는 폐지되었고, 통일주체국민회의가 대통령을 뽑는 간선제가 채택되어 사실상 박정희 스스로 대통령 자리에 올랐다. 유신 헌법은 겉으로는 평화 통일과 민주주의, 평등한 경제 실현 등의 내용을 담고 있지만 사실은 독재를 위한 개헌이었다. 유신 헌법에는 대통령의 국회 해산권, 국회의원 1/3 임명권, 대통령의 법관 임명권 등이 있으며, 특히 사법적 판단을 하지 않는 대통령의 긴급조치권이라는 독소조항도 들어 있

다. 박정희는 유신을 통해 독재와 장기 집권의 발판을 마련했다.

* **인혁당(=인민혁명당)**: 1961년 박정희는 5·16 군사쿠데타로 집권했고, 1964년 한일협정 반대 시위가 일어나자 비상계엄령을 선포한다. 박정희의 중앙정보부는 북한 지령을 받아 국가 변란을 일으키려는 지하조직을 검거했다고 발표하는데 이것이 1차 인혁당 사건이다. 증거 불충분과 고문·가혹 행위가 드러나 이용훈 부장검사 등은 공소 유지 불가능이라며 기소를 거부했고, 3명의 검사는 사표를 냈다. 하지만 서울고등검찰청은 재조사를 하고, '반국가단체 찬양·고무·동조에 관한 반공법 4조 1항 위반'으로 기소했다. 그로부터 10년 뒤인 1974년 민청학련사건과 관련해 1차 인혁당 사건 관련자들을 구금해 수사했다. 이를 2차 인혁당 사건(인민혁명당 재건위 사건)이라 부른다. 비상보통군법회의 검찰부는 인혁당 재건위가 민청학련을 배후조정 했다며 23명을 내란 예비 음모로 기소했다. 이 가운데 서도원, 김용원, 이수병, 우홍선, 송상진, 여정남, 하재완, 도예종 등 8명에게 사형을 선고하고, 판결이 확정된 지 18시간 만에 서울구치소에서 사형을 집행했다. 서울구치소에 판결선고통지서도 도착하기 전이었다. 국제엠네스티는 다음날 사형 집행에 대한 항의 성명을 발표했고, 국제법학자회(International Commission of Jurists)는 이들에 대한 사형 집행을 '사법 살인'이라 규정짓고, 사형이 집행된 1975년 4월 9일을 '사법 암흑의 날'로 선포했다. 2000년 대통령 직속 의문사진상규명위원회는 이 사건을 재수사했고, 인혁당 사건은 고문에 의해 과장·조작되었다고 밝혔다. 인혁당 재건위 사건의 피해자들과 유족들은 이 사건의 재심을 청구했고, 사형이 집행된 8명과 징역형을 선고받았던 사람들에게 무죄를 선고했다. 죽은 사람은 살아 돌아오지 않았고, 산 사람의 인생은 돌이켜지지 않았다.

* **5·18**: 1979년 12·12 군사쿠데타로 집권한 전두환은 '서울의 봄'으로 민주화 열기가 일어나자 비상계엄을 전국으로 확대한다. 이를 규탄하는 집회가 곳곳에서 일어난다. 전라남도 광주에서도 1980년 5월 18일 민주화운동이 일어나는데 쿠데타세력은 진압하면서 시민들을 무차별로 죽인다. 헌정 사상 최대 규모의 민간인 폭력진압 사건으로 기록되었고, 광주시민과 계엄군 그리고 그들의 후손들에게 평생 지울 수 없는 사건으로 남았다. 2017년 4월 전두환은 살아서 떳떳하게(?) 회고록까지 냈고, 진상은 38년이 지난 현재까지도 규명되지 않았다.

영화 <마지막 황제>

○ 바람처럼 사라지지 않는 것들

한때는 대단하게 여겼던 일들이 어느 순간 바람과 함께 사라져 버

릴 때가 있다. 반대로 어떤 일은 시대와 공간을 뛰어넘어 우리에게 계
승되거나 우리가 간직하는 것도 있다. 어떤 가치나 얼이 정신으로 계
승되기도 하고, 문화유적처럼 물리적으로 간직하기도 한다. 삶에 꼭
필요한 것으로 남기도 하고, 삶을 떠받치는 일이기도 하다. 이탈리아
출신 베르나르도 베르톨루치Bernardo Bertolucci 감독의 영화 <마지
막 황제>를 오랜만에 다시 봤다. 허망하게 사라지는 세속적인 것과
오래도록 변함없이 이어져 내려오는 것에 대한 대비를 잘 보여준 작
품이 아닌가 싶다.

<마지막 황제>는 청나라 봉건왕조가 몰락하고, 사회주의 국가인
중국으로 바뀌는 격변기를 그렸다. 청나라 황제인 주인공 푸이(존론분)
가 평범한 시민인 정원사가 되는 과정이다. 첫 장면과 마지막 장면은
온갖 느낌을 떠오르게 한다. 첫 장면은 화려한 청나라 황제 즉위식이
다. 어린 황제 푸이는 그 화려한 즉위식에 나무통 속의 귀뚜라미를 골
똘히 쳐다본다. 마지막 장면은 죽음을 앞둔 늙고 초라한 푸이가 인민
복을 입은 모습과 자금성 안에 여전히 살고 있는 귀뚜라미가 나온다.
감독의 설정이겠지만 푸이의 극적이고 비운의 삶을 귀뚜라미로 이은
두 장면으로 극대화했다.

당시의 중국은 외세가 침입해 왕조가 몰락하던 시기. 이념 대립 끝
에 사회주의 정권이 수립되고, 문화대혁명이 일어났다. 50년의 짧은
기간 동안 말 그대로 격변과 혼란을 겪는다. 사람의 생각은 엄청나게

빠르게 바뀌었고, 인심 또한 어디에 눈을 돌려야 할지 모르는 상황이었겠다. 그런데 귀뚜라미 같은 미물로 상징되는 자연은 그대로 존재하고, 사람이 만든 자금성은 여전히 웅장하니 버티고 서 있다. 사람의 생각과 인심은 시류에 편승해 바람과 함께 사라질 수 있어도 자연과 인류 역사의 흔적은 고스란히 남아 후손에게 전달된다. 푸이가 영화 끝트머리에 어느 어린 아이에게 말한다. "내가 옛날 중국의 황제였다." 역사 앞에 무력한 인간의 모습이어서 정체를 알 수 없는 슬픈 느낌이 마음을 덮쳤다. 삶을 돌아보는 푸이의 묘한 웃음과 함께 숙연함을 잘 묘사한 명장면이다.

마이클 샌델은 《돈으로 살 수 없는 것들》이라는 책에서 우리가 모든 것을 사고 팔 수 있는 사회를 향해 나아가고 있다는 사실을 걱정했다. 그 이유로 '불평등'과 '부패'를 지적했다. 좋은 것이라면 무엇이든 사고파는 세상에서는 부자와 가난의 기준이 '돈'이다. 그래서 돈은 모든 차별의 근원이 된다. 돈은 우리들 삶 속에 중요한 사회적, 도덕적 가치를 경제적인 것으로만 변질시켜 오염시킬 우려가 있다. 우리 사회에서도 실제로 '시장논리'란 이름으로 우리 삶의 구석구석을 돈이 잠식해 가는 폐해가 심화되고 있다. 빈부격차에 따른 사회양극화, 돈과 지위의 대물림에 따른 계층의 고착화 그리고 가난에 대한 사회 안전망 미비의 현상들이 현실이 되고, '갑을 관계'란 이름으로 뚜렷하게 드러난다.

세속적인 지위나 돈으로 상징되는 경제적 능력은 어느 순간 바람처럼 허망하게 사라질 수 있다. 갑과 을은 서로의 지위가 상대적이고 순환적이라는 사실을 성찰하지 못하면 현재의 불합리와 모순은 근본적으로 해결되지 못한다.

계층 간의 진입장벽이 경직되지 않고, 계층이 고착화되지 않은 사회가 건강한 사회다. 우리가 절대 놓쳐서는 안 되는 사실이다. 갑과

[네가 있음으로 내가 존재함이니]

을의 관계에서 갑의 횡포와 탐욕이 도를 넘어 약자(을)의 재산은 물론이거니와 인격까지 침해하는 불합리를 하루빨리 해결하자는 문제제기는 끊임없이 이어진다. 좀 더 넓혀 보면 자기 자신이나 자기 나라의 자유만을 확대하려는 탐욕 때문에 다른 사람과 다른 나라의 자유를 억압하고 수탈하는 모습은 비단 과거의 역사일 뿐만 아니라 오늘날 인류의 모습에서도 정도의 차이만 있을 뿐 계속되고 있다. 사회라는 공동체는 다른 사람의 피해에 대해 공감능력을 갖고, 공동의 문제를 자신의 문제로 인식해야 존속할 수 있다. 인간의 본성과 존엄에 관한 가치평가와 배려는 시공간을 초월해 우리가 지켜가야 할 소중한 가치임은 아무리 강조해도 지나치지 않다.

나와 다르거나 나보다 지위가 열악한 상대방을 존중하고 배려하는 태도는 다른 누구를 위해 필요한 것이 아니라 바로 나 자신을 위해 필요하다. 나보다 지위가 우세한 상대방으로부터 존중받고 배려받기 위한 근거이기도 하다. 우리는 같은 사회 안에서 함께 살아가는 구성원이기 때문이다. (2013년 8월)

영화 <명량>과 드라마 <정도전>

○ 책임감 있는 지도자와 참여하는 시민이 그립다

영화 <명량>(감독: 김한민)과 드라마 <정도전>(연출: 강병택)은 최근 가장 인상 깊게 봤던 작품이다. 역사의식과 지도자의 리더십에 대한 작가와 감독의 철학이 느껴지고, 기막힌 연기가 곁들어진 수작이었다. 두 작품 모두 실제 역사와 인물을 바탕으로 작가의 상상력이 보태져 극적 재미가 뛰어났다. 공적 이익과 개인적 이해관계가 충돌하는 순간에 어떤 선택과 행동이 후세에 큰 울림을 주는지를 영화와 드라마는 보여준다. 국민은 사회공동체를 위해 어떤 성찰을 해야 하는지 그리고 지도자는 사회와 국민을 위해 어떤 마음가짐으로 결정을 해야 하는지 두 작품이 잘 가르쳐준다.

우리네 삶은 끊임없는 선택의 순간에 맞닥뜨리는데 공익과 사익사이에서 우리가 어떻게 조화롭게 풀어갈 것인지가 중요한 문제다. 사익을 희생하고 공익만을 우선시해야 한다는 당위는 이상적일 수는 있으나 현실적이지는 못하다. 개성을 드러내는 자유나 사적 영역이 존중받지 못할 위험이 있기 때문이다. 반대로 공익을 무시하고 지나치게 사익만 추구하면 개인주의를 넘어 극단적 이기주의로 흘러 공동체를 무너뜨릴 수도 있다. 그래서 사회 구성원인 개인은 될 수 있는 대로 내가 아닌 이웃의 문제에 관심을 가지고 사회 공동체의 현안 문제에 의식을 가지려는 지속적 노력이 필요하다.

반면에 정치지도자들은 사회 문제를 해결할 때 개인이 희생당하고 매몰당하지 않도록 국민을 보호하고 개인의 자유를 보장하는 방향으로 사회를 이끌어갈 책임감 있는 리더십이 필요하다. 그런데 현재 우리 사회에는 이웃과 공동체의 문제에 대해 개인의 무관심과 방관의 정도가 도를 넘었고, 지도자들의 책임감 있는 리더십이 실종된 상태다. 왕따와 자살 등 학교 폭력 문제, 윤일병 사망사건*으로 대변되는

[나와는 상관없어]

군대 폭력 문제, 세월호 참사의 문제 등에서도 여실히 드러난다. 사회 구성원인 우리들이 다른 사람의 고통과 피해에 대한 공감능력을 잃어버린 채 무관심과 방관의 태도를 취했고, 지도자들 또한 진정성과 책임감을 갖지 않았기 때문이다. 우리가 정이 많은 척하고, 지도자들은 정의로운 척하지만 그 밑바닥에는 '내 일이 아니다'는 방관과 무책임

〈정도전〉 ⓒ KBS

이 자리하고 있다. 이순신이나 정도전 같은 지도자를 그린 영화나 드라마에 대중이 열광하는 이유는 어쩌면 현실에서는 존재하지 않거나 기대할 수 없는 리더십을 영화나 드라마에서라도 느끼고자 하는 대리만족의 욕구가 있기 때문일 것이다. 영화나 드라마에서는 책임 있는 지도자가 나와 불만투성이인 우리의 현실을 조금이라도 위로해준다. 주인공들은 회피할 수도 없고 회피해서도 안 되는 리더십의 모범을 온 몸으로 보여준다.

영화 <명량>에서 가슴에 박히는 대사가 있었다. "두려움이 용기로 바뀔 때 그 용기는 백 배, 천 배의 용기로 바뀌어 나타날 수 있다", "천행天幸은 울돌목의 회오리가 아니라 자신을 회오리에서 구하려고 나타난 백성이다." 소리 내서 읽으면 뜻이 더 와 닿는다. 드라마 <정도전>에서도 마지막 대사가 마음을 흔들었다. "두려움과 냉소와 절망, 나태와 무기력을 혁파하고, 지금보다 더 나은 세상이 가능하다는 희망을 잃지 말라." 어떠한 상황에서도 우리는 희망을 잃어서는 안 된다. <명량>과 <정도전>은 지도자들에게 책임감 있는 리더십을 가지라는 경고이고, 우리들에게는 공적 정의에 참여하라는 호소다. (2014년 8월)

* **윤일병 사망 사건:** 2014년 4월 윤일병은 선임병들에게 폭행과 가혹 행위를 당해 죽었다. 이 병장, 하 병장, 이 상병, 지 상병 등 4명은 날마다 물리적, 정신적 폭력을 가했고 증거 인멸을 시도했다. 유 하사는 가혹 행위를 목격했음에도 이를 방조하거나 가담했다. 죽기 하루 전날까지도 윤 일병을 손과 발, 슬리퍼, 군화 등으로 때렸다. 언론에 따르면 차마 입에 담을 수 없는 잔인한 일들을 여러 사람이 저질렀다. 가해자들은 죄의식을 잃었고, 그걸 목격한 사람들은 모른 척하며 양심을 잃었다. 억울한 죽음이고 참혹한 죽음이었다. 다른 사건들처럼 처음엔 우발적 폭행 사건으로 추정했으나 군 인권센터가 사건의 전말을 파헤쳐 공개했나. 2016년 8월 대법원은 윤일병 사망사건의 주범 이 병장에게 징역 40년을 선고했고, 함께 기소된 하 병장과 이 상병, 지 상병에게는 각각 징역 7년 확정 판결을 내렸다. 유 하사에게는 징역 5년을 선고했다. 윤 일병은 상병으로 추서되었고, 국립현충원에 안치되었다. 그 무엇도 부모의 슬픔을 달래지 못했고, 그 어떤 일도 윤 일병의 젊음을 회복시키지 못했다.

영화 <지슬>

○ 우리 현대사의 뜨거운 감자

1950년 한국전쟁 이후 지난 역사의 아픔에서 우리는 교훈을 얻지 못한 채 현재도 남북 간의 긴장국면이 계속되고 있다. '끝나지 않은 세월2' 라는 작은 제목(부제)이 붙은 영화 <지슬>(감독: 오멸)을 보았다. 1948년, 섬 '제주'에서는 '해안선 5㎞ 밖 모든 사람을 폭도로 여긴다'는 미 군정의 소개령 때문에 사람들이 피난길에 오른다. 무슨 일이 일어났는지도 모른 채 산으로 들어간 마을 사람들은 '지슬'을 나눠 먹는다. 지슬은 감자의 제주도 사투리다. 굶주리고 있을 돼지 걱정과 장가 갈 걱정을 하면서도 웃음을 잃지 않는 무고한 마을 사람들에게 지슬은 피난 생활의 '생존수단'이었다. 생사를 넘나드는 극단적인 상황에서 부족한 지슬을 나누어 먹는 일은 고통을 함께 견디는 '연대'의 상징이었다. 감독은 배고픔을 달래주던 양식이었던 지슬을 통해 '희망'을 이야기했다. 또한 지슬은 현재를 사는 우리들에게는 미완의 역사적 과제들을 치유하고 극복하라는 논쟁의 의미로 던진 '뜨거운 감자'였다.

한국에서 제작된 우리말 영화지만 제주 특유의 사투리 때문에 한글 자막이 따로 나오는 특이한 영화다. 영화를 보기 전 나는 <지슬>을 애써 외면했다. 영화가 천연색의 칼라가 아니라 단지 잿빛 흑백 영화였기 때문이 아니고, 신위와 신묘, 음복과 소지*라는 옛날 제사 형식의 구성을 취했기 때문이 아니다. 한 세대를 넘어 65년이라는 세월이 흘렀는데 제주 4·3 사건의 슬픔이 현재까지 치유되거나 극복되지 않았고, 오히려 되풀이만 하는 대한민국 현대사의 무력함이 마음속에 무겁게 자리했기 때문이다. 역사의 과오는 있을 수 있다. 하지만 진보나 보수의 정치적 입장이나 진영논리에만 빠져서는 안 된다. 제주 4·3 사건에서도 역시 역사의 교훈을 깨달아 현재를 살펴보고 미래를 기약하는 건강하고 성숙한 노력들을 해야 한다. 그래야 피난처에서 곧 집으로 돌아가 평범한 일상을 보낼 생각을 하며 따뜻한 지슬을 나누었던 사람들의 영혼이라도 달랠 수 있다. 아마도 제주 출신의 오멸 감독이 영화 <지슬>을 만든 이유도 이러한 우리 사회의 역사적 무감각과 무력한 흐름에 뜨거운 감자와 같은 문제의식을 던지고 싶었기 때문이었다고 느꼈다.

박 일병과 인천 출신의 신병이 얼차려를 받으면서 제주 4·3 사건의 실체에 대해 나눴던 이야기가 가장 인상 깊었다. 눈밭에 철모를 쓴 채 얼차려를 받으면서 "빨갱이(폭도)가 있기는 하는 거냐? 우리가 빨갱이(폭도) 때문에 이러는 것이냐? ×같은 명령 때문에 이러는 것이지." 왼장을 치고 휘두르는 '×같은 명령'이 오히려 빨갱이(폭도)였는지도 모른다. '×같은 명령'은 그해 무

엇을 얻었고, '×같은 명령'을 수행한 토벌대는 무엇을 얻었을까? 그런데 '빨갱이(폭도)'라는 누명을 뒤집어쓴 그날의 사람들은 모든 것을 잃었다. 가족도 삶도! 여기에 오 감독의 고민과 주제의식이 들어있다.

오래도록 가슴에 남는 장면도 있다. 영화에서 김 상사(장경섭 분)에게 칼에 찔려 죽어가던 무동의 어머니

〈지슬〉 ⓒ (주)영화사진진

(오영순 분)가 생의 마지막 순간까지 뜨거운 불길 속에서 감자를 끌어안는 장면은 보는 이로 하여금 숙연하게 했다. 무동의 어머니는 집과 함께 타버렸지만 무동의 어머니가 품에 간직한 감자는 타지 않고 잘 구

워져 소중한 양식으로 남았다. 어머니를 데려가려고 불탄 집에 도착한 무동(박순동 분)에게 남겨진 것은 어머니가 아니라 어머니의 마음이 담긴 잘 구워진 감자였다. 그 감자는 동굴 속 피난민들의 목숨을 지켜주는 양식이 되었다. 이것이 바로 음복이다. 감독은 영화에서 제사의 일부인 음복飮福의 의미를 기막히게 묘사했다. 구워진 감자를 사람들에게 건네주고 망연자실한 무동의 표정에는 당시 제주도민들의 깊은 고통과 아련한 슬픔까지 함께 묻어있다.

영화에서 눈여겨 볼 인물은 신병 주정길(주정애 분)이다. 대사는 단 한 마디뿐이었지만 주정길의 눈빛과 행동은 너무도 강렬하다. 어쩌면 주정길은 영화 전체의 관찰자이고, 감독의 분신이다. 감독을 대신해 관객들에게 메시지를 전달한다. 주정길은 처음부터 끝까지 철모를 눌러쓴 채 관객들에게 그의 눈을 보여주지 않고 침묵한다. 김 상사를 위해 물과 돼지를 운반하고, 물을 끓이고, 순덕이(강희 분)를 강간하는 김 상사를 위해 밖에서 보초를 서면서 일이 끝난 뒤 마실 물을 건네기까지 한다. 신병으로서 아무런 힘이 없는 주정길은 김 상사라는 권력 앞에 무기력한 졸병일 뿐이었다.

하지만 주정길은 김 상사로 상징되는 불합리와 광기 어린 살육을 단죄하는 유일한 인물이기도 하다. 그 난리 통에 김 상사가 목욕하고 돼지를 삶았던 용도로 사용했던 커다란 솥에 김 상사를 삶는다. 역사의 방관자로 침묵하거나 불합리에 동조하는 관객에게 향하는 말처럼 김 상사를 향해 유일한 대사를 친다. '그만 죽이라!' 그때서야 주정길은 얼굴을 드러낸다. 감독은 주정길의 짧은 이 한 마디의 대사를 통해 정치적 이해관계나 이념대립을 떠나서 무고한 국민들을 '그만 죽이라'는 메시지를 던진다. 감독이 관객들에게 깨어있는 시민의 역할을 주문한 것은 아니었을까?

영화 <지슬>은 비단 제주 4·3 사건의 문제로만 받아들여서는 안 된다. 제주 4·3 사건과 같은 무고한 양민들의 희생은 한국전쟁 기간 동안 거창, 산청, 함평을 비롯한 전국에서 일어났고, 1979년 부마항쟁*에서도, 1980년 광주민주화운동에서도 되풀이되었다. 이념갈등의 생채기는 결국 씻을 수 없는 동족상잔同族相殘의 비극인 한국전쟁을 낳았고, 대한민국에서는 현재까지도 증오와 불신에 찬 말들이 공공연하게 오간다. 아직도 '빨갱이'와 '색깔론'이라는 비이성적 매카시즘*을 극복하지 못한 채 대한민국 현대사는 가슴 아픈 일들을 반복하고 있다. 우리가 아무리 지나간 역사에 간여할 수 없다고해서 역사적 과오를 단지 과거의 사건으로만 적당히 넘겨서는 안 되는 이유가 여기에 있다. 역사의 불합리와 모순을 나 자신과는 상관없는 타인의 문제로만 치부해서도 안 된다. 그런데 우리는 우리에게 일어날 수 있는 현실이라는 사실에 무감각한 채 과거의 역사에서 교훈을 얻지 못하고 있다. 이는 미래를 기약할 수 없다는 뜻이기도 하다. 이념대립의 산물인 제주 4·3 사건이나 한국전쟁을 겪었음에도 우리는 이성적이고 합리적인 논의가 없다. 억울하게 죽어간 수많은 목숨들과 그 상처를 치유하지 못한 아픔을 고스란히 떠안고만 있다.

제주 4·3 사건 당시에는 '남로당 무장대'를 토벌한다는 명분으로, 한국전쟁 때에는 지리산에서 무장 저항을 했던 '빨치산'을 색출한다는 명목으로 자행된 국군토벌대의 광기어린 초토화 작전, 그 과정에서 희생되었던 무고한 민간인들 모두를 빨갱이라고 매도할 수는 없지 않는가. 백보를 양보해 수구보수단체의 시각에 동의한다고 가정하더라도 늙고 힘없는 할머니, 할아버지와 같은 촌로들과 무슨 상황인지도 모르고 있었던 부녀자와 아무 것도 모르는 젖먹이 어린아이들까지도 모두 빨갱이라고 매도할 수는 없지 않는가. 영화에서 동굴 속으로 피난 온 양민들은 부상당한 국군토벌대를 돌본다. 다친 사람은 군인이든 누구든 도와줘야 한다고 생각하는 순박한 우리 이웃들이었다. 그럼에도 우리는 왜 이들의 무고한 죽음과 지나간 역사적 과오와 상처에 대해 이토록 무지하고 냉정한가. 이런 몰역사적이고 몰상식한 행동이 가당하기나 한 것인가.

영화 <지슬>은 오늘을 사는 우리에게 묻고 있다. 역사를 몰라서 저지르는 실수는 용서할 수 있지만 역사의 무지함을 핑계로 배울 노력조차도 하지 않는 일은 또 다른 범죄가 아니냐고. 자신이 믿는 그 왜곡된 사실을 진실처럼 믿으며 역사적 과오를 재생산하는 사람들에게 꼭 한 번 보라고 권하고 싶다. 오락적 요소가 부족해서인지 관객은 14만 명에 그쳤다. 하지만 영화 <지슬>은 2012년 올해의 독립영화상을 받았고, 2013년에는 미국 선댄스 영화제에서 만장일치로 월드시네마 극영화 심사위원 대상을 받았다. 프랑스 브졸아시아 영화제에서 황금수레바퀴상도 받았다. 외국에서 작품성을 인정받은 것이다. 고통스럽고 잔혹한 상황에서도 영화 속 제주의 풍광과 보름달빛은 너무도 아름다웠다. 사람이 사람의 생명을 귀하게 여기는 태도와 올곧은 역사의식은 자연의 아름다움처럼 우리네 삶을 아름답게 지켜주는 양보할 수 없는 가치다. (2013년 4월)

* **신위 신묘 음복 소지**: 제사의 4가지 형식. 신위神位는 영혼을 불러 모셔 앉히는 일이고, 신묘神秘는 영혼이 머무는 곳을 말한다. 음복飮福은 제사가 끝나고 영혼이 남긴 음식을 나누어 먹는 일이고, 소지燒紙는 신위를 태우며 염원을 비는 일이다. 영화 〈지슬〉은 광기의 토벌대가 휩쓸고 지나간 빈집과 그곳에 덩그러니 놓인 제기를 비추며 시작한다. 오멸 감독은 억울하게 죽은 제주 4·3 희생자를 위한 씻김굿으로 영화를 만들었다고 말했다.

* **부마항쟁**: 박정희의 유신 체제는 정치와 사회 갈등을 빚고 있었다. 1979년 '박정희 대통령 취임 반대운동'이 일어났고, 반정부 인사들에 대한 연행, 체포, 고문, 연금 등이 잇따랐다. 김영삼 신민당 총재의 총재직 정지 가처분과 의원직 박탈이 있었으며, 제2차 오일쇼크가 찾아왔다. 1979년 10월 16일, 부산대에서 '유신정권 물러나라', '정치탄압 중지하라'며 시위가 시작되었다. 유신헌법을 '제도화된 국가 폭력'과 '악의 근원'으로 규정하고 독재집권층의 퇴진만이 통일의 첫걸음이라고 주장했다. 시위는 동아대로 이어졌고, 다음날엔 시민들이 합세했다. 그 다음날엔 마산까지 확산되었고, 고등학생도 참여했다. 정부는 18일 비상계엄을 선포하고, 20일에는 위수령을 발동했다. 공수부대가 동원되었고, 시위대는 닷새 만에 진압되었다. 반정부 항쟁이 진압된 뒤 10월 26일 박정희는 죽었고, 유신체제도 끝났다. 유신 체제의 모순과 갈등이 극에 달해 폭발한 사건이었다.

* **매카시즘**: 1950년대 미국에서 정치적 반대자들을 공산주의자로 매도해 쓰러뜨렸던 말. 미국 위스콘신 상원의원이던 매카시는 '국무성 안에 205명의 공산주의자가 있다'고 말한 뒤 다수의 지도층 인사와 진보 성향의 지식인들의 추방을 요구했다. 매카시즘의 광풍은 예술계와 언론계까지 퍼졌고, 인권침해가 심각해졌다. 사람들은 서로에게 공산주의자라는 멍에를 씌우고 여기저기서 블랙리스트들이 올라왔다. 이후 광기가 사그라들면서 '공산주의 사냥'은 미국 내부나 심지어 당 안에서도 비판에 부딪혔고, 결국 매카시는 5년 만에 해임되었다. 5년 동안 사람들은 공포에 떨며 반론조차 제기하지 못했다. 상원외교관계위원회 조사에서 매카시는 공산주의자가 누구인지 말하지 못했고, 다른 어떤 사람도 밝혀내지 못했다.

제 4 부

법과 사회에 대한 성찰

변론주의와 입증책임

민사재판경험이 전혀 없는 사람일수록 법적 분쟁이 생겨 자신이 법정에 서게 되는 경우 법원이 스스로 자신의 억울한 사정을 알아서 잘 판단해 주리라는 막연한 신뢰와 기대를 갖는다. 그러나 아니다. 민사소송의 대원칙은 형사소송과 다르게 변론주의辯論主義와 입증책임立證責任이다. 이 제도를 잘 이해하지 못하면 사법부에 대한 막연한 신뢰와 기대가 재판 결과에 따라 사법부의 불신으로 바뀐다. 형사재판은 당사자가 주장하지 않은 사실관계라도 재판부가 실체적 진실을 발견하려고 직권으로 조사하고 판단한다. 민사재판은 그렇지 않다. 법정에서 만나게 되는 일반 시민들이 '하늘이 알고 땅이 알고, 양쪽의 당사자가 모두 아는 사실을 판사만 모르고 있다'고 하소연하는 일은 사실 민사재판시스템을 이해하지 못하고 하는 말이다.

민사소송에서는 변론주의의 원칙상 사실과 증거 등 소송자료의 수집책임이 당사자에게 있다. 법원은 당사자가 수집해 변론에서 제출한 소송자료만을 재판의 기초로 삼는다. 따라서 변론주의와 입증책임으로부터 불이익을 받지 않으려면 기본적으로 당사자 스스로 주장을 정리하고 증거수집에 만전을 기하는 각별한 노력이 필요하다. 일반시민으로서 '권리 위에 잠자는 자'는 구제받지 못한다. 민사소송에서는 자신의 법률관계에 관한 계약서 등 처분문서와 금융자료나 관련 증인들을 꼼꼼히 챙기는 노력이 필요함은 아무리 강조해도 지나치지 않다. 평소에 문서를 잘 챙겨둬야 한다.

변론주의와 입증책임의 제도 때문에 법률적으로는 아무런 문제가 없는 판결이라 하더라도 실제 진실과는 명백히 다른 판결이 현실에서는 얼마든지 선고될 수 있다. 분명히 돈을 빌려주었는데 빌려준 사실을 입증하지 못해 패소하는 경우가 있다. 반대로 돈을 빌리고 모두 갚았는데도 빌린 돈을 갚았다(변제했다)는 사실을 입증하지 못해 패소하는 경우도 있다. 당사자들은 재판과정에서 돈을 빌려준 사실이나 돈을 빌리지 않은 사실이 입증되지 않았으니 판결을 선고할 수 없다고 생각할 수 있겠지만 돈을 빌려준 사실을 입증해야 하는 원고가 입증하지 못했으므로 원고가 패소하는 불이익을 입는다. 이렇게 입증책임에 따라 재판의 결과는 달라진다.

사람의 인식과 기억능력과 당사자의 입증노력에는 일정한 한계가 있다. 사실이 증명되지 않는다고 법원이 진위불명眞僞不明이라는 이유를 내세워 재판을 거부할 수는 없다. 그렇다고 사실이 증명될 때까지 마냥 재판의 진행을 연기할 수도 없다. 입증책임제도는 진위불명상태에서도 판결이 가능하도록 고안해 낸 고육책이다.

변론주의는 양쪽(쌍방) 당사자의 소송수행능력이 평등하게 대립한다는 것을 전제한다. 하지만 실제 현실에서 소송의 당사자는 완전하거나 평등하지 않은 것이 오히려 통상적이다. 특히 변호사를 소송대리인으로 선임하지 못하고 당사자 스스로 소송수행(본인소송)을 하는 경우에는 충분한 소송자료의 수집과 제출을 기대하기 어렵다. 이런 사정일 때 실제 현실에서 소송자료의 수집과 제출에 관해 법원이 전혀 개입하지 않은 채 변론주의를 기계적이고 형식적으로 적용한다면 당사자의 소송수행능력 부족으로 승소할 사안임에도 패소를 당하는 폐단과 불합리가 발생한다. 바로 이럴 때 국민들은 사법부에 대한 불신이 싹튼다.

그래서 아무리 변론주의와 입증책임이 민사재판절차 제도라 하더라도 변론주의에 있어 기계적이고 형식적인 관철보다는 보완과 수정 논의가 필요하다. 입증책임 또한 진위불명에 따른 재판 불가능 상태를 막으려는 보완책일 뿐이라는 사실을 사법부가 간과해서는 안 된다. 사법부는 민사재판절차에서 소송의 스포츠화*를 막고 '실체 진실 발견'이라는 목표에 다가가야 한다. 또한 사법부와 국민 사이의 동떨어진 인식을 좁혀 국민과 소통하는 사법부로 자리매김하려면 변론주의와 입증책임 제도의 사각지대에 있는 시민들을 그대로 방치해서도 안 된다.

재판부는 변론주의와 입증책임의 법리에 기대어 사건을 쉽게 해결하려는 태도보다는 충실한 소송절차의 안내, 소송구조제도의 활용을 통한 본인소송의 보완, 적절한 석명권*의 행사, 입증촉구 등의 노력을 기울여야 한다. 이는 재판과정에서 당사자에게 전혀 예측 불가능한 판결이 선고되는 결과를 줄일 수 있고, 재판의 신뢰를 높일 수도 있을 것이다. 재판부뿐만 아니라 변호사를 포함한 법률가들 전체가 법리보다는 사실관계의 확인과 규명에 더 많은 시간과 노력을 기울여야 하는 이유가 여기에 있다. (2013년 8월)

* **소송의 스포츠화**: 형사소송의 목적이 실체 진실을 제대로 발견해 유·무죄를 명확하게 가려내자는 데 있다. 그런데 지나치게 당사자주의(검사 : 피고인)에 의존하면 실체 진실에서 우위를 보인 쪽이 이기는 게 아니라 소송수행에 더 열의를 보이고, 능력 있는 사람이 재판에서 이기는 불합리한 결과가 나올 수 있다. 형사소송의 기본 구조인 '당사자주의'의 단점이다. 쉽게 말해 돈 많은 피고인이 유능한 변호사를 선임해 그 변호사의 능력 때문에 무죄로 풀려날 수도 있다. 반면에 돈 없고 힘없는 피고인이 무고하게 잡혀왔더라도 유죄를 받아 옥살이를 할 수도 있다. 이와 같은 불합리한 현상이 마치 스포츠 경기와 비슷하다고 해서 '사법의 스포츠화'란 말이 나왔다. 비슷한 말로 '합법적 도박'이란 표현도 있다.

* **석명권(釋明權)**: 민사소송법상 법원에 부여된 권한이다. 법원이 사건의 진상을 명확하게 하려고 당사자에게 법률적, 사실적인 사항에 대해 설명할 수 있는 기회를 주고 입증을 촉구하는 힘을 말한다. 질문권 혹은 설명요구권이라고도 한다.

현대판 장발장을 위한 변론

프랑스의 대문호 빅토르 위고의 소설 《레 미제라블》에서 주인공인 '장발장'은 돈 없고 사회적 지위도 없어서 가혹한 옥살이를 하는 상징으로 그려진다. 그러나 장발장은 소설 속 허구의 존재가 아니라 현재 우리 사회에서도 '현대판 장발장'은 수없이 많다. 실제로 생활고에 시달리다가 경미한 생계형 범죄를 저질러 벌금형을 선고받고 벌금을 감당하지 못해 교도소에 수감되는 '현대판 장발장'들이 적지 않다. 최근에는 심장질환을 앓던 사람이 벌금 150만 원을 납부하지 못해 노역장에 유치된 지 이틀 만에 숨지는 안타까운 일도 있었다.

소설 《레 미제라블》에서 평생 장발장을 추적하는 인물이 자베르 경감이다. '법의 집행에는 동정이 있을 수 없다'는 자베르 경감과 같은 대응방식으로는 현대판 장발장을 양산하는 안타까운 현실을 개선할 수 없다. 현재 우리 사회가 '현대판 장발장'을 막는 제도 개선을 진지하게 고민해야 하는 이유다. 2011년부터 2014년까지 전체 벌금형 중 500만 원 이하가 97~98%에 이르고, 노역장 유치처분을 받은 피고인 중 상당수가 벌금을 납부할 형편이 되지 않은 경미한 범죄자들로 추정되기 때문이다. 다행히 형법과 형사소송법이 개정되어 500만 원 이하 벌금형에 대한 집행유예의 도입, 벌금 분납과 연납의 법제화, 신용카드사 등 납부대행기관을 통한 납부방법이 새로 도입된 것은 그나마 의미 있는 제도 개선의 노력이라고 하겠다.

벌금형은 징역형을 선고할 사건보다 경미한 경우 선고한다. 그런데 벌금을 낼 형편이 안 되는 피고인들에게는 벌금형이 징역형의 실형을 선고하는 것과 동일하거나 더 가혹한 결과를 초래한다. 피고인들이 벌금형보다 차라리 징역형(집행유예)을 선고해달라고 재판부에 요청하는 것은 슬픈 현실이다. 벌금형의 집행유예 제도가 도입되면 벌금형이 징역형보다 가혹한 결과를 초래하는 문제점이 개선되고, 적절한 형벌권 행사에도 도움이 될 것으로 보인다. 또한 시민단체와 인권연대가 중심이 되어 2015년 2월 설립한 '장발장 은행'도 현대판 장발장을 막기 위한 사회적 노력의 반영이라고 높이 평가하고 싶다. 개인과 민간단체 등 4천여 명의 기부금으로 운영되고 있는 '장발장은행'은 기존 은행과 달리 담보, 신용조회, 이자가 없이 사회적 취약계층인 벌금 미납자들에게 최장 6개월 거치, 1년 균등상환 조건으로 최대 300만 원을 지원하고 있다.

빅토르 위고가 《레 미제라블》을 세상에 내놓은 지 약 150년의 세월이 흘러 시대상황이 바뀌고 사법제도가 발전되어 왔음에도 우리 사회에서는 '레 미제라블'과 '장발장'으로 호칭되는 사회적 약자들이 여전히 사법제도의 그늘에서 고통받고 있다. 벌금형은 부자들에게는 형벌의 의미가 전혀 없고, 가난한 사람들에게는 필요 이상의 가혹한 형벌이 될 수 있다는 사실을 우리가 간과해서는 안 될 것이다. 앞으로도 계속 벌금형과 노역장유치제도에 대한 개선을 고민해야 하는 이유다. (2018년 4월)

자기 자녀만 생각하는 일그러진 부모들

'아는 것과 실천은 별개'라는 것과 '자기 자식 일은 아무도 장담할 수 없다'는 것을 부모가 되어 자식을 키우는 입장이 되어보니 절실히 깨닫는다. 자식이 '이 정도는 충분히 할 수 있을 거야' 생각했는데 의

외로 주춤거리고, 부모가 엄청난 노력을 기울여도 그 기대에 미치지 못한 경우를 어렵지 않게 볼 수 있다. 최근 사회문제가 되고 있는 학교 폭력 사건에서도 대부분의 부모는 '내 자식은 절대 가해자가 되지 않을 것이다'는 확신을 갖고 있다. 그러나 법정에 나가보면 엄연히 학교 폭력의 가해자와 피해자가 존재한다. 평소에 모범적인 청소년이라도 질풍노도疾風怒濤의 시기에는 어느 순간 가해자가 되고, 어느 순간 피해자가 될 수도 있다는 것을 체감한다.

한국전쟁을 치른 뒤로 대한민국은 앞만 보고 달려왔다. 높은 교육열과 성실한 국민성은 억척스럽게 삶을 다그쳤다. 거기에다가 고속성장을 추구하며 개발성장 위주의 정책을 펼친 군부독재정권도 한몫을 했다. 하지만 앞만 보고 질주해온 우리 사회의 그늘엔 승자독식구조의 폐단, 사회양극화 심화, 사회안전망 결여, 학벌위주의 서열주의, 인성교육의 실종 등 사회 문제점을 양산하고 말았다. 그러한 폐해들이 요즘 그 모습을 드러내고 있는 중이다.

지금의 학교 폭력 등 사회병리현상은 그동안의 고속성장으로 얻은 물질 풍요의 반작용일 수 있다. 입시위주의 지나친 경쟁구조에 아이들이 내몰리면서 인성교육이 사라졌고, 교육 본래의 기능이 실종된 것도 비단 어제오늘의 일은 아니다. 지금부터라도 물질 풍요보다는 사회 성숙과 건강성 회복에 중점을 두는 교육과 정책이 필요하다는 데에는 이견이 없어 보인다.

경쟁에서 낙오한 아이들이 초·중·고등학교 과정에서 계속 늘어나고 있다. 공부를 잘하면 금상첨화錦上添花겠지만 상대평가의 현실에서는 누군가 꼴찌를 할 수밖에 없는 구조다. 낙오한 아이들에게 패자부활전이 없는 사회, 꼴찌에 대한 배려가 없는 사회는 1등도 꼴찌도 모두 행복할 수 없고, 수없는 문제점들이 나오기 마련이다. 하나의 기준과 가치로만 아이들을 평가하고, 그 경쟁구조 속으로 아이들을 떠미는 현재의 교육시스템에 대한 근본적인 성찰과 대책이 절실히 요구된다. 우리 아이들은 자신이 갈고 닦은 소질과 능력을 바탕으로 사회 각 분야에서 자기 역할을 맡을 수 있도록 길을 열어줘야 한다.

거의 대부분 부모들은 학교 폭력이 발생했을 때 '내 자녀 구하기'에 집착한다. 내 자녀가 피해자였을 때는 어떻게든 가해자를 응징하려고 한다. 학생생활기록부에 학교폭력사실을 기재해서 가해자를 사회에서 격리시켜 낙오자로 만들고 처벌받게 하려는 마음을 갖는다. 반대로 내 자녀가 가해자가 됐을 때는 피해자가 입었을 충격이나 정신적인 고통은 생각하지 않는다. 치료비나 계산하면서 그 순간만 넘어가려 하지 심각하게 근본 대책을 고민하지 않는다. 가해 학생의 부모가 됐든 피해 학생의 부모가 됐든 모두 내 자녀 구하기에만 몰두한다.

2011년 명문사립대 남자 의대생들이 동기 여학생을 성추행한 사건이 발생했을 때 일부 가해자 부모들이 보였던 행태가 그 전형이라 하겠다. 경위야 어떻게 됐든 집단 성추행 사건이 발생했다면 내 자녀가 잘못했던 행동에 대해 돌아보고, 피해자가 입었을 정신적 고통에 대해서 헤아려보는 것이 당연하다. 진지한 사과와 반성을 통해 문제를 해결하는 것이 사회통념과 사회윤리에 맞는 가해자의 태도다. 그런데 이 사건에서 가해자의 일부 부모는 피해자가 느끼는 고통이나 피해 감수성을 생각하는 데는 둔감했다. 다만 애지중지 금지옥엽으로 키운 내 아들이 앞으로 의사 노릇도 못하게 되고, 사회에서 낙오될 것만을 걱정하면서 내 자녀 구하기에만 급급했다. 피해자를 더 고통스럽게 하는 뒤틀린 가해자 부모의 전형적인 모습을 보인 것이나. 결국 가해자들도 실형을 받았을 뿐만 아니라 가해자의 어머니들 중 한 명은 피해자에 대한 명예훼손죄로 실형을 선고받고 구속되었다.

이 사건은 그 자체로 우리 사회에 큰 충격을 주었다. 만약 사건 발생 초기에 가해 학생들이 잘못을 진정성 있게 깊이 반성하고, 피해자의 용서를 받아 합의에 이르렀다면 어땠을까? 내 짧은 경험과 생각에 비추어 보건대, 초범이고 대학생인 점이 감안돼 사회구성원으로 다시 복귀할 수 있는 선처가 내려질 수 있는 여지가 있었다. 그러나 재판부가 사회에서 일정 기간 격리시키는 중형을 선고한 이유는 아마도 '내 자녀 구하기'에 급급한 극단적 이기주의, 그와 더불어 피해자가 느끼는 피해에 대한 공감능력이 현저히 부족한 점이 반영됐을 것이라고 생각한다. 가해 학생들은 공부를 잘하고 좋은 집안의 '엘리트'였을지 모르지만 상대방에 대한 배려와 사랑에는 '루저loser(실패자)'였다. 가해자의 부모 역시 우리 사회의 고질적인 문제라고 할 수 있는 서열주의, 성과주의, 성공에만 집착하는 모습을 보여주는 상징적 사건이 아니었나 싶다.

자녀를 건전한 사회 구성원으로 키워내기 위해서는 아이의 잠재력을 계발하고 기술적인 능력과 학업 성과를 높이는 것도 필요하고, 주변의 친구들이나 이웃과의 정서적인 관계에 대한 관심 또한 필요하다. 이는 부모의 사랑과 배려, 일관된 교육철학, 무엇보다 실천이 동반돼야 가능하다. 나도 내 자녀에 대해 장담할 수 없다. 지금 우리 부모들이 자녀를 잘못 키우고 있는 것은 아닌지 다시 한 번 되돌아봐야 한다. 자기 자녀를 구하는 진정한 방법은 먼저 다른 사람의 자녀를 낙인찍지 않는 태도다. 대한민국 부모들 모두가 곱씹어 볼 일이다. (2012년 9월)

5·18 진상규명은 상식과 정의의 문제

1980년 5·18민주화운동이 발생한 지 38년의 시간이 지났지만 진상규명은 아직도 미완의 과제로 남아 있다. 일각에서는 더 규명할 진실이 남아 있느냐면서 5·18 진상규명에 대한 부정적인 인식도 있는 것이 사실이다. 그러나 1980년 5월 광주에서의 최초 발포명령자와 집단 발포명령자를 아직까지 밝혀내지 못하고 있다. 행방불명자 규모와

암매장의 진실도 마찬가지다. 최근에는 헬기사격과 전투기 폭격 대기설, 80위원회 및 511연구위원회의 5·18 군 기록 조작 의혹 등이 새로 밝혀야 할 과제로 제기됐다. 무엇보다 《전두환 회고록》과 인터넷을 중심으로 퍼지고 있는 북한군 개입설 등 터무니없는 왜곡과 폄훼 시도는 왜 아직도 진상규명이 필요한지를 절감하게 한다.

5·18민주화운동의 진상규명을 둘러싼 우리 사회의 서로 다른 시각들이 오랜 세월이 흐른 지금까지도 대치하고 있는 것은 1980년 신군부에 의해 일방적으로 유포된 '폭도들에 의한 광주소요사태'라는 5·18 담론이 여전히 영향력을 행사하고 있기 때문이다. 신군부에 의해 유포된 폭도담론이 광주전남 이외의 지역에서는 마치 사실인양 퍼져서 현재까지도 유통되고 있다. 이 폭도담론은 37년이 지난 지금까지도 영향력을 발휘하고 있는데, 폭도담론의 부정적 낙인효과는 지역차별 및 반공이데올로기의 잔영과 맞물리면서 지역과 세대의 측면에 영향력을 끼치고 있다. 5·18민주화운동에 대한 폄훼와 왜곡의 기제機制, 인간의 행동에 영향을 미치는 심리의 작용이나 원리가 여전히 살아 있는 탓에 5·18민주화운동에 대한 진상규명요구는 과거의 문제가 아니라 현재의 문제로서 뜨거울 수밖에 없다.

최근 5월 단체 및 시민사회단체가 중심이 되어 5·18민주화운동에 대한 국가차원의 공인된 보고서 발간과 헌법 전문 수록 요구를 지속하고 있다. 국가에 의해 일방적으로 왜곡된 5·18담론을 이제는 국가가 나서서 바로 잡아 달라는 호소다. 1980년 당시 신군부에 의해 억울한 누명을 쓴 5·18민주화운동을 국가 차원에서 올바르게 자리매김해 달라는 요구이기도 하다.

5·18민주화운동의 진상을 규명하고 왜곡과 폄훼를 막는 것이 중요한 이유는 국민통합 때문이기도 하다. 5·18민주화운동의 왜곡과 폄훼는 국민통합을 가로막고, 국민들의 가슴을 아프게 하기 때문이다. 진상규명이 되지 않아서 가해자가 누구인지도 모르고 피해자로서는 상처가 치유되지 않은 채 누구를 용서해야 할지 용서할 대상조차 모르는 상황에서 국민통합을 주장하는 것은 어불성설語不成說일 수밖에 없다. 5·18민주화운동을 높이 평가하는 사람들이나 왜곡하고 부정하는 사람들이나 모두에게 '국가차원의 공식적인 진상보고서'는 반드시 필요하다. 5·18민주화운동을 높이 평가하는 사람들의 경우 그 정당성을 인정받기 위해서, 5·18민주화운동을 왜곡하고 부정하는 사람들에게는 사실 확인(팩트 체크)의 계기가 되기 때문이다. 더 이상의 불필요한 사회적 갈등과 논란을 종식시키고 국민통합을 위해서는 국가차원의 진상보고서 채택이 반드시 필요하다는 것은 아무리 강조해도 지나치지 않다.

5·18민주화운동에 대한 진상규명의 문제는 결코 진보와 보수 사이의 이념문제가 아니다. 상식과 정의의 문제이자, 민주주의의 근본 가치를 보존하는 일이다. 5·18민주화운동의 역사를 왜곡하는 행위는

문명국으로서 대한민국의 품격을 훼손하고 민주주의 자체를 위협하는 시대착오적인 행위다. 5·18민주화운동의 진상규명은 정치적 문제가 아니라 역사적 진실을 규명해 국민통합을 하는 일이고, 우리 사회의 품격과 민주주의의 성숙도, 법제도의 건강성을 지키는 일이다. 5·18민주화운동에 대한 왜곡과 폄훼가 계속되어 국민통합을 가로막는다면 우리나라의 미래는 암울할 뿐이다. 역사의 교훈을 잊은 민족에게 미래는 없다. 반드시 5·18 진상규명특별법이 제정되어야 할 까닭이다.

'진실을 가두고 땅에 매장해도, 그것은 싹이 트고, 마침내 거대한 초목으로 자라난다.' – 에밀 졸라

(2018년 2월)

역사적 사실 부인행위에 대한 규제의 필요성

○ 혐오표현에 대한 규제 필요성의 관점에서

현재도 인터넷을 중심으로 5·18민주화운동에 대한 왜곡과 폄훼가 계속되고 있다. 하지만 안타깝게도 형사 처벌이 쉽지 않은 실정이다. 대법원이 '집단표시에 의한 명예훼손'에 대해 다음과 같이 판단했기 때문이다. '대법원 2006. 5. 12. 선고, 2004다35199호 판결 등'에 따르

면 '명예훼손의 내용이 그 집단에 속한 특정인에 대한 것이라고는 해석하기 힘들고 집단표시에 의한 비난이 개별 구성원에 이르러서는 비난의 정도가 희석되어 구성원 개개인의 사회적 평가에 영향을 미칠 정도에 이르지 않는 것으로 평가되는 경우에는 구성원 개개인에 대한 명예훼손이 성립되지 않는다'는 것이다.

이러한 법리 때문에 2012년 대법원은 '피고인 지만원의 글이 5·18민주화운동에 관해 밝혀진 사실과 다른 내용으로 타인의 명예를 훼손하고 있다고 판시하면서도 5·18피해자 개개인을 특정하지 않았기 때문에 명예훼손에 해당하지 않는다는 취지의 원심 무죄를 그대로 확정'했다. 지만원은 1942년 강원도 횡성 출신으로 "5·18은 북으로부터 파견된 특수군 600명이 또 다른 수백 명의 광주 부나비들을 도구로 이용해 감히 계엄군을 한껏 농락하고 대한민국을 능욕한 특수작전"이라고 주장하는 등 5·18민주화운동을 왜곡·폄훼하는 말을 자주 해오고 있다. 《전두환 회고록》에서 주장하는 북한 특수군 600명 개입설 등 일반적인 5·18역사왜곡에 대해서도 형사고소를 하지 못하고 민사적으로 출판 및 배포금지가처분 신청만 할 수밖에 없었던 이유이기도 하다. 피해자가 특정된 고故 조비오 신부와 피터슨 목사와 관련된 헬기사격부인 부분에 대해서만 사자명예훼손으로 형사 고소한 것도 같은 맥락이다. 이런 사정 때문에 5·18민주화운동에 대한 왜곡이나 폄훼를 막을 수 있는 해결책으로 5·18민주화운동 등 역사적 진실 부인행위에 대한 처벌조항이 필요하다. 관련 법률의 제정은 법적 공백을 막는 일이다.

유럽연합EU은 2007년 회원국들에게 종교·인종적 혐오선동의 처벌을 요구하는 결의와 협약을 채택했고, 독일, 프랑스, 체코, 폴란드, 오스트리아 등 다수의 유럽 국가들은 제2차 세계대전 직후부터 나치의 홀로코스트*나 제노사이드*를 부정하는 행위에 관한 처벌을 명문 규정으로 두고 있다. 특히 주목할 부분은 홀로코스트 가해국인 독일의 형법 제130조는 나치 지배 하에서 행해진 집단학살을 승인, 부인, 고무한 자에 대해 국민선동죄로 5년 이하 자유형* 또는 벌금형에 처하고 있다는 점이다. 프랑스도 1990년 제정된 게소법Gayssot Law에서 나치의 유태인 학살을 부인하는 행위를 범죄로 규정하고 있다. 우리나라 국회에서도 역사왜곡 행위를 처벌하는 이른바 역사적 사실 부인행위를 처벌하는 죄와 관련해 일제침략행위 부정을 처벌하는 법안, 반인류범죄와 민주화운동을 부인하는 행위를 처벌하는 법안, 5·18역사왜곡 행위를 처벌하는 법안들이 계속 발의되고는 있으나 본회의를 통과하지는 못했다.

역사적 사실 부인행위를 처벌하는 것이 표현의 자유를 위축시킨다고 반대하는 견해도 있다. 노엄 촘스키Noam Chomsky와 같은 학자는 역사부정죄가 표현의 자유를 위축시킬 우려가 있고, 역사적 사실의 진위여부는 역사적 평가와 시민사회의 토론에 맡겨야 한다는 이유로 이에 반대하고 있다. 물론 역사적 사실에 대한 진위여부나 공적 사안에 대한 평가는 사회구성원들 상호간에 자유로운 토론과 비판을 통해 자율적으로 결정하는 것이 개인의 자율과 자치에 바탕을 둔 자유민주주의 헌법체제의 기본원리인 것은 사실이다.

그러나 언론출판(표현)의 자유가 정신적 자유권의 중핵일 뿐 아니라 민주사회의 초석이 되므로 최대한 보장되어야 한다고 하더라도 타인의 명예를 훼손해서는 아니 된다는 헌법의 내재적 한계가 있다. 우리 헌법 제21조 제4항은 '언론출판은 타인의 명예나 권리 또는 공중도덕이나 사회윤리를 침해해서는 아니 된다'라고 직접 규정한다. 따라서 왜곡되지 않은 기초적 사실관계를 기본 전제로 해야 하고, 사실(팩트) 자체는 객관적으로 '있는 그대로'의 사실관계를 기재해야 한다. 사실관계를 바탕으로 의견개진이나 평가와 판단의 영역에서는 자신의 가치관과 경험에 따라 다양한 의견으로 나뉠 수 있는 것이 바람직한 민주주의 사회의 논의 구조인 것이다.

한편 유럽의 역사부정죄의 제정 배경이 한국의 상황과 동일하지 않기 때문에 유럽의 역사부정죄 처벌을 우리나라에서 그대로 적용하는 것이 맞지 않다고 지적하는 견해도 있다. 특히 한국에서는 수많은 역사적 사실 중에서 규제하고 처벌해야 할 역사부정을 어떻게 선별할 것인지 논란이 될 수 있다는 지적도 있다.

하지만 역사적 사실 부인행위에 대한 처벌은 해당국가가 경험한 역사적 사실과 이에 대한 폐해에 사회적 공감대가 형성되어 있는지 여부에 따라 결정될 수밖에 없다. 한국에서의 5·18왜곡은 5·18유공자와 호남인들에 대한 뿌리 깊은 지역차별과 연동되어 있다는 측면에 주목할 필요가 있다. 유럽에서 역사부정 행위가 소수자에 대한 혐오와 차별과 배제와 폭력으로 이어지는 폐해로 이어졌기 때문에 이에 대한 규제의 필요성으로 인해 역사부정죄가 문제되었던 맥락과 유사하다고 보인다. 5·18역사왜곡은 단순히 역사적 사실에 대한 부인과 왜곡이어서가 아니라, 호남이나 5·18유공자로 대표되는 소수자에 대한 허위사실에 기초한 혐오표현이기 때문에 규제가 필요하다는 것이다.

유럽연합 소속 국가들 중에서 나치의 홀로코스트를 직접적으로 경험한 독일, 프랑스, 폴란드, 오스트리아와 같은 국가들에는 다시는 그와 같은 잘못된 역사를 반복하지 않겠다는 사회적 공감대가 형성되었다. 홀로코스트를 직접 경험하지 않은 북유럽국가나 영국 등도 정도의 차이는 있으나 이에 대한 사회적 공감대가 형성되어 있다. 그래서 홀로코스트나 제노사이드를 부정하는 행위를 처벌하기로 한 것이라고 평가할 수 있다.

지만원, 전두환, 일베를 중심으로 한 5·18민주화운동에 대한 왜곡세력들은 우리나라 정부와 미국 정부의 공식문서 그리고 당시 광주현장을 취재한 외신기자들이 제공하는 객관적 증거에 의해 확인된 사실이 있어도 이를 부인하고, 허위사실을 마치 사실인 것처럼 왜곡하고 있다. 그래서 사실관계 확정 단계부터 합리적 의사형성이 불가능하게 만들어 국민통합을 심각하게 방해한다. 5·18민주화운동 왜곡세력들은 '합리적 의사 형성 기회를 차단'하고 있고, '역사를 왜곡하는 허위사실 기재 행위'를 지금도 멈추지 않고 있다.

5·18민주화운동에 대한 역사적 사실 부인행위에 대해 규제와 처벌만이 능사는 물론 아니다. 무엇보다도 5·18민주화운동에 대한 국가 차원의 진상규명이 선행되어야 역사왜곡의 근본적인 문제점이 해결되는 계기가 될 것이다. 그러나 사회적 혐오표현의 폐해를 시정하는 측면에서 그리고 5·18역사왜곡의 내용이 수인한도를 넘는 악의적 왜곡이 과거의 문제가 아니라 여전히 현재진행형인 상황에서 사법부가 최종적으로 판단한 사실을 고의로 왜곡하는 악의적인 행위만이라도 최소한 규제해야 하는 것은 아닐까.

우리 사회에서 호남이나 5·18유공자로 대표되는 소수자에 대한 허위사실에 기초한 혐오표현이나 사회적 배제로 나아가는 사회적 폐해를 규제하는 논의를 시작하자는 것을 더 늦출 수 없는 이유이다. (2018년 8월)

---

* **홀로코스트 (Holocaust)**: 일반적으로 인간이나 동물을 대량으로 태워 죽이거나 대학살하는 행위를 말하지만 고유명사로 쓸 때는 제2차 세계대전 때 나치 독일에 의해 자행된 유대인 대학살을 뜻한다. 홀로코스트나 '인종 청소'같은 범죄는 인간의 폭력성, 배타성, 잔인성이 광기를 띄면 얼마나 끔찍한지를 보여준다. 나치의 홀로코스트가 생긴 뒤에도 보스니아 내전, 르완다의 종족분쟁, 캄보디아 내전(킬링필드) 등에서 대량 학살이 자행되었고, 홀로코스트는 아직도 국제문제로 남아있다.

* **제노사이드**: 인종, 이념 등의 대립 때문에 특정집단의 구성원을 대량 학살해 아예 없애려는 행위, genocide=genos(인종)+cide(살인)을 합친 말로 '집단학살'을 뜻한다.

* **자유형(自由刑)**: 신체자유의 박탈을 내용으로 하는 형벌.

5·18 망언과 표현의 자유

KBS1 TV 〈일요진단〉 토론장면, 2019년 2월 24일

2019년 2월 8일 자유한국당 이종명, 김진태, 김순례 국회의원은 극우논객 지만원과 함께 국회에서 공청회를 열고, 5·18민주화운동에 대한 왜곡과 폄훼적 망언을 했다. 5·18민주화운동에 대한 지속적이고 조직적인 왜곡과 폄훼는 이제 인터넷 공간을 넘어 민의의 전당인 국회에서조차 버젓이 공론화를 시도하는 심각한 상황까지 이르렀

다. 5·18민주화운동 역사왜곡 행위에 대한 형사처벌 조항 신설 논의
를 더는 미룰 수 없는 이유다.

그러나 5·18 역사왜곡에 대한 해결책이 오로지 형사처벌에만 집중
되는 것은 바람직스럽지 않고 여러 가지 해결방법 중 하나로 검토되
어야 한다는 지적에 동의한다. 민주주의 사회는 자정력으로 해결하
는 것이 먼저이고, 더 성숙한 민주주의의 모습이다. 형사처벌 또한 보
충성과 최후 수단성을 가지고 있기 때문에 기본적으로 국가형벌권의
행사는 자제되어야 한다.

그러나 사회 자정력에 의한 해결만을 기다리기에는 현재의 5·18민
주화운동에 대한 왜곡은 임계점을 넘었고, 그냥 방치하기에도 수인한
도를 넘었다. 5·18의 왜곡과 폄훼는 불필요한 사회적 갈등을 야기할
뿐 아니라 사회통합을 심각하게 저해하는 사회적 폐해를 생산하고 있
다. 미국과 달리 징벌적 손해배상제도가 도입되지 않은 우리나라에서
는 민사적인 구제책도 상징적일 뿐이고 실효성이 없다.

현재도 인터넷을 중심으로 5·18민주화운동에 대한 왜곡과 폄훼가
계속되고 있지만 안타깝게도 이에 대한 규제가 어렵다. 왜곡은 일상
화되고 더 광범위하게 지속되고 있다. 대법원이 '집단표시에 의한 명
예훼손'에 대해 피해자 특정을 엄격하게 요구하면서 처벌의 범위를
지나치게 좁히는 판단을 하고 있기 때문이다. 그래서 집단표시명예
훼손이라는 기존 법조항만으로는 처벌의 공백이 발생하고 있는 것

도 사실이다.

5·18민주화운동에 대한 왜곡과 폄훼에 대해 형사처벌을 빼고 정치, 사회, 문화적 방안만으로 해결을 논의하는 것은 실효성을 확보할 수 없는 한계가 있다. 5·18민주화운동에 대한 왜곡이나 폄훼를 막을 수 있는 해결책으로 5·18민주화운동 등 역사적 사실 부인행위에 대한 처벌조항의 필요성을 강조할 수밖에 없는 이유다.

5·18민주화운동에 대한 역사왜곡 행위를 형사처벌하는 조항을 신설하자는 논의는 다른 역사적 사안에 비추어 5·18민주화운동만을 더 특별하게 취급해달라는 특혜를 바라는 취지가 아니다. 5·18민주화운동이라는 특정한 역사적 사실을 부정하는 것만은 처벌해야 한다는 필요성이 인정되어야 역사부정죄가 정당화될 수 있다. 숙명여대 홍성수 교수의 주장과 같이 정당화 논거는 5가지로 제시될 수 있다.

보통 역사적 사안에 대한 문제는 역사적 사실이 중요하고, 진실에 반하기 때문에 정당화 논거를 찾는 경우가 대부분이다(진실 논거). 그러나 5·18민주화운동에 대한 부정은 단순히 진실에 반하기 때문에 처벌해야 한다는 논의를 넘어서서, 국가권력에 의한 민간인 살상행위를 부인하는 것이다. 이는 인간존엄성 침해를 정당하다고 주장하는 것과 같다. 다시는 반복되어서는 안 되는 반인륜적 행위를 용인하는 것이어서 허용될 수 없고 허용되어서도 안 된다(인간존엄 논거). 더구나 호남이나 5·18유공자로 대표되는 소수자에 대해 허위사실에 기초한 혐오표현이고(소수자차별 논거), 생존하는 유족과 관계자 등 피해자에 대한 지속적이고 반복적인 그리고 여전히 현재진행형인 모독, 왜곡, 폄훼이기 때문에 처벌의 필요성이 있다는 것이다(피해자 논거＋현재성 논거).

따라서 처벌의 공백을 막고 실효적인 규제를 위해 최소한의 법적 규제방안은 마련될 필요가 있다. 다만 처벌조항을 마련하더라도, 구성 요건에서 공연성 요건과 권리침해 요건을 엄격하게 규정하고, 학문의 자유와 표현의 자유에 대한 침해 소지를 줄이거나 없애기 위해 완충제로서 위법성조각사유조항도 넣어서 부작용과 남용의 폐해를 줄이자는 것이다. 현재와 같은 왜곡이 일상화되고 더 광범위하게 유포됨에도 불구하고, 최소한의 법적 규제도 하지 말자는 것은 사회적 병리현상과 범죄행위에 대해 법 없이 방임하자는 것이다. 이는 법의 무기력과 게으름을 자초해서 처벌의 공백과 범죄를 방치하자는 것과 다름없다.

5·18민주화운동에 대한 왜곡과 폄훼의 피해자는 비단 5·18 희생자와 광주시민만이 아니다. 오히려 팩트 체크의 기회를 갖지 못하면서 왜곡된 허위사실을 사실로 잘못 알고 속고 있는 일부 국민들과 청소년들이 진정한 피해자일 수 있다. 5·18 진상규명과 역사왜곡에 대한 대처는 보수와 진보의 문제가 아니라 상식과 정의를 확인하는 일이다. 괴벨스와 카뮈의 말은 2019년 대한민국 사회가 반면교사와 교훈

으로 삼아야 한다.

'거짓말을 처음 들으면 아니라고 말하고, 다시 들으면 의심을 하고, 거짓말을 계속해서 들으면 결국 믿게 된다' – 나치 선동가 괴벨스

'어제의 죄악을 오늘 벌하지 않는 것은 내일의 죄악에게 용기를 주는 것이다. 민주공화국은 관용으로만 건설되지 않는다' – 알베르 카뮈

(2019년 2월)

* 원고를 출판사에 넘긴 뒤인 2019년 2월 8일 국회에서 5·18 망언 사태가 발생했다. 우리 사회에 5·18민주화운동에 대한 왜곡과 폄훼행위에 대한 형사처벌(한국판 홀로코스트 부정행위 처벌법) 논의가 뜨거운 이슈로 떠올랐다. 나는 2019년 2월 24일 방송된 KBS1 TV 〈일요진단〉과 2019년 2월 28일 방송된 국회방송 〈직언직설〉 토론 프로그램에 토론자로 참여해 '5·18민주화운동에 대한 왜곡과 폄훼행위에 대한 형사처벌'에 관한 입법의 필요성을 주장했다. 이 글은 주요 발언 내용이다.

국민참여재판 어떻게 볼 것인가?

'국민참여재판'에 대한 논란이 뜨겁다. 최근 '국민참여재판'에서 배심원들의 신뢰성과 공정성에 대한 의문을 제기하는 시각이 존재하기 때문이다. '국민참여재판'제도가 2008년 시행된 이후 법률을 잘 알지 못하는 국민이 배심원으로 참여해 냉정한 판단과 엄격한 법리적용을 하지 못하고 감성에 치우친 판단을 한다는 우리 사회 일각의 시각이 그것이다. 최근 있었던 이른바 나꼼수*나 안도현 시인에 대해 배심원

들의 무죄 평결을 두고서는 배심원들의 정치적 편향을 지적하면서 정치적으로 민감한 사건은 '국민참여재판'의 대상에서 아예 제외시켜야 한다는 주장까지 제기되고 있다.

어떤 사건을 '국민참여재판'으로 진행하는 것이 적절한지 여부는 근거 법률인 '국민의 형사재판 참여에 관한 법률' 제9조에 규정된 배제 결정의 합리적인 해석과 적용을 통해 해결할 수 있으니 이 부분에 대한 언급은 줄이도록 하겠다. 그러나 최소한 국민으로 구성되는 배심원을 믿을 수 없다는 주장은 '국민참여재판' 제도의 도입 취지 자체를 부정하는 것이어서 동의할 수가 없다. '국민참여재판' 제도 자체가 법률전문가인 직업법관들의 재판이 국민의 상식이나 법 감정과 거리가 있어서 국민을 형사재판절차에 배심원으로 참여시켜 재판에 대한 국민들의 신뢰도를 높이고 재판의 공정성을 확보하자는 취지로 도입되었기 때문이다.

우리가 주목해야 할 점은 인간이 만든 제도는 완벽할 수 없고 이를 운영하는 데에도 미비점이 발견될 수밖에 없다는 사실을 인정하면서 해결책을 찾아야 한다는 점이다. 향후 '국민참여재판제도'를 포기할 것인지 아니면 미비점을 보완해 계속 시행할지 여부에 대한 합리적 고민이 필요하다. 이 제도자체를 단지 이상주의적 잣대로만 평가하고 깎아내리는 것은 혹시 교각살우矯角殺牛의 잘못을 저지르는 일이 아닌지 되돌아 봐야 한다. '국민참여재판'이 완전히 공정한 재판제도인지를 따지자는 건 아니다. '국민참여재판'이 도입되기 이전의 직업법관이 진행하던 재판에 비해 상대적으로 국민이 신뢰할 수 있고 공정한 재판인지 여부를 법조계 내부와 사회구성원 모두가 냉정히 평가할 필요가 있다. 나는 법률전문가인 법관과 사회통념을 가진 국민이 협력해 재판하는 '국민참여재판'은 그동안 역기능보다는 순기능이 많았다고 평가하고 싶다. 그동안 판결에 영향을 미치는 것으로 오랫동안 국민에게 불신의 대상이 되어왔던 학연, 지연, 전관예우, 유전무죄와 무전유죄 등 불합리성을 제거하는 절연체로 배심원의 순기능이 작용한 성과라고 본다. 또한 '국민참여재판'의 기능에 있어서는 상급심의 원심 유지율이라는 형식적인 면도 살펴봐야 하고, 배심원 평결과 판결의 일치율도 들여다 볼 필요가 있다.

'국민참여재판'은 2008년 1월부터 2013년 9월까지 1,091건이 진행되었다. 그 가운데 유·무죄에 대한 배심원 평결의 내용과 재판부의 실제 판결이 일치하는 비율은 92.5%다. 유·무죄에 대한 배심원 평결의 내용이 법원을 강제하지 못하는 '권고적 효력'밖에 없는 상황에서도 제도가 도입된 지 5년 9개월 동안 불일치율이 8.5%에 불과하다는 점은 분명히 '국민참여재판'의 성과라고 볼 수 있다. 그러나 다른 측면에서 보면 유·무죄에 대한 배심원 평결뿐만 아니라 유죄로 인정된 경우 배심원의 양형의견까지 살펴볼 필요가 있다. 통계수치에는 나오지는 않지만 배심원 의견과 재판부 판결의 불일치율은 상당수에 이를 가능성도 있다. 이 부분은 '국민참여재판'의 한계이고 보완해야 할 미비점일 것이다. 실제로 '국민참여재판'의 변호인으로 참여한 사건에서 배심원의 평결이나 양형의견을 반영하지 않은 재판부의 판결을 여러 번 경험한 적이 있기 때문이다. 이런 한계 때문에 배심원의 4분의3 이상이 찬성하는 때에만 평결이 성립하는 것을 인정하는 가중다수결제와 법적 구속력을 부여하는 등 현재의 법 개정논의는 긍정적이라고 평가하고 싶다.

'정의'는 법률전문가인 특정한 사회 구성원만이 단정하는 것이 아니다. 국민의 건전한 사회통념과 법 감정에 부합시키고, 현 사법제도를 보완하고자 하는 것이 '국민참여재판제도'의 취지다. 법이란 가장 상식적이고 합리적인 규율이다. 그래서 상식 있는 국민의 사회통념과 법 감정이 들어간 판단이 판결로서 선고된다면 현실 규정력을 갖춘 실질적 법치주의가 구현되는 것이라고 평가할 수 있다. '국민참여재판'의 성과와 한계에 대한 다양한 사회적 논란이 있지만 국민의 법 감정과 상식에 부합하는 형사재판제도로 보완되어 시행되어야 한다. (2013년 12월)

* **나꼼수**: 나는 꼼수다의 줄임말. 여기서 꼼수는 당시 대통령이었던 이명박의 여러 언행을 비꼬는 뜻으로 썼다. 인터넷신문 《딴지일보》가 인터넷 방송(팟캐스트)으로 2011년부터 약 20개월 동안 주마다 했던 시사풍자 프로그램. 딴지일보 총수 김어준이 진행했고, 시사평론가 김용민, 전 국회의원 정봉주, 시사인 주진우 기자가 참여했으며, '가카 헌정 방송'이란 부제가 붙었다. '가카'는 각하를 소리 나는 대로 쓴 것이다. 기존 방송과 달리 사실을 바탕으로 허구를 넘나들었고, 평균 조회수가 600만 건을 기록했다. 당시 정치적으로 민감했던 'MB 내곡동 사저 문제'와 'BBK 사건' 등을 다루기도 했다. 집권세력의 의혹에 대한 비판과 풍자는 일부(?) 국민(600만)에게 카타르시스를 제공했고, 나꼼수는 팟캐스트 열풍을 일으키는 시작점이었다.

우리사회 '표현의 자유'의 그늘

우리사회에 최근 '표현의 자유'에 있어서 전혀 다른 측면에서 생각하게 하는 일이 생겼다. 보수와 진보진영이 각각 '표현의 자유'를 주장하고 나서는 상황이 이례적이고 흥미롭다. 영화 <천안함 프로젝트>(감독: 백승우)에 대한 보수진영의 상영중단 요구문제와 5·18광주민주화운동에 대한 역사왜곡 문제가 그것이다. <천안함 프로젝트> 상영중단 요구는 표현의 자유와 민주주의 제도 자체를 침해하고 있기 때문이고, 5·18역사왜곡은 반대로 왜곡과 허위를 버젓이 표현의 자유라는 이름으로 방패삼아 포장하고 있기 때문이다. 문제의 심각성은 전자와 후자의 상황을 초래하고 있는 사람들은 대부분 우리 사회에서 보수라고 자처하는 사람들이고, 상황에 따라 '표현의 자유'를 아전인수로 해석한다는 점이다.

영화 <천안함 프로젝트>의 상영중단 요구는 북한의 소행이라는 정부발표에 대해 합리적 의문을 제기하는 것 자체를 금기시하는 우리 사회의 소통 불능의 모습을 적나라하게 보여준다. 더구나 법원이 <천안함 프로젝트>에 대해 상영금지가처분신청을 기각해 영화 상영을 법적으로 보장받았음에도 여전히 개봉관은 물론 가정에서 시청하는 IPTV 에서조차도 이 영화를 접할 수 없다. 이는 민주주의도 법치주의도 모두 실종된 상황이라고 표현해도 과장은 아닐 것 같다. 정치권력이 일정 부분 그 매개체를 통제하고 싶은 유혹에 빠지기 쉽다는 점을 이해한다고 하더라도 박근혜정부 출범 이후 단기간에 그 통제의 정도가 민주주의의 위기라고 느낄 만큼 심각하다. 민주주의 국가는 국민 상호간의 자유로운 의사소통을 전제로 한다는 사실을 무시한 셈이다. 우리 사회의 민주주의 성숙도에 비추어 과거 유신이나 5·6공 군사정권에서나 볼 수 있었던 권위주의적 국민여론 통제기제가 시대착오적으로 등장한 것이다. 이는 야경국가의 비문명성의 잔재가 아직도 우리 사회에 남아 있다는 증거다. 우리가 지금 어느 시대에 살고 있는지 의문이 들게 할 정도다.

민주주의에서는 주권이 국민에게 있고(국민주권주의), 국민의 자기 통치 과정은 다수결의 원리에 따를 수밖에 없다. 그러나 다수결의 정당성은 수적으로 우세하다는 점에서 나오는 것이 아니다. 다수 의견을 형성하는 과정에서 다양한 의견에 대해 찬반이 오고가는 자유로운 토론이 반드시 전제된다. '표현의 자유'는 다른 기본권에 비해 결코 양보할 수 없는 우월한 가치다. 민주주의가 상대주의에 입각해 평화적 정권 교체를 수용하는 과정이고, 정치과정에서 야당이나 소수자의 '표현의 자유'를 특별히 배려하지 않으면 안 되기 때문이다. '표현의 자유'는 다수결에 의해 국민주권주의의 이념을 현실화하는 방편을 제공한다. 또한 '표현의 자유'는 경쟁과정에서 패배한 야당이나 소수자의 의견개진을 통해서 사회를 안정된 균형으로 이끄는 역할을 한다. 민주주의 제도와 표현의 자유는 뗄 수 없는 한 몸이다.

그러나 영화 <천안함 프로젝트>에 대한 보수의 일각과 우리 사회 '보이지 않는 손'의 태도는 천안함 사건이 무조건 북한의 소행이어야 한다고 규정짓는다. 또한 이에 대한 의문을 제기하는 태도 자체를 '종북'으로 몰아세우는 비합리성과 몰이성의 극치를 보여준다. 북한의 소행이라는 데에 확신이 없다면 '종북'이고, 정부발표에 의심을 제기하는 것 자체가 '좌빨'이라는 '종북 프레임'에 매몰된 태도는 표현의 자유와 민주주의 제도를 위기에 빠뜨리는 위험천만한 것이다. 합리적인 의문 제기조차 막는 것은 다양한 의견과 찬반이 교차하는 자유로운 토론이 전제가 되는 민주주의의 '소통 통로' 자체를 봉쇄하는 것과 다름이 없다.

한편 종편 출연자들과 일부 네티즌들의 5·18에 대한 역사왜곡 발언과 글이 우리 사회에서 처벌의 필요성과 당위성이 있음에도 '집단표시에 의한 명예훼손죄'의 피해자 특정의 문제나 표현의 자유의 문제로 법적 쟁점과 논란거리만 제공하고 있는 것이 몹시 불편한 현실이다. 이들의 발언과 글은 우리 공동체에서 수용하기 어려운 반역사적인 범죄행위이고, 5·18민주화운동 희생자들에게는 치명적인 모욕감을 줄뿐 아니라 명예가 현저하게 훼손되는 비통함을 느끼게 한다. 이 문제에 관한 법리논쟁은 소박한 대한민국의 국민, 특히 5·18 피해자 및 유족들의 법 감정과 피해감정에서 보면 참으로 억장이 무너지고 한가한 형식적인 법리라는 생각이 든다. 처벌의 필요성과 당위성을 현실에서 관철하려는 노력과 형식적 법리를 극복하는 일은 깨어

있는 시민들과 법률가들에게 남겨진 과제다.

그러나 설사 왜곡과 허위를 교묘하게 '표현의 자유'로 포장해 방어 수단으로 악용한다고 할지라도 표현의 자유와 법치주의 또한 우리가 포기할 수 없는 제도의 요청이라는 점에서 사법기관이 일탈된 그들의 주장을 일단 경청하고 고민해야 한다. 경청 그 자체가 민주주의의 성숙성과 법 제도의 건강성을 상징하는 것이기 때문이다.

최근 국민의 의사표현과 주장을 그 자체로 억압하려는 박근혜정부의 태도를 곳곳에서 어렵지 않게 접할 수 있어 매우 안타깝다. 민주주의는 결과의 산물이 아니라 과정과 기회 제공의 산물임을 우리가 간과해서는 안 된다. 다소 정제되지 않은 소수의 문제 제기라고 하더라도 '표현'을 경청하고 포용해 사회발전의 에너지로 승화시킬만한 역량을 갖춰야 한다. 그것이 표현의 자유가 보장된 자신감 있는 민주사회다. 깨어있는 시민들의 자각과 정치권력에 대한 끊임없는 감시 그리고 무엇보다도 박근혜정부가 국민과 소통을 하는데 솔직한 접근과 사고의 대전환이 절실한 시점이다. (2013년 12월)

색깔론

법원은 최근 보수단체가 특정단체나 개인을 객관적인 근거 없이

'종북'이라고 비난하는 행위가 명예훼손에 해당한다는 판결을 연이어 선고하고 있다. 우리 사회 일부에서 사회적 낙인과 배척효과를 노리고 무분별하게 진행되는 비이성적인 움직임에 대해 사법부가 경종警鐘(위험을 알리려고 치는 종, 잘못되는 일에 미리 주는 주의나 충고)을 울린 것이다. '종북'이라는 표현을 함부로 사용하는 행위는 '표현의 자유'나 '공익적 목적'으로 합리화되지 않는 '부당한 사회적 낙인'이라는 법원판결의 인식에 대해 긍정적인 평가를 하고 싶다. 진보인지 보수인지, 나와 같은 편인지 다른 편인지만을 묻고 따지는 분위기에서는 합리와 이성은 실종되고 진영논리와 매카시즘적인 선동만이 자리를 잡는다. 그러면 우리 사회의 민주주의 성숙성과 건강성의 회복은 아득히 멀 것이다. 이러한 사회적 우려를 담은 사법부의 판단은 현 시점에서 상당한 의미를 가지고 있다.

그런데 세계는 지금 탈이념을 바탕으로 한 세계화와 지식정보화 사회에 접어들었다. 그럼에도 정보통신강국으로 자타가 인정하는 우리나라에서는 왜 2013년에 이르러서도 시대착오적이고 해묵은 색깔론이 버젓이 등장하고 있는 것일까? 아마도 우리는 1950년 약 3년간의 한국전쟁이라는 동족상잔의 아픔과 이념갈등의 생채기가 현재까지도 우리 사회 곳곳에 남아 있기 때문이라는 생각이 든다. 같은 민족이지만 한반도의 북쪽에는 엄연히 다른 체제의 국가가 성립돼 있고 그런 이념대립과 체제경쟁 속에서 60년이 지나는 과정에서 레드콤플렉스, 종북, 좌빨, 빨갱이와 같은 증오와 불신에 가득 찬 말들이 지금도 공공연하게 우리 사회에 존재한다.

이와 같은 색깔론은 이성적이고 합리적인 논의를 실종시키고, 우리 국민은 어떤 표현행위를 함에 있어서 스스로 무의식적으로 레드콤플렉스에 근거한 자기검열을 하게 한다. 이러한 표현의 자기검열행태는 표현행위의 위축효과라는 폐해로 나타나기 마련이다. 이 글을 쓰면서도 나 역시 '종북'이라는 소리를 듣게 될지도 모르겠다는 생각에서 자유롭지 못하다. 그런 생각을 하는 것 자체가 우리 사회구성원 모두에게 불행하고 딱한 일임은 분명하다.

우리 사회에서 색깔론의 망령이 제거되려면 우선적으로 철학 없는 정치인들이 이를 정치적으로 이용하는 무책임한 구태정치가 개선되어야 할 것이다. 또한 이념대립과 지역감정을 조장해 이익을 도모하려는 세력에 대해 깨어있는 언론과 시민들이 합리적으로 비판하고 견제하는 노력이 경주되어야 할 것이다. 궁극적으로는 남북관계 경색국면이 해소되고 화해와 협력을 기반으로 한 평화체제가 구축되어 소모적인 이념대립과 레드콤플렉스가 극복되어야만 가능할 것이다.

독일은 나치의 불행한 경험을 통해 모든 정당이 허용되더라도 나치를 추종하는 정당의 설립을 금지했다. 우리나라에서는 남북이 대치하는 한 완전한 의미의 '사상의 자유 시장'이 형성되기 어렵다는 한계가 있을 수는 있겠다. 그러나 우리 사회도 민주주의의 핵심 가치이자 헌법상 우월적인 기본권인 양심의 자유와 사상의 자유 그리고 자유로운 양심과 사상을 전제로 하는 표현의 자유가 실질적으로 보장되는 법적 제도적 장치가 마련되고 구현되어야 한다. 이는 성숙한 민주주의 사회를 위해 양보할 수 없는 지향점일 것이다. 시대착오적인 색깔론이나 매카시즘이 지배하는 사회는 '합리적인 보수'나 '합리적인 진보'의 목소리도 제대로 자리하지 못한 채 사회적 해악을 양산할 가능성이 크다. 우리가 시대착오적인 색깔론을 불식시키고 우리 사회를 합리적인 대화와 타협이 가능한 건강하고 성숙한 민주주의 사회로 이끌어 가야 하는 이유가 여기에 있다. (2013년 4월)

광복 68돌의 슬픈 자화상

2013년, 광복 68돌이 하루 앞으로 다가 왔다. 그러나 일본은 제2차 세계대전이 끝난 뒤 한 번도 우리나라에게 진정성 있는 사과를 하지 않았고, 우리 사회는 아직도 일제 식민지배의 잔재를 청산하지 못한 채 예순여덟 번째 광복절을 맞이한다. 최근 들어 더욱 노골적으로 우경화와 군사대국화의 길로 나아가고 있는 일본의 역사인식 부재를 통탄한다. 더불어 일본이 진지한 반성을 통해 국제 사회의 책임 있는 일원으로 거듭나야 한다는 따끔한 질책이 필요하다는 점에 우리 국민은 특별한 이견은 없을 것이다. 그런데 현재 우리나라는 시대착오적인 '백선엽' 논란으로 상징되는 친일인사에 대한 미화 움직임 등으로 아직도 역사 시계는 해방전후를 벗어나지 못하고 있다. '친일인사 미화' 움직임을 지켜보는 마음은 착잡하고 자괴감이 든다.

백선엽은 1940년 만주국의 봉천군관학교에 입학한다. 만주국은 일본이 대륙침략 전쟁의 병참 기지를 마련하려고 중국 동북지방에 세운 괴뢰국가다. 봉천군관학교를 나온 백선엽은 1943년부터 해방될 때까지 간도특설대의 장교로 복무한다. 만주국의 간도특설대란 조선인 거주지였던 간도에서 항일투쟁을 벌이던 조선인과 중국 팔로군을 토벌하는 조선인 부대다. 다시 말해 백선엽은 독립군과 싸우는 부대의 장교였던 셈이다. 당시 대한민국 임시정부는 죄질이 가장 나쁜 친일행위를 '칠가살(마땅히 죽여야 할 7가지 대상)'로 규정했다. 적의 수괴, 매국적賣國賊, 고등경찰과 형사와 밀고자, 친일 부호, 적의 관리, 불량배, 모반자가 그들이다.

백선엽은 '칠가살'에 해당했으나, 자신의 친일행위에 대해 진지한 반성을 하지 않았다. 그래서 민족문제연구소는 친일인명사전에 백선엽을 등재했다. 박근혜정부 출범 이후 정부는 백선엽의 친일행적은 도외시한 채 한국전쟁 당시의 전쟁영웅으로만 미화하는 외눈박이 시각을 보이고 있다. 국방부는 '백선엽 한미동맹상' 제정을 추진하고, 문화재청은 '백선엽 군복'을 문화재로 등록 예고한 것이다. 역사의 퇴행일 뿐 아니라 당시 백선엽의 총칼에 이름 없이 죽어간 독립군들이 하늘에서 통탄할 일이다. 우리 사회 일부 보수 세력이 과거 일제식민지에서 친일행위를 했다는 부정적 사실보다는 반공주의를 내세워 북한과 싸운 백선엽의 공로를 더 높게 평가한다는 시각이 있을 수는 있다. 사회의 다양한 시각의 하나로 인정할 수는 있겠다. 하지만 민족정기나 역사 바로 세우기 측면에서 친일행위자들에 대한 '사회적 명예'라도 박탈해야 한다. 이러한 소박한 문제의식마저 정부가 내팽개쳐버리는 역사의식 부재는 우리 사회의 서글픈 모습임에 분명하다.

역사는 '과거와 현재의 끊임없는 대화'라고 한다. 프랑스는 독일 점령 아래에서 세워진 단 6개월간의 비시 정부Gouvernement de Vichy(1940년 6월 나치스 독일과 정전협정을 맺은 프랑스가 오베르뉴의 온천도시 비시에 세운 친독일정부)에 관여한 반민족 행위자들을 2천여 명이나 숙청했다. 우리나라는 일본의 식민지배를 36년 동안 겪고도 단 1명의 친일 반민족 행위자를 숙청하지 못했다. 새삼스레 해묵은 과거 청산을 이야기 하자는 취지가 아니고, 민족정기를 바로 세우지 못한 역사적 무기력함이 있다는 사실을 짚고 넘어가자는 말이다.

개인과 가족의 삶을 희생해 나라를 지킨 독립운동가들의 삶과 개인의 출세와 영달과 치부를 위해 일본에 협력한 친일행위자들, 과연어느 쪽이 올바른 것인가? 대한민국 국민이라면 누구나 독립운동가들의 삶이 제대로 평가되고, 그 정신이 미래 세대에 계승되기를 바랄 것이다. 작금의 우리 현실에서 '개인을 희생한 독립운동가들의 헌신과 애국충정'이 모난 돌쯤으로 취급받는 것은 너무 억울한 일이다. 친일행위자들처럼 '그냥 대세에 순응하는 삶이 잘 먹고 잘사는 것'이라는 기회주의적 가치관을 미래 세대에 물려줄 수는 없다.

제2차 세계대전 당시 잘못된 제국주의 정책으로 똑같이 주변 나라를 침략하고 괴롭혔던 전범국가인 독일과 일본은 전쟁이 끝난 뒤 너무도 상반된 행보를 보였다. 피해국인 프랑스는 물론이려니와 가해국인 독일까지도 나치 부역자 청산에 온힘을 보여주었다. 잘못된 역사를 어떻게 바로 세우는가에 대한 본보기를 일본과 우리나라에 제시해 주고 있다. 그런데 가해자인 일본은 피해 국가들에게 사과는커녕 오히려 우경화되어 과거사에 대한 망언을 일삼고 군사대국화를 꿈꾸고 있다. 수준 이하의 행태다. 우리나라 또한 친일세력을 청산하지 못하고, 오히려 적반하장賊反荷杖으로 친일세력의 반민족행위를 합리화할 뿐 아니라 미화하려는 움직임까지 있다. 일본과 대한민국의 슬픈 자화상이다.

역사에 대한 진정한 반성과 청산 없이는 미래가 없다. 독일과 달리 이 사실을 외면하면서 역사를 왜곡하는 일본, 그런 일본의 역사의식 부재를 질타하는 건강한 목소리의 힘을 빼버리고 외려 친일미화로 역사퇴행을 획책하는 대한민국 박근혜정부, 예순여덟 번째 광복절을 맞이하면서 독립운동가들의 처절한 희생과 삶을 떠올려본다. 역사바로세우기는 좌와 우의 이념대립의 문제가 아니라 민족정기와 우리 사회의 건강한 가치관을 회복시키는 문제이기 때문이다. (2013년 8월)

국가와 정부의 구별

18세기 프랑스의 계몽주의 철학자인 장자크 루소*가 '국가'와 '정부'를 엄격하게 구별한 뒤부터 민주주의 사회에서는 '국가'와 '정부'가 다르다는 것이 일반적인 상식이 되었다. 민주주의 사회라면 '국가'는 영속한 것이고, '정부'는 주권자인 국민이 주기적인 선거를 통해 교체할 수 있다. 그러나 최근 국가정보원의 정치개입사태를 바라보고 있노라면 의회민주주의와 평화적 정권교체가 정착된 대한민국에서 '국가'와 '정부'를 구별하는 사고가 정상적으로 작동하고 있는지 매우 의문이 든다.

현재 국정원이 보이는 행태는 '대한민국 국가 자체'의 정보원인지 '어느 특정 정치세력의 정권' 정보원인지 그 구별이 모호하다는 느낌을 지우기 어렵다. '자유와 진리를 향해 무명으로 헌신한다'는 국가정보기관이 '무명으로 헌신하기'보다는 오히려 첨예한 정쟁의 한 가운데로 스스로를 공개적으로 드러내놓고 정보기관의 정체성을 팽개쳤다. 자유와 진리를 '향하는' 게 아니라 자유와 진리를 '가리고 있는' 현재의 상황이 바람직스럽지 않다는 것은 재론의 여지가 없다. 국민 사이에서도 '음지에서 일하고 양지를 지향한다'는 국가정보기관이 반대로 '양지에서 일하고 음지를 지향한다'는 비판이 일고 있다. 오죽하면 미국의 보수적 신문인 월스트리트저널조차도 '한국에서는 정보보호기관이 오히려 정보유출자'라는 기사를 게재했을까하는 생각이 든다.

얼마 전 윤창중 전 청와대 대변인이 미국에서 성추행사태를 일으켰다. 있을 수 없는 일이고, 어이없어 말을 잊게 만들었다. 이 일에 박근혜 대통령은 엄중문책하고 재발방지대책을 세웠다. 이런 성추행사태와는 비교할 수도 없는 정보기관의 국기문란과 헌정질서 파괴사태에 대해 관련자들을 엄중문책하고 재발방지대책을 수립해야 마땅함에도 박근혜 대통령과 새누리당은 성추행사건보다도 더 안일한 사태인식을 보여주고 있다. 박근혜정부는 국정원 정치개입 사태가 자칫 현직 대통령의 정통성 시비를 불러일으킬 수 있다는 우려에서 이 문제에 소극적일 수는 있겠다. 만약 그렇다면 오히려 박근혜 대통령과 무관하다는 점을 국민에게 설득하기 위해서라도 정보기관의 정치개입문제는 이번 기회에 반드시 밝혀서 정보기관을 개혁해야 한다. 어느 정권이 들어서든 국가의 안보와 정보를 담당하는 기관은 본연의 역할을 수행할 수 있도록 제도개선과 재발방지를 위한 대책마련에 혜안을 모아야하지 않을까 싶다.

국가정보기관의 정상화와 본래의 위상 찾기의 문제는 어쩌면 사회의 변화와 개혁을 바라는 진보세력보다는 현 사회를 지키고 유지하려는 보수세력에게 오히려 더 주요한 관심사여야 하고 더 절박한 문제여야 한다. 그런데 우리 사회에서는 보수를 자처하는 사람들 중에서 진정한 보수는 드물고, 수구적이고 퇴행적인 짝퉁보수가 많아서인지 현 국정원 정치개입사태에 대한 자성도 성찰도 없다. 국가정보기관의 정상화에 대한 미래지향적인 접근노력도 찾아보기 힘들며, 오직 정치적 유·불리만 따지는 정치공학적인 접근만이 난무하고 있다. 보수정권이 집권하든 진보정권이 집권하든 국가정보기관의 자리는 국가를 지키는 본연의 자리 그대로여야 한다. 국가정보기관은 대한민국이라는 '국가'를 지키는 기관이지 '특정한 정부나 정권'을 지키는 기관이 아니기 때문이다.

'국가'와 '정권'을 구별하지 못해 국가의 이익과 국가의 미래를 특정 정권의 이익과 미래로 전락시키는 철학부재의 지도자들이 버젓이 큰소리치는 적반하장의 상황이 안타깝다. 특정세력의 정권과 정부는 주권자인 국민의 선택에 따라 언제나 교체가능성이 열려있는 유한한 것이지만 대한민국이라는 국가공동체의 미래는 영속적이다. 대한민국은 우리 모두가 정의로운 가치로 지키고 만들어 가야 한다. 그래서 깨어있는 시민의 합리적인 비판과 견제가 그 어느 때 보다도 절실한 시점이다. (2013년 7월)

* 장 자크 루소(Jean-Jacques Rousseau): 루소의 사상은 1789년 프랑스 혁명에서 혁명지도자들의 힘이었다. 루소는 19세기 프랑스 낭만주의 문학을 이끌었고, 많은 저서를 통해 여러 문제를 논했다. 그의 일관된 주장은 인간성 회복! 루소는 1712년 스위스 제네바에서 태어나 프랑스에서 활동하다 1778년 죽었다. 루소는 자연과 양심을 사랑했다.

평화의 댐과 언론

20세기 들어서 언론기관 특히 조직화되고 독립성이 강한 매스미

디어가 사회적으로 갖는 중대한 의미는 정치적 약자의 권익을 옹호하고 대변하는 데 있다. 비록 언론이 헌법상 제도적 영역밖에 존재한다고 하더라도 집중된 정치권력에 대한 견제 세력으로서 비판과 통제의 역할을 하고 있다. 언론은 현대 민주사회의 정치과정에서 없어서는 안 될 헌법적 기능을 수행한다고 보인다. 언론을 입법부, 행정부, 사법부에 이은 '제4부' 내지 '제4의 권력'으로 해석해 언론에게 공적인 과업과 지위를 부여하려는 헌법이론도 이와 같은 맥락이다. 요즘에는 언론기관으로 하여금 정당에 준하는 지위를 인정해 제도적으로 보장해야 한다고 주장하는 헌법상의 새로운 이론도 등장했다. 언론이 공정한 여론 조성을 통해 국민주권주의의 이념을 현실화하는 막대한 역할을 수행하고 있기 때문이다. 언론의 이러한 막중한 역할과 영향력 때문에 정치권력은 언론이 일으키는 폐해를 구실 삼아 언론의 비판과 견제와 독립성을 억압하려는 경향을 보인다.

헌법적 요청에서는 해악이나 폐해를 구실로 반대자의 표현이나 이를 전달하는 언론의 보도를 정치권력이 억압하는 것을 금지한다. 또한 헌법적 요청에서는 언론에게 견제와 비판적 감시기능을 요구한다. 이는 정치권력과 언론의 지속적인 긴장관계 유지를 요청하는 것이기도 하다. 언론이 건전한 '제4의 권력'으로서의 기능을 수행하지 못하고, 정치권력이 언론을 억압·회유해 권언유착의 형태로 타락하게 되는 경우에는 민주주의를 위협하는 치명적인 결과를 초래한다.

광우병의 문제를 보도한 MBC <PD수첩>에 대해 검찰이 수사권을 행사한 것은 그 자체로도 명백한 언론의 자유에 대한 침해다. 동시에 국가의 공권력이 언론의 내용조차도 얼마든지 효과적으로 통제할 수 있음을 보여준 시범케이스의 의미가 있다. 또한 군사독재 시대에나 있었던 모든 언론에 대한 사전검열의 경고라는 의미까지 들어있다.

　우리나라에서 권언유착으로 인한 폐해의 심각성을 적나라하게 보여주는 사건이 하나 있다. 1986년 북한의 금강산댐 건설 보도다. 전두환의 군사정권은 1986년 10월 북한이 '88 서울올림픽'을 방해하고, '서울을 물바다'로 만들려고 금강산댐을 건설하고 있으며, 북한이 금강산댐을 완공해 폭파할 경우 200억 톤의 '물 폭탄'이 쏟아질 것이라고 발표했다. 우리나라 언론은 이를 대서특필했다. 국회의사당 대부분이 잠기고 63빌딩 중간까지 잠기는 영상과 그래픽을 만들어 국민들을 공포에 질리게 했다. 순식간에 여론을 장악한 전두환의 군사정권은 금강산댐에 맞설 대응 댐인 '평화의 댐'건설 계획을 내놓는다. 언론은 평화의 댐 건설을 위한 국민모금운동을 해야 한다며 군불을 지폈고, 군사정권은 관과 학교를 동원하면서 본격적인 국민모금운동에 돌입한다. 국가안전기획부(현 국가정보원)는 연말연시 불우이웃돕기 성금 모금을 위축시키는 노력까지 해댔다. 군사정권과 언론이 짝짜꿍이 되어 모금한 돈은 6개월여 만에 무려 6백억 원이나 됐다. 훗날 사람들은 '대국민사기극'이라고 말했고, 지금도 권언유착의 대표적 사례로 꼽았다.

1993년 8월 31일 감사원이 발표한 평화의 댐 건설과 관련한 특별 감사 결과 역시 한 마디로 '당시 정부의 대국민 사기극'이란 취지로 발표했다. 군사정권이 86년 당시 국민 사이에 끓어오르던 대통령 직선제 등 민주화 요구를 잠재우고, 정권을 유지하기 위해 금강산댐과 평화의 댐을 이용했다는 것이다. 당시 군사정권은 허위에 가까운 금강산댐의 위협을 발표하고, 언론 또한 금강산댐을 과장해 평화의 댐 건설의 정당성을 홍보했다. 정국 전환을 노린 군사정권의 전략은 적중했다. 평화의 댐 건설 과정을 보면 부도덕한 정권이 어느 정도까지 국민을 속일 수 있는지, 또 어떻게 속이는지를 적나라하게 보여주었다. 금강산댐의 위협을 보면 비판적 역할을 하지 않는 언론이 정권과 유착되어 정부의 '입' 노릇에 머물 때 일어날 수 있는 끔찍한 결과를 생생하게 드러내 보여주었다. 권력의 언론장악 논란이 끊이질 않고 있는 시기에는 제5공화국과 평화의 댐에서 얻은 교훈을 꼭 곱씹어 봐야 한다. (2009년 10월)

무너진 신뢰인프라

최근 하루가 멀다 하고 유력한 사회지도층 인사들의 학력위조 파문이 이어지고 있다. 유명 큐레이터인 신 아무개 동국대 교수의 학력위조 의혹을 계기로 분야를 가릴 수 없을 정도로 곳곳에서 의혹들이 쏟아졌고, 그에 따른 핑계도 우후죽순雨後竹筍처럼 나왔다. 다른 한편에서는 가짜들의 커밍아웃이 이어졌다. 우리 사회의 신뢰인프라가 이 정도 수준까지 무너져 있었다는 사실에 새삼 놀라움과 안타까움을 금할 수 없다.

급기야 대검찰청 중앙수사부는 지난 8월 9일부터 연말까지 5개월 동안 전국 13개 주요 지방 검찰청의 특별수사전담부서에서 '신뢰인프라 교란사범 단속 전담반'까지 가동키로 했다. 전담반은 학위, 자격증, 국내외 인증 등 3개 분야를 단속하는데 특히 학위의 위조와 매매, 재직증명이나 경력증명의 위조, 의료인과 법조인 그리고 기술인의 위조와 대여를 집중 단속하고, 사칭행위도 주의를 기울여 살펴보기로 했다.

무엇보다도 이번 학력위조 파문은 우리 사회의 고장 난 후진시스템을 그대로 보여주고 있다는 데 문제의 심각성이 있다. 우리는 겉으로는 부인하고 싶겠지만 그래도 속으로는 인정할 수밖에 없는 '능력'보다 '학벌'을 중시하는 시스템이 무엇보다 심각하다. 체면치레와 형식주의가 모든 분야에 만연되어 있고, 특히 이를 내부에서 검증하고 제어하는 시스템이 고장난지 오래다. 이는 학연과 지연 등의 연고주의, 매스컴의 상업주의, 인정주의 등에 가려진 측면이 있다.

아직 우리 사회에는 과거 제조업 중심 시대에서나 볼 수 있는 해외 명품 위조행위에 터 잡은 이른바 '물리적인 짝퉁 신드롬(짝퉁 물건)'

이 아직까지 없어지지 않았다. 거기에다가 지식정보사회에 접어들어서 가짜 학위 등의 '정신적인 짝퉁 신드롬(짝퉁 지식)'까지 얹혔다. 물리적 짝퉁 신드롬 위에 정신적 짝퉁 신드롬까지 겹쳤으니 짝퉁의 혼잡은 후진시스템을 더욱 부채질하고 있다. 대한민국이 비약적인 경제성장과 눈부신 정보통신기술의 발달에 상응하는 정신적인 성숙도가 한참은 뒤떨어져 있는 셈이다.

선진화된 민주사회라면 가짜, 허위, 불신의 구조를 관용하지 않고, 개인적인 욕심과 불법행위를 제어하는 법과 제도를 갖춘다. 공공의 이익과 질서를 확보하는 시스템을 작동하는 일이다. 요즘 언론에서 연일 보도하듯이 이 문제를 '학벌을 중시하는 사회풍조'의 문제로만 치부해버리면 실추된 신뢰인프라를 정상적으로 작동시키기 어렵다. 학력중심과 형식주의가 낳은 부작용 정도라는 접근방식으로는 문제의 해답을 찾을 수 없고, 사회가 발전적으로 나아가지 못한다.

어느 유명한 사람이 얼마 전 학력위조의 변명을 늘어놓았다. '멈추고 싶었는데 세상과 대중이 자신에게 등을 돌릴까봐 두려운 마음에 아주 작은 악순환의 첫 단추가 거짓말을 키우고 결국엔 여기까지 와버렸다'. 사회가 가짜를 조장하도록 부추겼다는 취지의 자기 합리화다. 이를 용납하지 않고 사회로부터 제거하는 분위기부터 조성되어야 할 것으로 보인다. 또한 사회적 신뢰와 신용을 저버린 자에게는 명예를 박탈한다는 사회적 공감대가 형성되도록 사회구성원 모두가 노력해야 한다. 이러한 노력이 뒤따르면 그나마 결과지상주의라는 후진 시스템을 조금이라도 걷어낼 수 있지 않을까. 그동안 결과지상주의는 학력 위조처럼 수단과 방법을 가리지 않고 일단 성공만 하면 이를 합리화할 수 있다는 편법과 불량을 양산해 왔다. 허위로 인한 현실적 이득은 명예 박탈에 결코 앞서지 않는다.

'정직'이란 말이 오래 전 초등학교 시절 교실 한구석에 버려두었던 말이어서는 안 된다. '양심'이라는 말이 아직 사회화가 덜 된 철없는 사람들의 순진함 정도로 평가되어서도 안 된다. '정의'란 말이 공허한 메아리로만 울려 퍼져서도 안 된다. 이번 학력위조 파문이 정직하게 살면 인정을 받고, 양심껏 살면 존경을 받으며, 정의가 이기는 세상을 만드는 계기가 되기를 바란다. 우리는 어렸을 때 정직과 양심을 가슴에 품었고 정의로운 꿈을 꾸며 자랐다. (2007년 8월)

변호사다움과 변호사스러움

아직은 어설프고 미흡한 것이 오히려 자연스러울지도 모를 나이와 위치에서 '변호사란?' 제목으로 원고를 쓰려니 몹시 난감하다. 어떤 대상에 대해 평가하기보다는 묵묵히 바라보면서 경험을 쌓아가야 할 시기이기에 쟁쟁한 법조 선배들 앞에 어쭙잖은 글을 쓴다는 것이

여간 곤혹스러운 일이 아닐 수 없다. 하지만 한편으로는 미처 길들여지지 않은 풋풋한 문제의식을 공유하는 기회가 될 수도 있다는 생각에서 작은 용기를 내기로 마음먹었다.

얼마 전 우연히 참석한 모임에서 선배 변호사 가운데 한 분이 "내가 변호사를 먼저 하고, 판사를 했다면 훨씬 훌륭한 법관의 모습으로 재판을 진행하고 판결문을 썼을 텐데" 라며 아쉬움을 표했다. 변호사가 되고 나서야 배우는 것이 많았다는 고백이다. 그러자 다른 선배 변호사가 "변호사를 하다보면 재판부에 바라는 바가 많지만 선배님이 법관이실 때도 변호사들은 선배님에 대해 그렇게 느꼈습니다" 라고 뼈 있는 농담을 던졌다.

변호사로서 업무를 시작하면서 변호사는 변호사답게(!), 판사는 판사답게(!), 검사는 검사답게(!), 자신의 맡은 바 역할에서 주어진 소임을 성실하게 수행하면 정의와 상식이 통하는 사회가 될 것이라고 막연히 생각했다. 그런데 선배 변호사들의 대화를 접하고 나서 '변호사답다'는 것이 어떤 모습을 말하는지 혼란스러웠다. 사법연수원 수료 이후부터는 각 역할 사이에 너무나도 이해의 폭이 줄어들고 있다는 느낌을 받고 있기 때문이다.

우리가 일상의 삶에서 작은 단체의 임원이라도 맡아 본 경험이 있는 사람이라면 모임을 이끌어 가면서 자신이 평회원일 때 임원들에게 협조해 주지 못했던 것을 반성해 본 적이 있을 것이다. 임원을 맡았던 사람들이 다시 평회원으로 돌아갔을 때 임원으로서 느꼈던 문제의식을 잊지 않고 적극적으로 참여할 수 있다면 바람직스러운 모습이겠지만 막상 임원의 소임을 벗어나면 다시 일상에 안주하는 경우가 더 흔하게 볼 수 있는 모습이다.

선배 변호사의 아쉬움처럼 법관시절에 미처 살피지 못했던 부분이 있을 수밖에 없는 것은 변호사가 아닌 법관이라는 직업의 특성상 지극히 정상적인 한계이기는 하다. 하지만 이 한계가 한계로서 매몰되어 버리고 극복되지 못한 채 되풀이되고 있는 이유는 대부분의 사람이 자신의 입장과 시각의 범위에서만 생각하고 행동하기 때문이다. 법조인의 각 역할을 조금 과장해서 정형화시켜 보자. 변호사는 검찰에서 일단 수사가 시작된 이상 유죄의 결론을 얻으려고 다소 무리한 수사를 진행한다는 의심을 거두지 않고, 반면에 검사는 변호사가 개입되어 증거를 만들거나 위증을 교사할 수도 있다는 의심을 갖는다. 판사는 양측(변호사와 검사)의 상대방에 대한 그런 합리성이 결여된 의심을 부지불식간에 인정하는 전제에서 판단한다. 어디까지나 그럴지도 모른다는 생각이다. 물론 자신에게 주어진 역할에 충실하면서도 다른 역할의 고충과 한계를 이해하고 존중할 수만 있다면 매우 이상적이라는 사실은 누구나 동의한다. 그러나 우리 현실은 자신이 몸담았던 역할에서 가지고 있던 한계에 대한 문제의식을 정작 다른 역할에 몸담게 되었을 때 발전적으로 승화시키지 못하는 구조다. 오히려 깨끗하게 청산하고 새로운 문제의식을 제기하는 구조에 가깝다. 재조법조계인 판사와 검사나 재야법조계인 변호사 모두에게 인정되는 공통된 인식이 형성되기는 어려워 발전적인 개선책을 찾아 마련하는 데 적지 않은 진통이 수반된다고 생각한다.

가슴에 와 닿지 못하는 공허한 문제의식만 두서없이 나열했는지는 모른다. 현재 변호를 하면서 내 가장 큰 고민은 진정한 '변호사다움' 은 어떤 모습이고, 과연 나는 잘하고 있는지에 대한 물음이다. 또 '변호사답게'의 기준은 무엇일까? 참으로 어려운 문제다. 변호사가 의뢰인의 입장을 충실하게 대변해 주는 것이 기본적인 역할이겠지만 변호사는 법률가이므로 '변호사의 당사자화'의 한계는 분명 있다. 사법연수원 시절 법조윤리 시간에 배운 추상적 기준만으로는 모호한 경우가 많다.

의뢰인이 알려 준 사정에만 매몰되어 법률가로서 평가와 정리를 하지 않고 재판에 임한다면 '변호사니까 그렇게 생각하는 것 아니냐' 는 불신이 재조 법조계(법원·검찰)로부터 생길 수 있다. 또 의뢰인이 하소연한 사실관계를 재판과정에 충실하게 반영하지 않고 법률적으로만 평가해 하소연한 의뢰인을 설득하려고 하면 '변호사로서 기본 소임을 소홀히 한 변호사'라는 원망을 의뢰인으로부터 들을 수 있다.

법리나 대법원판례에 비추어 패소가 예상되는 사건임에도 변호사는 부득이하게 재판과정에서 의뢰인이 처한 사실관계를 끈질기게 드러내야 하는 경우가 있다. 이런 경우는 구체적이고 타당성 있는 결론을 위해서 변호사가 사건 한 가운데에 서있어야 한다. 또한 분쟁의 근본적인 해결을 위해 사건 밖으로 나와 당사자를 설득하고 합리적인 해결책을 모색해야 할 경우도 있다. 이런 이유에서 가장 기본적인 변호사의 덕목은 소송의 승패에 집착하지 않고 사건마다 특성을 파악해 재판과정에 최선을 다해야 하는 것이 아닌지 조심스럽게 생각해 본다.

이길 사건은 이겨야 하고 질 사건은 져야 정의와 형평에 맞는 것임에도 질 사건을 끝까지 이기려고 소송의 결과에 집착해 무리수를 두다 보면 변호사 스스로 권위와 자부심을 버리게 된다. 뿐만 아니라 외부의 신뢰성도 잃어버린다. 그런 변호사가 많아질 경우 국어사전에 '변호사스럽다'는 말이 올라가는 상황이 올지도 모른다. '정의와 형평을 외면한 채 잇속을 좇다가 권위와 신뢰를 잃어버린 경우를 비아냥거릴 때 쓰는 말'이란 뜻으로.

변호사의 수가 많이 증가했다고는 하지만 아직도 우리 사회에는 변호사의 손길이 미치지 못하는 영역이 많다. 시간이 흐른 뒤 은퇴를 할 무렵에 그 사람 참 '변호사스러웠다'가 아니라 '변호사다웠다'는 평가를 받는 변호사였으면 한다. 이런 내 바람이 현실에 터 잡지 못한 풋내기 변호사의 넋두리로 그치지 않도록 성실하게 노력하겠다는 당돌한 다짐을 마음 한 구석에 새긴다. (2004년 9월)

제 5 부

여행과 책을 통한
소통

기행문 – 만리장성에 오르다!

중국을 대표하는 유네스코 지정 세계문화유산이자 인류최대의 토목공사라고 불리는 만리장성! 만리장성의 건축은 기원전 7세기경부터 시작되었다. 만리장성이라는 이름은 진나라 시황제가 중국을 통일(기원전 221년)한 뒤에 나왔다고 알려져 있지만 오늘날 말하는 만리장성은 대부분 명나라(1368~1644) 때 축조되었다고 한다. 만리장성은 하북성 발해만이 있는 산해관의 천하제일관에서 시작해 감숙성 고비사막이 있는 가욕관의 천하제일웅까지 이르는 거대한 성벽이다. 지선까지 모두 합하면 약 6,400㎞에 이른다고 한다. 1리가 약 4㎞이니 만리장성이 아니라 1만6천리 장성인 셈이다. 가히 '지구상에서 가장 길이가 긴 건축물'이라고 부를 만하겠다.

지난 3월 중순 3박 4일 동안의 일정으로 만리장성 등반으로만 채운 중국여행을 다녀왔다. 이번에 만리장성의 일부인 지엔커우창청箭扣長城(전구장성)을 등반하고 나서야 큰 착각과 무지함에서 벗어날 수 있었다. 만리장성 전체 구간 중 현재 남아 있는 성곽은 3분의 1에 지나지 않는다. 그나마 상대적으로 보존이 잘 되어 있고 접근성이 용이한 만리장성은 북경 주변의 성곽으로 네 곳이 가볼만하다. 빠다링창청八達嶺長城(팔달령장성), 스마타이창청司馬臺長城(사마대장성), 진산링창청金山嶺長城(금산령장성), 그리고 이번에 내가 올라간 지엔커우창청箭扣長城(전구장성)과 무톈위창청慕田峪長城(모전욕장성)이다.

우리나라를 포함해 전 세계의 만리장성 관광객들이 대부분 방문하는 곳이 북경 인근의 빠다링창청인데 이 장성은 옛날에 축조된 장성이라기보다는 관광객을 위해 20세기에 개보수하고 증축한 현대의 건축물이라고 보는 것이 더 맞을 것이다. 케이블카를 통해 쉽게 오르고 현대의 건축술로 말끔하게 정돈해 만리장성 자체의 묘미를 느끼기에는 어색함이 있다. 나는 한국과 중국이 수교하기 전부터인 1991년부터 2009년까지 네 차례나 만리장성을 방문했으면서도 정작 네 번 방문한 만리장성이 모두 만리장성의 옛 모습이 보존되어 있지 못한 빠다링창청이라는 사실을 이번 지엔커우창청 등반을 통해서야 알게 되었다. 유네스코 세계문화유산으로 지정된 빠다링창청과는 달리 지엔커우창청에서 무텐위창청에 이르는 구간은 중국 당국이 보수도 금지해 상대적으로 다른 만리장성 구간에 비해 옛 모습에 가깝게 보존되어 있다.

그동안 들렀던 빠다링창청에서는 케이블카를 타고 정상 부근까지 올라간 뒤에 몇 걸음만 걸으면 바로 정상이 나와 허망했다. 이번에 방문한 지엔커우창청에서는 세월에 씻겨 무너지고 깨어진 그대로의 진짜 만리장성을 보고 느꼈고, 두 발로 걷는 것보다 네 발로 기어오르는 구간이 많아서 강렬한 인상을 심어주었다.

2011년 3월 19일 일요일 북경 왕징望京(망경)에서 출발한 우리 일행은 1시간 남짓 차로 이동해 지엔커우창청 입구에 도착했다. 주차장에서 지엔커우창청으로 들어가는 길부터 생각보다는 훨씬 험준했다. 성벽에 도착해 절벽 위에 우뚝 선 뒤 평지를 바라보았을 때 넓게 탁 트인 풍경에 가슴이 뻥 뚫렸다. 그런데 '성벽이 없어도 도저히 넘을 수 없을 것 같은데 왜 이런 험한 곳에 성벽을 쌓았을까'하는 의문이 맨 먼저 떠올랐다. 실제로 북방민족은 만리장성을 빙 돌아서 침입했을 뿐이고, 이 만리장성을 직접 넘어 중원으로 쳐들어 온 적은 한 번도 없었다고 한다. 한편으론 한 번도 만리장성을 넘어 침입한 적이 없다는 사실에서 만리장성을 만든 이유를 찾을 수 있을 것 같다. 만리장성을 쌓은 목적이 '방어'인데 이 말도 안 되는 거대한 장성이 적의 공격의지를 사전에 차단했을지도 모르는 일이니까.

우리 일행은 지엔커우창청의 성벽에 오르는 썩은 사다리를 설치해 놓고 이용요금으로 15위안을 받는 중국 시골노인의 상술에 혀를 내두르며 등반을 시작했다. 등반 첫 시작부터 급경사의 계단이 펼쳐져 있고, 옛 모습을 그대로 보존한다는 명분으로 안전시설도 전혀 되어 있지 않아 적잖이 당황스러웠다.

만리장성이 본래 기마병이 서로 엇갈려 지나갈 수 있고, 보병 5병이 진군(5열종대)할 수 있을 만한 너비로 축조되었기 때문에 장성에 오르는 것은 다소 힘들더라도 일단 오르고 나면 성곽을 따라 산책하듯 여유롭게 주변 경관을 즐기면서 갈 수 있을 거라고 생각했다. 그러나 지엔커우창청은 이러한 순진한 기대와 예상을 시작부터 완전히 빗나가게 했다. 우리 일행을 안내하는 중국거주 교포인 황 반장은 지엔커우창청에서 무텐위창청에 이르는 길은 북경 부근에서는 가장 힘하지만 옛 모습을 그대로 볼 수 있는 유일한 구간이라고 설명했다. 그래도 우리 일행이 초행이라 진짜배기 코스는 피하고 상대적으로 쉬운 길을 선택했다고 덧붙였다.

급경사 오르막계단을 지나면 평평한 성곽이 나타나기도 했지만 얼마 지나지 않아 또 다른 급경사 계단이 우리를 기다리고 있었다. 무너진 보루나 봉화대에 도착하는가 싶으면 끝도 없이 우리 앞에 장성의 성벽이 펼쳐지기도 했다. 지엔커우창청의 급경사 대부분은 계단식으로 쌓았는데 계단이 너무 높아 한 걸음에 오르기가 어렵고, 계단을 세 개쯤 오르면 이미 키를 훌쩍 넘길 만큼 가파른 곳이 많았다. 더구나 급경사 계단의 정도가 90도의 직각까지는 아니더라도 수직 암벽이라고 느껴지는 구간도 상당 수 있어 이런 급경사를 만나면 위만 보고 올라야지 오르던 도중 아래를 내려다보면 추락에 대한 두려움도 느껴질 지경이었다.

어떤 곳은 따로 길이 있지도 않았다. 무너진 성벽 한 귀퉁이에 부서진 벽돌을 괴고 위에서 잡아끌고 아래서 밀어 올려 겨우 성벽 위로 기어오르는 구간도 있었고, 이마저도 힘든 곳은 오르기를 단념하고 무너진 성벽 사이로 빠져나와 주변의 산길을 이용해 다시 장성의 성곽으로 들어가기도 했다. 이곳의 암석은 상당히 단단해 보이는 우윳

빛깔인데 대리석처럼 보였다. 이 단단한 돌을 일일이 떼어내고 쪼개고 다듬어서 직사각형으로 만든 다음 차곡차곡 쌓으면서 석회를 발랐다. 어떤 곳은 높이가 10미터는 족히 되어 보이는 곳도 있었다. 무너지고 부서진 성벽의 돌들은 또 하나의 거대한 암벽에 다름 아니었다. 물론 급경사 계단과 무너진 성곽 말고도 중간 중간에 펼쳐진 평평한 성곽 위의 길을 걸을 때는 산등성이마다 용의 몸부림처럼 눈앞에 펼쳐지는 만리장성의 장관은 힘든 피로를 순간적으로 말끔히 잊게 하기에 충분했다. 산봉우리에서 산봉우리로, 가파른 절벽에서 절벽으로 끝없이 이어지는 성벽들을 보고 있노라면 '감탄이 저절로 나온다'는 말을 몸으로 실감했다.

그렇게 힘겹게 오른 지엔커우창청의 어느 무너진 보루 위에서 우리 일행은 2시가 넘은 시각에 달디 단 점심을 먹었다. 산행의 참맛 중 절반은 산꼭대기에서 먹는 점심이라고 말해도 지나치지 않을 정도의 기막힌 맛이었다. 황 반장이 준비해 온 수육에 곁들인 술 한 잔과 라면의 맛은 지금까지 먹어 본 돼지고기와 소주와 라면과는 차원이 달랐다. 무너진 성벽의 보루에서 점심을 먹다보니 옛날의 그 시절에도 보루에는 15~20명의 병사가 상주하면서 이름 모를 요리로 한 끼를 해결했을 것이라는 생각에 이르렀다. 곧 중국에도 규제가 생기겠지만 간단한 라면이나 조리는 아직까지 특별히 통제하거나 관리하지 않는다. 아마도 얼마 지나지 않아 지엔커우창청도 빠다링창청처럼 관광객이 늘어나면 산꼭대기에서 우리가 먹은 점심과 같은 진수성찬은 옛날의 무용담으로 회자膾炙될지도 모른다.

이처럼 기가 막힌 멋진 점심과 감탄사가 절로 나오는 신비스러운 경관이 없었다면 우리 일행은 중간에 산행을 계속할 의욕을 잃었을 것이다. 늦은 점심을 길게 먹고 나서 다시 지엔커우창청의 성곽을 오르고 또 올랐다. 아직 무텐위창청까지는 길이 조금 더 남았지만 그 곳까지 가면 40위안씩이나 하는 먼피아오門票(문표)를 사야하고 일행들도 지쳐 보이는 사람들이 생겨서 중간에 성곽이 무너지고 끊어진 곳으로 빠져 나와 지엔커우창청을 내려왔다.

장성을 내려오면서 다시 처음 오를 때 가졌던 것과 똑같은 생각이 떠올랐다. 중국인들은 왜 이런 험한 곳에 이렇게 불가사의하고 납득할 수 없는 성벽을 쌓았을까? 비단 '방어' 목적으로만 설명할 수는 없을 것 같다. 방어 목적도 있었겠지만 그보다는 중국 역대왕조의 쇄국 정책의 산물이 아닐는지, 자기 집 마당에 울타리를 세우는 것과 같은 마음으로 중화민족과 북방민족을 나누고 또한 농경민족과 유목민족을 경계 지으려고 이 거대한 담을 쌓은 것은 아닌지 생각했다.

로마는 정복지에 맨 처음 하는 일이 '아피아가도Appian Way'와 같은 '길'을 만드는 일이었고, 중국왕조는 정복지에 맨 처음 하는 일이 '만리장성'과 같은 '벽'을 쌓는 일이었다고 하는 말도 있으니 말이다. 아마 서양과 동양의 '사상(생각)의 차이'에서 비롯했을 수도 있다. 무너지고 깨어진 장성의 흔적 사이로 세월은 깊이 파고 들어가 있었다. 장성을 쌓았을 포로나 백성들의 노역, 그 노역 속에 장성의 길이만큼 고달픔과 신음도 이어졌으리라. 실제로 노역에 동원된 백성들은 만리장성을 쌓기 위해 노역장에 한 번 들어가면 죽을 때까지 나오지 못했다고 한다. 축성과정에서 죽으면 시체를 다른 곳으로 옮겨 묻기가 어려워 그대로 돌과 함께 묻었다고 한다. 그래서 만리장성은 '세계에서 가장 긴 무덤'이라는 가슴 아픈 말도 생겼다.

대부분의 사람이 중국여행을 하면서 만리장성의 진짜 모습을 느끼지 못하고 사실상 현대에 건축된 빠다링창청에 가서 케이블카만 타고 기념사진만 찍고 온다. 세월에 씻겨 무너지고 깨어진 그대로의 진짜 만리장성을 느끼고 싶으면 지엔커우창청으로 가보기를 권한다. 지엔커우창청에 가면 진짜 만리장성이 우리를 기다리고 있으니 말이다. (2011년 3월)

서평 – 국가란 무엇인가?

유시민의 《국가란 무엇인가》를 읽었다. 자타가 인정하는 '지식소매상'답게 동서고금東西古今의 철학을 우리의 현실에 녹여냈다. 자칫 현학적 관념론에 머무를 수 있는 무거운 주제를 멋들어지게 풀어냈다. 2009년 한겨울에 발생한 용산참사의 비극을 보고, 그 비극의 한가운데 서있는 참으로 '난감한 대한민국'이란 국가가 무엇인지 진지한 해답을 찾고자 이 글을 썼다고 유시민은 말한다. 용산참사는 재개발 보상대책에 반발하던 철거민과 그들을 돕던 사람들이 '남일당' 건물에서 경찰과 대치하던 중 화재가 발생해서 6명이 죽고, 24명이 다친 대참사다.

대한민국 경찰의 임무는 국민의 생명과 재산을 보호하고 사회 공공질서를 유지하는 일이다. 철거민들은 가난한 대한민국 국민이었다. 국민이 경찰과 대치하다 죽었다. 검찰은 사건 발생 3주 만에 철거민의 화염병 사용이 화재의 원인이었고, 경찰의 점거농성 해산작전은 정당한 공무집행에 해당한다는 수사 결과를 발표했다. 경찰의 과잉진압 책임은 묻지 않고 철거민 대책위원장 등과 용역업체 직원 7명을 기소했다.

유시민은 먼저 토마스 홉스의 '국가주의 국가론', 존 로크와 존 스튜어트 밀의 '자유주의 국가론', 카를 마르크스의 '마르크스주의 국가론', 플라톤과 아리스토텔레스의 '목적론적 국가론'을 구분해 설명했다. 진보와 보수를 가르는 중요한 기준이 국가를 바라보는 관점에서 비롯한다고 봤기 때문이다. 유시민의 국가는 무엇보다도 학자나 운동가의 관점으로 살피지 않았고, 정치인의 관점에서 저자와 다른 국가관을 가지고 있는 사람들의 생각과 태도를 분석했다. 현재의 대한민국을 더 잘 이해하기 위해서 이념형 보수가 우위인 현실을 있는 그대로 파악했고, 그 안에서 해결책을 모색해야 한다는 냉철함을 처음부터 끝까지 유지한다.

평소 우리의 현실에서 많은 사람이 의문을 갖고 있는 내용이지만 그에 대한 근거나 답을 찾지 못하는 물음이 있다. '보수가 아무리 잘못을 해도 무너지지 않는 이유'와 '하위소득계층의 유권자가 보수적인 태도를 보이는 이유'다.

보수가 아무리 잘못을 하더라도 고정지지층이 유지되고 쉽게 무너지지 않는 것은 이데올로기적 군사 대결을 동반한 한반도 분단체제가 계속되고 있기 때문이다. 국가를 하나의 공동체로 보고, 개인의 자유는 국가 속에서만 실현된다는 토마스 홉스의 국가주의적 국가론의 적용이다. 토마스 홉스의 이론은 이미 서구 민주주의 사회에서는 시대에 한참 뒤떨어진 이론으로 역사에만 남아있다. 대한민국 진보진영에서는 홉스의 국가주의 국가론에 바탕을 둔 이념형 보수를 무식하다고 경멸하거나 시간이 흐르면 사라질 것으로 기대한다. 이러한 진보진영의 태도는 '현실'과 '희망사항'을 제대로 구별하지 못하는 잘

못일 수 있다고 유시민은 지적한다. 그리고 대한민국에서 홉스의 국가론은 앞으로도 긴 세월 동안 위력을 떨칠 것이라고 설명한다. 아주 민감한 부분인데 유시민은 정확하게 말했다.

가난한 사람들은 지배적 생활양식에 순종하면서 일상적 생존 투쟁을 하는데 모든 에너지를 쏟아 부어도 부족하다. 내일을 생각할 여유도 없고, 혁신을 할 여유도 없어서 보수적이다. 그래서 하위 소득계층 유권자들이 진보정당이 아니라 보수정당에 주로 표를 준다. 우리나라와 같이 홉스의 국가주의 국가론이 팽배한 사회에서는 심지어 자신이

[유시민]

직접 그 혜택을 보는 경우에 조차도 혜택을 주는 정책을 펴는 정당을 지지하지 않는 경향이 있다고 덧붙인다.

유시민은 우리 사회의 고질적 병폐중 하나인 색깔론과 애국심에 관한 보수 세력의 정치적 커뮤니케이션 전략도 분석했다. '누가 국가를 다스려야 하는가', 홉스의 국가주의자들은 강력한 카리스마를 가진 지도자를 원한다. 그래서 이승만, 박정희는 물론 전두환까지도 좋아한다. 사실 이 대목에서는 비상한 힘과 능력을 가진 카리스마란 뜻과 총칼(권력)을 휘두르며 하는 위협과 협박을 구별 못하는 경향이 있다. 이승만, 박정희, 전두환은 카리스마를 가졌다기보다 위협과 협박을 했다는 쪽이 더 맞다. 어쨌든 국가주의 국가론의 이념적 우위가 계속되는 우리나라에서는 노무현처럼 권위주의를 청산하고 수평적 자유주의 리더십을 가진 사람이 다수의 지지를 받기는 어렵다는 것이다.

유시민이 이와 같이 민감한 주제를 직접 거론하고 있는 것은 '농부가 밭을 탓할 수 없다'는 전제를 깔고 있다. 이는 지난 선거에서 국가주의를 품고 있는 보수정당의 승리라는 '예측 가능한 최악의 결과'를 막지 못한 책임이 정치권 안에 있는 진보진영의 전략부재에 있다는 뼈아픈 자기반성이자 대안모색이라고 할 것이다. 독일의 사회과학자 막스 베버는 정치인에게 가장 필요한 덕목이 '책임윤리'라고 했다. 유시민이 말하는 정치인이란 '신념윤리'와 '책임윤리' 사이에서 위험한 줄타기를 하면서 '변질의 위험'을 안고 있는 사람들이며, 정치를 통해서 정의와 선을 추구하는 피할 수 없는 운명을 갖고 있는 사람들이다고 설명한다.

책임윤리에 있어서 정치인은 자신의 행위가 가져올 예측할 수 있는 결과에 대해 책임을 져야 한다. 대한민국 정치사에서 책임윤리가 결여된 대표적인 일은 용서받지 못할 최악의 선택을 한 '한국전쟁 남침'이라는 지적도 주목할 만한 언급이다. '도대체 국가란 무엇인가' 그리고 '우리는 어떤 국가를 원하는가', 이 물음에 대해 역사의 진보를 믿는 사람들이 '진보주의 국가관'을 공론화하고 '진보정치의 현실화'를 위한 노력을 해야 함을 느끼게 하는 대목이다.

유시민은 '국가가 정의를 수립해야 훌륭한 국가'라면서 대한민국은 자유주의 국가론을 토대로 목적론적 국가론을 결합할 필요성을 역설한다. 플라톤과 아리스토텔레스의 목적론적 국가론, 다시 말해서 사람들이 서로의 필요를 충족하려고 형성한 공동체가 국가라는 인식은 카를 포퍼(영국의 과학철학자)의 맹렬한 비판처럼 전체주의로 흐를 위험성을 내포한 이론이고 민주주의 원리에 정면으로 배치되는 측면이 있다.

그럼에도 이 책에서 자유주의 국가론과 목적론적 국가론의 결합을 말하는 까닭은 유시민이 자유를 원하는 것과 똑같이 우리도 간절하게 정의로운 국가를 소망하기 때문이다. 정의가 국가의 목적이기도 하고, 존립 근거이기도 한 것은 너무나 명백하다. 적어도 전두환이 말했던 '정의'가 아니라면 말이다.

대한민국의 현실에서는 반세기에 걸쳐 형성된 주류의 지배 카르텔이 이념적으로 국가주의와 보수자유주의가 결합되어 있다. 보수지식인과 보수언론, 대기업, 국가의 공안기관, 새누리당으로 연결되는 지배 카르텔이 비록 안보와 치안을 잘하는 국가주의 국가관에 근거했더라도 유능한 안보국가에 머무를 따름이어서 훌륭한 국가라고 평가할 수는 없다. 사실 대한민국 반세기가 유능한 안보국가였는지는 따로 따져볼 필요가 있다. 개인의 자유를 보장하고 물질적 부의 증진을 추구하는 자유주의적 국가관에 근거하고 악을 행하지 않는 국가였다 하더라도 훌륭한 국가라고 부르기는 어렵다. 안보와 민주주의의 토대 위에 실업, 빈곤, 질병, 재해 등 사회적 위험으로부터 시민을 적극 보호하는 복지국가가 정의를 실현하는 훌륭한 국가이자 우리의 지향점이기 때문이다.

국가에는 반드시 정의의 개념을 대입시켜야 한다. 정의가 빠진 국가는 훌륭한 국가가 아니다. 국민은 수단이 아니라 목적이다. 일터에서 쫓겨나 절망감에 빠져 목숨을 버리는 국민들이 있다. 생존권을 걸고 농성 중인 노동자들(쌍용자동차, 현대자동차, 진주의료원 등)이 있다. 그들은 빈 건물 옥상에 망루를 설치하고 외치기도 하고(용산참사), 정부정책에 반대해 촛불을 들고 거리로 쏟아져 나오기도 한다(미국산

쇠고기 수입반대, 4대강 사업 반대, 제주 해군기지 건설 반대). 국가는 그들을 방치하지 말고, 그들의 목소리에 귀 기울여야 한다.

새가 좌우의 날개가 있어야 날 수 있고, 한쪽 날개만으로는 날 수 없다. 우리 사회도 건전하게 발전하려면 보수와 진보 사이에 적절한 균형이 이루어져야 한다. 그럼에도 대한민국의 보수와 진보 간 대결에서 진보가 늘 고전할 수밖에 없는 이유를 유시민은 이렇게 설명한다. 보수주의는 생물학적 본능이어서 본능에 충실하느라 쉽게 단결하고 잘 무너지지 않는다. 진보주의는 목적의식적 지향이기 때문에 인간의 본능을 거슬러 가는 어려움을 감수하느라 쉽게 단결하지 못하고 작은 오류만으로도 쉽게 무너진다.

약 5백 년 전 마키아벨리는 《군주론》에서 이렇게 설명한다. 옛 질서로부터 이익을 누렸던 사람들이 개혁자에게는 적대적이 되는 반면 새 질서로부터 이익을 누리게 될 사람들은 기껏해야 미온적 지지자로 남는다. 앞으로 수혜를 받을 사람들이 미온적 지지만 하는 이유는 과거에 법을 일방적으로 전횡하던 적들을 두려워하고, 인간의 회의적인 속성상 자신들의 눈으로 확고한 결과를 직접 보기 전에는 새로운 제도를 신뢰하지 않기 때문이다. 마키아벨리의 통찰은 인류의 역사를 통해 증명됐다.

목적의식적 지향인 진보주의는 생물학적 본능에 충실한 보수주의에 늘 고전하면서도 훌륭한 지도자가 나타나서 정의로운 국가를 만들어주기를 바라는 것은 헛된 기대에 불과하다고 유시민은 말한다. 그래서 정의로운 국가를 만드는 일은 깨어있는 시민들의 몫이다. 대한민국은 국가주의 국가관을 기반으로 한 보수주의가 주류를 이룬다. 우리나라에서는 더욱 더 깨어있는 시민의 몫이 무엇인지 생각해 보지 않을 수 없다.

유시민의 표현처럼 진보는 '바람을 거슬러 나는 새'이자 '물살을 거슬러 헤엄치는 물고기'와 같다. 열정이 사라지면 바람을 거스르지 못하고 바람에 날아가 버린다. 신념이 무너지면 물살을 거스르지 못하고 물살에 휩쓸려 떠내려간다. 우리 사회의 긍정적 변화를 믿으면서 열정과 신념을 간직하자는 유시민의 주문이다. 열정과 신념은 간직만 해서는 안 되고, 관심과 참여를 실천해야 한다. 우리는 깨어 있는 시민이기 때문이다. 이 책의 부제가 '바람을 거슬러 나는 새들에게'다. 바람을 거슬러 날면서 정의로운 국가를 원하는 시민들과 소통하고 교감하려는 유시민의 간절함이 엿보인다.

유시민이 이 책을 쓴 시기가 2011년 4월, 제19대 국회의원 총선거와 제18대 대통령선거를 1년 남짓 앞둔 시점이다. 진보개혁세력의 연합정치가 간절하게 필요한 시기였다. 유시민이 이렇게 책으로 호소했으나 제19대 총선과 제18대 대선에서 보수는 결집했고, 진보개혁세력은 국민의 선택을 받지 못했다. 국가를 바라보는 시각에서 대한민국은 여전히 국가주의 국가론을 토대로 한 보수주의가 우세함을 현실에서 보여준 셈이다. 제19대 총선이 끝나고 통합진보당은 분당했다.

유시민은 이미 이 책에서 진보주의는 사회전체에서는 소수지만 진보세력 내로 범위를 한정하면 새로운 변화를 거부하는 인간의 생물학적 본능이 작동하기 때문에 아무리 진보세력이라 하더라도 주류세력은 보수주의와 교조주의*에 빠질 수밖에 없다고 언급했다. 유시민의 탁견과 예지력이 돋보이는 대목이다. 그 뒤 진보개혁세력은 사분오열四分五裂되었고, 진보개혁세력의 맏형격인 민주당은 대선 패배 이후 자신의 위상이나 역할 찾기도 힘겨워 보였다.

유시민은 이 책을 합리적인 보수세력과 합리적인 진보세력의 깨어있는 시민들에게 바친다고 했다. 보수우위의 현실을 냉정하게 인정하면서 분석했고, 희망사항을 현실화시켜 나가기를 바란다는 뜻이겠다. 현실정치를 내려놓고 지식소매상의 자리로 돌아온 유시민, 이 책과 최근 출간한 《어떻게 살 것인가》에는 독자들이 바람을 거슬러 나는 새들이기를 바라는 뜻을 담았다. 그리고 우리에게 깨어있는 시민이기를 주문한다. 우리 사회가 안고 있는 개혁과제가 더 뚜렷하고 무게감 있게 다가왔다. 우리의 숙제다. (2013년 5월)

* 교조주의(dogmatism, 敎條主義): 이성적 비판 없이 무조건 믿어야 하는 신앙 같은 독단주의로 중세 스콜라 철학이 대표적이다. 과학적 증명 없이 마르크스나 레닌·마오쩌둥 등의 말을 현실에 그대로 적용하는 경향을 나타내기도 한다. 교조주의는 우리의 일상에서도 존재한다. 가부장적 권위, 자신의 경험을 맹목적으로 들이대는 윗사람, 돈의 위력으로 밀어붙이는 부도덕 같은 일이다. 교조주의에 빠지면 방향을 잃고, 배타성을 띤다. 역사의 괴물이 되기도 한다.

제 6 부

아름다운
동행

빈천지교貧賤之交 오세호부터
줄탁동시啐啄同時 장은백까지,

마음에서 마음으로

빈천지교 불가망

○ 친구 오세호

1988년 친구는 영암에서, 나는 해남에서 광주대동고로 진학해 첫 인연을 맺었고, 전대신문사에서 학생기자 활동도 함께 했다. 학생 시절 친구는 주눅 들지 않고 숨가쁘게 뛰어다녔다.

대학과 군대를 마치고 친구가 선택한 곳은 서울 '고시촌'이었다. 창문도 없이 비좁은 공간에서 책과 사투를 벌이며 야위어가는 친구의

[빈천지교 불가망]

모습은 역시나 고단한 20대를 보내고 있던 나에게 눈물겨운 모습이 었다. 그땐 친구가 지금을 잘 버텨낼 수 있을까라는 걱정이 앞서 미래에 대한 희망 따위를 말하기조차 힘들었다. 고난의 시간을 겪은 친구는 사법시험 합격 소식을 알려왔다. 죽을 만큼 노력한 친구에게 그리고 하늘에 다만 감사했다. 공부할 때 친구의 건강이 걱정되어 지어 보냈던 한약이 아직도 친구의 가슴 속에 고마움으로 남은 모양이다. 간혹 술자리에서 그 이야기를 하며 나를 치켜세워줄 때면 그저 부끄럽다. 친구라면 누구라도 당연히 했을 일인데 말이다.

십대, 이십대 때 도전, 실패, 열정, 성공에 대한 고민들을 친구와 함께 했고, 이제 사십대 후반에 이르렀다. 가장 가까운 곳에서 호흡하던 친구가 바쁜 가운데 자신의 삶을 《불편한 동행》이라는 책으로 낸다. 《불편한 동행》이란 제목은 나에게 불편하다. 나는 말로만 떠드는 삶을 살지는 않았나? 주변은 잘 배려하고 살아 왔나? 이기적인 삶을 살지 않았나? 게으르지 않았나? 나에게 묻게 한다. 정답은 없다. 하지만 친구는 영화 감상을 통해서, 변론을 통한 이야기로 부끄러운 내 삶을 위로한다. 늘 고민하고, 공부하는 친구가 고맙다. 친구의 삶은 나에게 늘 자랑스럽다.

친구가 변론했던 호남지역 최초의 국민참여재판을 방청석에서 지켜봤다. 참여재판 최후변론에서 변호인으로서 친구가 호소하던 말이 아직도 남아있다. 온갖 불우한 삶을 살다가 우발적 살인을 저지른 피고인을 위해 '냉정한 평가자가 아니라 따뜻한 이웃이 되어달라'는 친구의 말은 내 마음 뿐만 아니라 배심원들의 마음도 움직였다. 살인죄에 대해 집행유예라는 이례적 판결을 만들어 낸 것은 친구가 진심을 담아 변호했기에 가능했다.

'어려울 때 사귄 우정은 결코 잊어서는 안 된다' 貧賤之交 不可忘(빈천지교 불가망)는 말이 있다. 친구가 아끼는 고사성어다. '따뜻한 친구', 그와 나는 변치 않는 모습으로 동행하고 어떤 상황에 놓이더라도 감싸줄 수 있는 친구가 되고자 한다. 앞으로 함께 할 인생도 순수한 마음과 열정을 가진 친구 김정호와 함께 하고 싶다.

함께 아파하고, 분노해야 할 때
그가 가장 잘 할 수 있는 방식으로 표현한 기록

○ 친구 오경훈

1989년 4월 19일, 고교 시절 CBS청소년기자로 친구를 처음 만났고, 같은 법대를 다녔고, 대학신문사 활동도 함께 했다. 고백하기 껄끄럽지만 고3 시절, 학력고사 100일을 앞두고 친구와 함께 '100일주'를 마시고 노숙했던 기억은 결코 잊을 수 없다. 미성년자 관람불가 영화를 몰래 보고, 으슥한 찻집에서 머리를 맞대고 토론했던 기억도 아련하다.

친구에겐 늘 사람냄새가 났다. 예나 지금이나 변함이 없다. 까까머리 철부지 10대 시절과 꿈만 많던 대학생활에 뭐 가진 것 있었으랴마는 친구는 늘 자기 것을 먼저 내줬다. 그리고 이름만 대도 알만한 유명한 변호사가 된 지금도 그의 향기는 그대로다. 상대를 향한 배려가 생활화된 그는 지극히 평범한 친구의 약속도 어기는 법이 없다. 가장 먼저 왔고 끝까지 자리에 남아 꼼꼼하게 챙긴다. 지금껏 그에게 받은 대리운전비나 택시비도 상당하다. 넉넉하지 않았을 때나 지금이나 내가 아는 친구 김정호는 변한 게 없다. 오히려 줄 것이 많아진 그는 나에게 삶의 빚을 더 얹는다.

그는 함께 아파할 줄 알고, 함께 기뻐할 줄 안다. 균형 잡힌 사고를 지녔지만 분노해야 할 때는 과감하다. 그리고 그 분노를 자기가 가장 잘 할 수 있는 일로 표현한다.

그에겐 좀 특별한 경력 하나가 있다. 90년대 초반 전남대 사법학과 학생회장을 지냈다. 당시 학생운동권의 본류였던 전남대에서 학생회장을 한다는 것은 결코 쉬운 일이 아니었다. 놀라운 점은 그가 이른바 운동권 학생은 아니었다는 것이다. 더 놀라운 점은 가까이 지내던 선배, 동기, 후배들이 처한 어려움을 그냥 지나칠 수 없어서 학생회장으로 나섰다는 점이다. 어쩌면 자신의 미래가 송두리째 바뀔 수도 있었던 선택이었지만 주저하지 않았다. 애초에 삶의 유·불리를 따져 계산하고 행동하는 친구가 아니었다. 그의 글에서처럼 미적분을 배웠다고 해서 삶이 달라지진 않았을 것이다. 지금도 그런 삶의 자세는 변함이 없다.

그는 변호사가 된 것을 개인의 영광으로만 삼지 않는다. 숱한 시국 사건을 무료 변론했던 건 결코 우연이 아니다. 《전두환 회고록》 출판 및 판매 금지 가처분 소송과 손해배상 청구, 국정원 댓글 사건, 근로정신대 할머니들과 함께 한 행동은 적어도 그에게는 전혀 특별한 일이 아니다. 그는 늘 그런 삶을 살아왔기 때문이다. 나는 이런 그의 삶을 '김정호의 품격'이라고 믿는다. 그리고 그 품격은 결코 사라지지 않을 것임을 감히 보증한다. 이 책엔 그의 품격이 오롯이 담겨있다. 책 제목은 《불편한 동행》이지만 나는 30년을 함께 하면서 단 한 번도 불편한 적이 없었다. 사람에 대한 배려와 예의가 몸에 밴 친구와의 동행이 불편했을 리 만무하다. 사람을 대하는 데 높낮이가 없는 그이기에 다른 이들의 생각도 나와 다르지 않을 것이다.

살면서 누구의 친구라는 사실을 무겁게 여겨본 적이 없었다. 하지만 '김정호의 친구'라는 것만으로 내가 받은 칭찬과 격려는 자랑스럽기도 하고 책임도 느낀다. 그리고 관심이 커질수록 친구가 지닌 삶의 가치를 함께 지켜야겠다는 다짐을 하곤 한다. 다행히 좋은 친구 덕에 나도 나쁘지 않은 사람으로 살아가고 있음을 지금 이 순간에도 깨닫는다. 고백하건데 난 그에게 아직 '적우賊友', 그 이상을 벗어나지 못하고 있다. 나를 '밀우密友'로, '외우畏友'로 여겨주는 친구의 품격이 그저 고마울 뿐이다. 친구와 지내온 31년에 더해 평생을 그와 함께 하고 싶다. 설령 불편한 동행일지라도!

네가 있기에 아직은 견딜 만하지

○ 선배 김원중 (가수)

이 순간! 어떤 도움도 청할 곳이 없는 외로운 사람들이 이 책을 보면 좋겠다. 그래서 희망을 잃지 않았으면 더 좋겠다. 이 책을 처음부터 끝까지 읽은 내가 그랬던 것처럼.

꽤 두꺼운 책의 마지막 페이지를 덮으면서 마음이 따뜻해졌다. 새해 해맞이를 하러 간 산 정상에서 추위에 떨다가 떠오르는 햇살이 얼굴과 주변을 발갛게 물들일 때 느껴지는 그런 따스함. 그리고 언젠가 보았던 외국영화 속 장면, 잘 차려입은 변호사 몇 명이 고급레스토랑에서 식사를 하면서 그 비싼 점심값이 그들이 변호하는 의뢰인들의 주머니에서 나온 것이라며 낄낄대는 모습이 떠올랐다.

이상했다. 한 변호사의 글을 읽고, 그것도 세상과 사람에 대한 뜨거운 가슴과 애정이 느껴지는 글을 읽고 떠오른 영화 장면은 낯설었다. 변호사는 마음먹기에 따라서 얼마든지 더 편하게 많은 것을 누릴 수 있을 텐데. 불합리에 관한 김정호 변호사의 문제의식 그리고 해법을 찾기 위한 불면의 밤들이 이 책 《불편한 동행》전체에 깔려있다. 저 영화 속 낄낄거리는 변호사들의 무감각한 기득권과 극명하게 대비되었다. 김정호 변호사와 그가 세상에 내놓은 첫 책이 더욱 소중하게 느껴졌다.

진실과 정의가 희화화 되는 일이 많다. 진실과 정의가 관념으로만 존재하는 것 같은 시대에 살고 있다. 이 책은 진실과 정의가 펄떡펄떡 살아있다는 현실적 존재감을 선물해준다. 김정호 변호사의 노력과 헌신에 감사드린다. 《불편한 동행》을 읽고 나서 그가 오랫동안 후원해 온 '빵 만드는 공연, 김원중의 달거리'의 다음 공연에서 부를 노래가 자연스럽게 정해졌다.

♪ 네가 있기에 아직은 견딜 만하지 ♪

'사람' 사는 세상을 향한 순정한 목소리

○ 선배 이국언 (근로정신대 할머니와 함께하는 시민모임 상임대표)

그를 처음 만난 건 2009년 10월 광주시청 맞은 편 미쓰비시 자동차 불매운동 1인 시위 현장에서였다. 10년에 걸친 근로정신대 할머니들의 일본 소송도 허무하게 끝나 버리고, 참으로 막막하던 상황이었다.

그는 '근로정신대 할머니와 함께하는 시민모임'이 진행하는 1인 시위 현장에 이상갑 변호사와 함께 먼저 찾아왔다. 당시 그는 '민주사회를 위한 변호사모임 광주전남지부'의 사무국장을 맡고 있었다. 법정에서 변론을 해야 할 변호사를 시위 현장에서 마주하는 건 낯선 일이었다. 쑥스럽기는 그도 마찬가지였을 것이다. 그는 그렇게 다음해 7월까지 이어진 208회에 걸친 1인 시위 현장에서, 시민단체 회원들과 동료 변호사들과 눈보라와 비바람을 함께 맞았다.

법조계에 입문한 지 18년차를 맞는 김정호 변호사가 《불편한 동행》이란 책으로 우리 곁에 새롭게 다가왔다. 그럴듯한 치장도 없고, 지나치게 목청 돋우지 않았다. 변호사로서의 자신을 겸허히 돌아보며, 법 안팎에서 마주한 이웃과 우리 사회에 대한 평소의 고민을 일기 쓰듯 담담하게 풀어냈다.

19대 대선 과정에 빚어진 국정원 댓글 관련 모해위증 사건, 한상율 국세청장에 대한 명예훼손 혐의 사건, 《전두환 회고록》에 대한 출판 및 배포금지 사건 등 굵직한 사건을 맡아 온 변호인이다. 하지만 그가 책을 통해 얘기하고자 하는 것은 결코 특별한 것이 아니다. 아니 오히려 바람이 불면 부는 대로, 물결이 치면 치는 대로 살아가는 것을 삶의 지혜로 가르치는 오늘의 세태에서 보면, 그의 문제의식은 지극히 진부할지도 모른다.

그러나 그가 늘 강조하는 것처럼, 인간은 사회적 존재이며, 결코 고립된 개인으로서 살아 갈 수 없다. 이웃과 약자에 대한 배려, 계층 상승의 기회마저 무너진 불평등 구조에 대한 성토 그리고 민주주의에 대한 신념 등 때로 집요하고 고집스럽기까지 한 한 시대의 성찰은 그래서 더욱 각별하고 깊은 울림이 아닐 수 없다.

이 책에는 호남지역 최초로 진행된 국민참여재판에서 그가 했던 최후변론이 담겨 있다. "배심원 여러분께서 생각하시는 최선과, 피고인 처지에서 했던 최선은 그 상황이 상당히 다릅니다. 생활비에서 아이의 학원비나 옷값으로 100만 원을 떼 놓는 경우와, 아이를 데려오려고 100만 원의 빚을 내는 경우는 다릅니다. 달라도 아주 다릅니다"

'사람' 사는 세상을 향한 순정한 그의 목소리가 아직도 귓전을 맴돈다.

삶과 인간관계에 관한 번뜩이는 기지 그리고 통찰력

○ 선배 이정희 (한국전력공사 상임감사위원, 전 광주지방변호사회 회장)

한국전력공사의 상임감사위원에 취임하고 최근 중국법인 시찰을 다녀왔다. 중국 관계자들과 회의를 마치고 만찬을 하게 되었다. 현지 사람들과 처음 만난 자리였음에도 금방 친해지고, 즐거운 자리가 이어졌다. 과거 사마천의 《사기》를 비롯한 중국역사를 공부하고, 한시를 외우고 있었던 덕분이었다.

나는 김정호 변호사의 방에 들렀다가 그의 책상 위에 사마천의 《사기》가 놓여있는 것을 본 적이 있다. 《사기》는 그냥 놓여있지 않았다. 책 가장자리에는 견출지가 붙어있고, 곳곳에 형광펜으로 밑줄이 그어져 있었다. 김정호 변호사는 마치 고시 공부하듯 읽고 있었다. 《사기》에 등장하는 수많은 인물을 보면 의리와 배신, 대립과 갈등, 인간의 탐욕 등 지금 우리가 상상할 수 있는 온갖 유형의 인간이 모두 들어있다. 김정호 변호사는 그 깊고 넓은 역사와 지식의 바다에서 인간성에 관해 단단히 내공을 쌓은 것이다.

이 책에 소개된 영화 <레 미제라블>에서 자베르 경감은 악역이다. 그는 자신을 희생하고 사랑을 베푸는 장발장을 끊임없이 추적한다. 그는 법과 원칙을 지키려는 소신주의자다. 그러나 그에게는 인문학적 소양이 없었고, 가슴은 차가웠다.

나는 후배들에게 성공의 3가지 비결을 이야기하곤 한다.

첫째 열정으로 살아라. 시키는 일이나 소극적으로 하는 사람은 성공할 수 없다. 날지 않는 독수리는 닭보다 못하다. 사마천은 《사기》'회음후열전(淮陰侯列傳, 한신)'에서 "망설이는 호랑이는 움직이는 벌보다 못하고, 달리지 않는 천리마는 움직이는 노마보다 못하다"라고 했다. 김정호 변호사는 불의에 분노할 줄 아는 용기 있는 사람이다. 치열할 정도로 열정적이다. 변론 업무는 물론 매사에 최선을 다할 뿐 아니라 빠르고 정확하다.

둘째, 성공의 85%는 인간관계다. 지위가 높고 재산이 많은 사람보다 좋은 인연을 많이 맺은 사람이 더 오래 기억되고 성공한 사람이다. 김정호 변호사 주변에는 좋은 친구들이 많다. 그만큼 그가 사람을 만날 때 진정성을 가지고 대하며, 희생하고 배려할 줄 안다는 증거다.

셋째, 인문학적 소양을 키워라. 문학은 창조적 상상력을, 역사는 올바른 판단력을, 철학은 합리적 사고를 키워준다. 김정호 변호사는 수많은 책을 읽고, 사색해 인문학적 소양이 풍부한 사람이다. 그는 법조인이되 자베르 경감처럼 차갑지 않다. 가슴이 훈훈하고 뜨거운 사람이다. 이 책은 김정호 변호사가 치열하게 살면서 고뇌하고, 사색한 기록이다. 박학다식함을 자랑하거나 글재주를 뽐내는 신변잡기의 글모음이 아니다. 인간성에 관한 번뜩이는 기지와 통찰력을 읽을 수 있고, 이 책을 통해서 폭넓은 지식과 인문학적 소양을 키울 수도 있는 품위 있는 책이다.

앞으로도 김정호 변호사가 수불석권하는 자세를 견지하며 후학들에게 귀감이 될 것으로 믿는다.

신의 글씨로 쓴 '권리'를
인간의 글씨로 쓴 '법률'로 제한할 수 없다

○ 선배 김동철 (17·18·19·20대 국회의원)

"지체된 정의는 정의가 아니다. 정의를 부정하는 것이다"는 서양의 오랜 법언이 있다. 김정호 변호사는 정의 앞에서 치열한 법조인이다. 스스로를 소개할 때는 항상 입버릇처럼 '속세의 변호사'라고 말하지만 실제 그의 행보는 늘 불의 앞에 저항하고 문제 제기하는 정의로운 사람이다.

나는 이 책을 통해 그의 18년 동안의 변론과 삶의 궤적 하나하나를 확인할 수 있었다. 어렸을 적 어머니로부터 체화된 '약자에 대한 보호와 배려', '공익을 우선하는 소신'은 그가 항구적으로 지키고자 하는 가치다. 이런 그의 삶의 태도는 "신의 글씨로 쓴 '권리'를 인간의 글씨로 쓴 '법률'로 제한할 수 없다"고 한 《레 미제라블》의 정신과 상통한다.

그의 끊이지 않는 지적 탐구정신은 2천 5백년 전의 동서양 고전까지 소환해 현대에 적용해낸다. 토마 피케티의 《21세기 자본》을 분석하며 불평등 해소 방안을 천착해냈다. 그 뿐인가. 역사와 교육, 법과 도덕, 선악과 민주주의, 그리고 영화와 인생에 이르기까지 장르를 넘나들며 지성의 바다를 종횡 무진한다. 《불편한 동행》의 보이지 않는 행간 속에서, 밤잠을 쫓아가며 연구하고 고민하는 그의 진지한 표정을 상상해 보는 것만으로도 큰 기쁨이다. 더욱이 그의 지성은 실천에서 나온다. 그에 대한 존경과 신뢰의 근원은 여기에 있다.

그는 이 책에서 무관심과 냉소를 민주주의의 적으로 규정하고, 한나 아렌트의 '악의 평범성'을 무섭게 경고한다. '정치는 정치일 뿐, 나는 내 할 일만 잘하면 된다'는 정치 무관심층에 일침을 가한다. '정치는 원래 그렇다'고 비웃으며 고개를 돌리는 '냉소'와 '선거는 끼리끼리 하는 짓'이라며 선거에 참여하지 않고 외면하는 '무관심'에서 스스로 벗어나려는 노력을 강조하는 그는, 실천적 민주주의의 표상이다. 공동체 발전과 민주주의의 상관성에 대한 그의 탁견은, "국민이 정치를 외면한 대가는 가장 저질스러운 인간들에게 지배당한다는 것"이라는 2천 5백년 전 고대 그리스 철학자 플라톤의 외침에 비견된다.

그의 차이와 차별, 다른 것과 틀린 것에 대한 이 책의 주장을 옮겨본다. "나와 다른 의견과 입장에 대해 차이가 아닌 차별로, 선과 악으로 구분하고 상대를 공격하는 태도는 성숙하지 못하다. 성숙한 민주주의 사회는 나와 상대방이 다르다는 '차이'를 인정하는 것에서부터 출발한다" 이 얼마나 명료하고 뛰어난가! 세상을 흑과 백, 선과 악의 이분법으로 바라보고, 견해가 '다른' 상대를 '틀렸다'고 강변하며, 벽을 쌓아 적과 동지를 갈라치기하는데 급급한 극단의 시대에, 이처럼 균형 잡히고 합리적인 인식이야말로 우리의 희망이다.

이 모든 삶의 지혜와 가치를 《불편한 동행》에서 만날 수 있다는 것은 축복이요 행운이다. 그와 언제든 만날 수 있고, 대화하며 소주 한 잔 나눌 수 있다는 사실 하나만으로도 나는 마냥 행복하다.

단숨에 다 읽히는 풍부한 감성과 인문학적 소양

○ 선배 송영길 (16·17·18·20대 국회의원, 전 인천광역시장)

'구스타프 라드부르흐'는 독일 바이마르 공화국 때 법무부장관과 국회의원을 역임한 유명한 법철학자다. 문학가는 세상을 컬러텔레비전으로 보는 사람이지만 법률가는 흑백텔레비전으로 보는 사람이라고 그가 말한 적이 있다. 그런데 구스타프 라드부르흐의 주장에 해당되지 않은 법률가도 있다. 나는 김정호 변호사를 꼽는다. 그는 풍부한 감성과 인문학적인 지식을 바탕으로 세상을 따뜻하게 바라보는 눈을 가졌다. 이 책에서 확인할 수 있다.

2000년 초선의원 시절에 변호사 출신이라는 이유로 대부분의 의원들이 가기 싫어하는 법사위에 배속되어 대법관 인사청문회를 맡게 되었다. 당시 박 모 판사가 대법관후보자였다. 청문위원이었던 나는 당시 박 모 후보자에게 "인권위원회 설치 논란과 관련해 위원회의 법적성격을 시민단체에서는 국가기관으로 하자고 하고, 법무부 등에서는 공익법인 형태로 하자는 주장이 있는데 후보자의 생각은 어떤가요?”라고 물었다. 후보자는 ‘국가인권위원회’라는 말을 처음 들어본다고 대답했다. 나는 당황스러웠다. 명색이 대법관 후보자인데 당시 김대중 정부의 최대 현안인 인권위원회 설치논란에 대해 이렇게 관심이 없었다는 데 놀랐다. “후보자는 신문도 보지 않고 사는가요? 걸어 다니는 법전이라고 알려질 정도로 천재적인 판사로 알려진 후보지만 세상 물정과 사회적 관심사에 이렇게 무관심해 어떻게 대법관직을 수행할 수 있을까요?”라며 박 후보자에게 질문을 한 기억이 난다.

세상에는 이처럼 단순한 법률지식 전문가가 아니라 우리가 살고 있는 사회와 역사에 대해 끊임없이 공부하고 고민하는 법률가가 대법관이 되는 것이 필요하다. 특히 대한민국 법정 공동체의 가치를 최종 판단하는 최고법원에서 근무하는 대법관이라면 더욱 그러하다. 이에 걸맞은 대법관 후보를 찾으라고 한다면 나는 김정호 변호사 같은 에너지를 가진 사람이 성장해 그와 같은 역할을 감당할 수 있었으면 좋겠다. 최근 양승태 대법원장을 비롯한 사법농단 사태를 보면서 검찰 개혁의 이슈가 사법부개혁 이슈로 전환된 느낌이다. 법률가는 풍부한 역사와 문화 인문학에 대한 지식을 부단히 연마해야 한다고 생각한다. 법률전문가라는 의미의 율사律士가 아니라 진실을 밝히고 인권과 정의를 지키는 변호사가 필요한 요즘이다.

80년 5월, 나는 광주 대동고등학교 3학년에 재학 중이었다. 당시 시민들에 의해 최초로 불탔던 건물이 광주MBC 건물이었다. 광주

MBC가 계엄군의 시민학살을 보도하기는커녕 시민군들을 폭도로 매도하는 계엄군 발표를 앵무새처럼 방송했기 때문이다. 당시 광주시민들은 태극기를 들었다. "김일성은 오판하지 말라"는 피켓을 들기도 했다. 모두 전시작전권을 가진 미국이 전두환을 통제해주기를 기대했다. 반미구호도 없었다. 시민희생자들의 관은 모두 태극기로 덮여져 있었다. 그런데 광주항쟁을 북한 특수부대가 배후조종한 것으로 매도하는 지만원이라는 사람이 나타났다. 이미 그는 허위사실을 유포했다는 혐의로 유죄판결을 받았다. 전두환 정권조차도 북한군 특수부대 관여를 이야기한 사실이 없었다. 최근 한 잡지와 인터뷰에서 전두환은 광주 북한군 특수부대개입설을 지만원 개인의 주장으로 일축하고 자신은 관계없다고 말하기도 했다. 그런데 전두환이 자신의 회고록에서 북한군특수부대 개입설을 주장한 모양이다. 이순자씨 말처럼 치매에 걸리지 않고서야 이런 주장을 할 수는 없다. 이에 다른 모든 사건을 제쳐놓고 《전두환 회고록》의 배포를 막고 손해배상을 청구하는 소송을 대리해 승소판결을 받아낸 광주지역 변호사들의 노력에 존경과 경의를 표한다. 그 중심에서 정성을 다해 헌신한 사람이 바로 김정호 변호사다. 대동고 후배이지만 존경스럽기 이를 데 없는 사람이다.

《불편한 동행》은 단숨에 다 읽혀질 정도로 재미있게 구성되어 있다. 틈틈이 써놓은 칼럼과 변론경험담에 영화평론을 보면서 김정호 변호사의 풍부한 감수성을 다시 한 번 확인할 수 있었다. 대학에 다니는 아들에게 보내주면서 읽어보라고 추천을 하기도 했다. 법률가를 지향하는 많은 후배들에게 권하고 싶은 책이다. "사랑하면 알게 되고 알게 되면 보이나니 그때 보이는 것은 이전과 다를 것이다"는 말처럼 이 책을 읽어보면 김정호 변호사를 새롭게 보게 될 것이라고 생각된다.

왜 하필 제목이 '불편한 동행'일까?

○ 선배 조덕선 (사랑방미디어그룹 회장, 무등일보, 뉴시스 광주전남본부 대표)

'김정호 변호사'하면 가장 먼저 떠오르는 것이 소통이다. 비단 나만이 아닐 것이다. 그의 삶을 지켜 본 이들은 그가 얼마나 많은 사람과 친근하게 어울리는지 잘 안다. 또한 그를 보면 힘든 이웃들을 돌아보며 동행하는 모습을 쉽게 떠올릴 수 있다. 그는 늘 사람들과 같은 눈높이, 같은 마음, 같은 자리에 서 있다. 그의 삶은 그래서 늘 따뜻하다.

《불편한 동행》을 찬찬히 읽어 봤다. 맑고 깊이 있는 생각들을 '멋들어지게 풀어 낸' 글을 읽으면서 밝은 새해를 맞이했다. 이렇게 다양한 분야를 해박하면서도 간결하며 뚜렷하게 정리해 두고 있는 줄은 몰랐다. 비록 대문호의 글처럼 유려한 문장은 아닐지라도 삶의 경험과 많은 독서와 자기 성찰에서 나오는 소중한 지혜와 울림을 쉽게 풀어 써 많은 사람들에게 책 읽는 즐거움을 주리라고 생각되어 벌써부터 독자들의 반응이 기대된다.

그가 자신의 어머니를 스승으로 기리는 마음도 가슴에 와 닿는다. 우리 시대 모든 어머니들이 그랬듯이 아무 것도 갖지 않았으되 삶 자체로 많은 것을 가르쳐 주신 것처럼 그의 따뜻한 '진정성'과 '공감능력'은 다름 아닌 바로 어머니로부터 받았던 모양이다.

그는 왜 하필 제목을 《불편한 동행》이라고 했을까? 누군가의 대리인이자 변호인으로 사는 길이 쉽지 않지만 인내하고 때로는 힘들어도 숙명처럼 받아들인다는 고백은 차라리 숙연하다. 그래서일까, 맡았던 사건마다 열정을 갖고 작성했을 그의 변론요지서와 그가 쓰는 법률용어에는 유독 사람 냄새가 물씬 배어 있다.

이런 그와 더불어 가는 인생은 행복한 동행이 될 것이다. 말이나 글 그리고 인간관계는 곧 소통의 방식이다. 소통은 그에게 가장 잘 어울리는 단어이자 그의 직업과 삶을 관통하고 있는 진정성이다. 지난 18년 법조인의 길을 남다른 진정성과 기울지 않은 균형감으로 살아 왔던 것처럼 그의 남은 길 또한 진정 '변호사다웠다'고 평가 받을 것으로 예견되어 기쁘다. 의뢰인들뿐만 아니라 더 많은 사람들과 함께하는, 그의 행복한 동행이 시작되었으면 좋겠다. 그것이 어쩌면 그가 꿈꾸고 있는 진정한 세상의 모습일지 모르겠다.

진정성과 공감능력을 지키려면 불편함과 동행을 감수해야만 한다

○ 선배 김현철 (금호고속 사장, 언론학 박사)

그가 쓴 《불편한 동행》의 머리말이 인상적이다. '쉽고 편하게 살면서 언제나 아름다운 동행일 수만은 없다. 때로는 진정성과 공감능력을 지키기 위해서 불편함과 동행을 감수해야만 한다.'

《불편한 동행》속에 펼쳐지는 그의 법리적인 해박한 지식과 논리적인 법해석은 법에 문외한인 나에게도 쉽게 읽힌다. 아마 김정호 변호사가 가진 세상에 대한 '진정성'과 '공감능력'이 들어있기 때문일 것이다.

사람들과 소통하는 걸 좋아하고 세상과 인간에 대한 기본적인 문제의식을 가진 법률가인 그가 '소통의 어려움과 길들여짐'에서 언급한 '만난 지 얼마 되지 않았지만 아주 짧은 시간에 길들여져 진심이 통하는 인연도 있다'고 표현한 것은 나와 그에 대한 이야기처럼 느껴져 기분이 좋았다.

《국가란 무엇인가》라는 유시민의 책을 읽고 유시민보다 더 치밀하게 분석하는 논리 정연함과 마키아벨리를 현재로 소환해 적절하게 풀어가는 탄탄한 배경지식이 글의 취지를 이해하는 데 설득력을 더했다. '미적분을 배우지 못한 변호사'에서 우리 교육현실에 관한 그의 문제의식에 공감한다. 기회가 되면 미적분은 이공계 출신인 내가 꼭 가르쳐주고 싶다는 농담을 건넨다. 미적분을 배우지 못했어도 그는 삶의 지혜가 부족하지 않다.

《불편한 동행》을 읽은 소감이 두서도 없고 핵심도 없고, 짜여진 각본도 없다. 하지만 그의 말처럼 진정성 있게 쓰고 싶었다. 독자들도 이 책을 통해 '진정성'과 '공감능력'을 함께 성찰하고 소통하는 계기가 되었으면 한다. 먼 훗날 그가 바라는 대로 김정호는 '변호사스러웠다' 가 아니라 '변호사다웠다'고 평가받기를 소망한다. 나는 그와 그 먼 훗날까지 행복한 동행을 하고 싶다.

읽다가 그만 둘 수 없었고,
읽고 나니 '진정성'과 '공감'이 보였다

ㅇ 선배 백승호 (변호사, 전 경찰대학장·전남지방경찰청장)

'바보'라고 불린 대통령이 있었다. 사람들은 그를 별로 좋아하지 않았다. 겉으로 드러난 그의 모습, 또는 들려오는 풍문으로만 그를 보았기 때문이다. 그러나 그가 떠나자 사람들이 그를 그리워했다. 그의 참모습을 알았기 때문이다. 그는 자기를 알아주기를 바라지 않고, 해야할 일들을 진정성을 갖고 묵묵히 하나하나 했다. 이제는 심지어 그를 미워하던 사람들까지도 그를 그리워한다.

내 마음 속에 바보가 또 한 사람 있다. 그는 '진정성'과 '공감'이라는 두 단어를 가지고 세상을 산다. 옆에서 쭉 지켜봤지만 이 두 단어에서 멀어지는 일이 거의 없다. 그는 이 두 단어를 입으로만 말하지 않고 일상에서 실천한다.

그가 이번에 책을 냈다. 읽다가 보니 중간에 그만두질 못하고 끝까지 읽을 수밖에 없었다. 재미가 있었고, 그의 마음이 내 곁으로 다가와서 읽는 것을 도저히 그만 둘 수가 없었다. 읽고 나니 그의 '진정성'과 '공감'이 보였다. 더군다나 군더더기 없는 그의 글 솜씨가 부럽기까지 했다.

바쁜 변호사 활동을 하면서 언제 이 많은 글을 썼는지, 특히 글 사이사이에 등장하는 《사기》, 《한비자》 등 이 많은 고전은 언제 다 읽었는지 그의 부지런함과 폭넓은 지식이 대견스러웠다. 변호사이기에 앞서 너무나 인간적인 사람 김정호와 '불편한 동행'이 아닌 '편안한 동행'을 위해 많은 이들이 이 책과 함께 했으면 좋겠다.

아픔을 공유하고, 진정성으로 불합리를 허물었다

○ 선배 전준호

책을 읽는 내내 울컥하는 감정에 마음이 요동쳤다. 이 책에는 청년 시절부터 인생의 완숙기에 이르기까지 김정호 변호사가 겪었던 우리 사회의 모든 대소사가 파노라마처럼 펼쳐진다. 그저 영리를 목적으로 법을 파는 변호사의 모습이 아니었다. 형제처럼, 친구처럼, 사회 저변에 깔린 아픔을 공유하고, 켜켜이 쌓인 불합리를 진정성 하나로 허물고, 진실을 위해 매진했던 삶의 기운이 이 책에서 오롯이 느껴졌다.

5·18 진상규명, 국정원 댓글사건 등 사회의 이슈가 됐던 굵직한 사건들 속에 김정호가 있었다. 그는 꾸준히 정의를 말하고 변화를 말한다. 대중은 웃자란 잔디처럼 잘려나가길 원치 않아 세상에 무관심하다. 그는 끈질기게 이러한 무관심을 일깨우고, 헤쳐 나간다. 뿐만 아니라 그는 가족과 영화를 보는 소소한 일상에서도 정의와 진정성을 캐낸다. 그가 갔던 만리장성에 나 또한 분명 동행해서 같은 것을 보았는데 그는 나보다 깊고 넓게 인식하고 표현했다.

그렇다. 그는 종합적이면서도 부담이 없다. 소탈하면서도 깊이가 있다. 그가 쓴 《불편한 동행》은 백과사전처럼 보고 싶은 곳 어디를 펼쳐도, 단정한 울림을 느낄 수 있는 그런 편안함을 담고 있다. 이 책은 그가 늘 하는 변론 활동에서 배어나는 울림과, 가족과 친구와 함께 하는 일상 속에서 느끼는 감성을 우리한테 던져주고 있다. 그의 불편한 동행은 이제 시작일 뿐이다. 앞으로 그가 얼마나 많은 불편함으로 우리에게 위로와 힘을 줄지 그의 여정은 만리장성의 한 칸을 올랐을 뿐이다.

나무는 그 뿌리의 깊이가 줄기와 잎의 높이를 결정한다고 한다. 그와 앞으로 해 나갈 동행이 더욱 설레고 기대되는 이유다.

그의 진정성과 공감능력의 근원은 어디서 왔을까?

○ 선배 임선숙 (변호사, 광주지방변호사회 회장)

누군가 김정호 변호사가 어떤 사람이냐고 묻는다면 나는 가장 먼저 '효자'라고 말할 것이다. 부모를 사랑하지 않은 이가 어디 있겠는가마는 김 변호사의 어머니에 대한 사랑은 참 애틋하고 각별하다. 이 책에서도 그의 어머니에 대한 마음이 여러 곳에 드러나 있다. 김 변호사가 영암이라는 시골에서 중학교를 마친 뒤 고등학교 때 광주로 와서 변호사가 되기까지 세상을 겪으면서 성장하는 동안 그를 이끈 가장 큰 힘은 억척스럽게 일하시며 자식들을 보살폈던 어머니의 헌신적인 사랑이 있었다.

김 변호사는 아무리 바빠도 고향에 계신 어머니를 모시고 병원에 가고, 입원하신 어머니의 병상을 지킨다. 지방재판이 있을 때면 일부러 부모님을 잠깐이라도 뵈러 간다. 어머니의 안부를 이야기할 때 김 변호사는 막내아들의 천진난만한 얼굴이 된다. 나는 김 변호사가 어머니를 모시는 것을 보면서 그가 변호사로서, 올바른 삶을 살고자 고

민하는 한 사람으로서 세상을 대하는 가장 밑바탕에 흐르고 있는 정
서는 어머니로부터 받은 사랑에 대한 감사와 보답의 마음이라고 생
각한다. 어머니를 향한 그 마음이 넘치고 흘러 자신을 성장시킨 세상
에 대한 사랑으로 확장하면서 그 사랑은 더욱 깊어지고 단단해지고
따뜻해졌으리라.

김 변호사는 평상시에 사람과 관계에서 유독 '진정성'을 강조한다.
언제가 '또 진정성 타령이냐'고 구박했더니 그는 웃으면서 자신이 '진
정성', '진심', '측은지심' 이런 단어를 좋아하는 것은 '촌놈'이라 그런
다고 했다. 말이 나온 김에 촌놈 성향 하나를 더 추가하자면 오지랖
이 넓다. 가끔 옆에서 보기에는 영혼 없는 모임처럼 느껴지는데도 일
을 맡는다. 누가 하라고 하지도 않고, 생색이 나는 일도 아닌데 고생
한다. 영락없이 촌놈 성향이라는 것을 알 수 있다. 진정성이 몸에 배
어있기 때문이다.

이 책을 읽다보면 김 변호사가 그동안 우리 사회의 여러 사건들을
그냥 지나치지 않고 고뇌하면서 대안을 찾기 위해 노력했다는 것을
알 수 있다. 그동안 참여해 온 여러 공익소송들과 공익활동 과정에서
보여준 모습, 특히 최근 '5·18역사왜곡'에 대해 앞장서서 싸우고 있는
모습에는 그가 변호사로서, 지식인으로서 우리 사회의 문제들을 인
식하고 해결해나가는 과정에 녹아들어 있는 그의 진심어린 노력을
확인할 수 있다.

나는 김 변호사의 어머니가 오래 건강하시길 바라고, 김 변호사가 앞으로도 차가운 도시남자가 되지 않고, 영원한 촌놈으로 남아 우리 사회의 여러 가지 문제들에 오지랖 넓게 관여하면서 뜻을 같이 하는 사람들과 진심을 나누면서 함께 멀리 가기를 바라는 마음이다.

불편한 동행, 나침반을 지닌 지식인의 기록

○ 선배 이상갑 (변호사, 전 민주사회를 위한 변호사모임 광주전남지부장)

University라는 표현을 최초로 사용한 학교인 이탈리아의 볼로냐 대학은 신학, 철학과 더불어 법학을 토대로 출발했다. 당시에는 이론가인 법학자와 실무가인 법률가가 나눠지지 않았고, 교회법과 민법이 주된 연구대상이었다고 한다. 변호사라는 직업은 '법학 연구를 목적으로 하는 법률이론가'와 '현실에서 분쟁해결을 담당하는 법률실무가'로 나눠진 산물이므로 그 출현 자체부터가 역사적으로 세속성을 띤다. '유전무죄 무전유죄'라는 표현은, 죄를 짓고도 법망을 피해가는 부자들, 돈에 종속되어 정의실현을 외면하는 법률전문가들을 겨냥하고 있는 담론이라고 할 수 있다. 적지 않은 변호사들이 그와 같은 비판으로부터 자유로울 수 없는 현실은 어쩌면 변호사라는 직업의 불가피한 세속성인지도 모르겠다.

그럼에도 우리나라 변호사법 제1조 제1항은 "변호사는 기본적 인권을 옹호하고 사회정의를 실현함을 사명으로 한다"고 정하고 있다. 제2조는 "변호사는 공공성을 지닌 법률전문직으로서 독립해 자유롭게 그 직무를 수행한다"라고 쓰여 있다. 아마도 대부분의 국민은 이같은 변호사법 조항들이 허울 좋은 장식일 뿐이라고 생각할 것이다. 변호사법은 왜 이와 같은 비현실적(?)인 선언을 하고 있을까? 비판자들이 지적하는 것처럼 '정당성을 강변하기 위한 법의 일반적 장식'에 불과한지도 모르겠다. 하지만 이 법조항이 '직업인'을 넘어 '지식인'이 되고자 하는 일부의 변호사들에게는 나침반 역할을 하는 금과옥조金科玉條로 받아들여진다.

'지식인'이란 무엇일까? 장 폴 사르트르는 1965년 일본 강연에서 "지식인의 목표는 실천적 주체를 실현하는 일이요, 실천적 주체를 배출하고 지탱해줄 사회의 원칙을 발견하는 일"이고, "이러한 목표의 실현을 갈망하면서 지식인은 그의 말을 모든 수준에 걸쳐서 실행하며 또 자신의 사유에서 뿐만 아니라 자신의 감수성에 있어서까지도 스스로를 변경시키고자 시도한다"고 말했다. 사르트르는 "이 말은 곧 지식인은 가능한 한 자기 자신 속에서 그리고 타인들에게서 인격의 진정한 합치를 실현하고자 한다는 것, 인간 각자가 자신의 활동에 부과된 목적의 회복을 실현하고자 한다는 것, 그리고 외적으로는 계급 구조가 낳은 사회적 금기를 제거하고, 내적으로는 심리적 억압과 자기비판을 제거함으로써 소외 현상을 없애며 사유의 진정한 자유를 실현하고자 한다는 것을 의미한다"고 설명했다. 사르트르의 이 말은 한 편으로는 지식인의 지향점을 밝혀주고 있지만 다른 한편으로는 지식 인이 되기 위해 '외적으로는 사회적 금기, 내적으로는 심리적 억압과 자기비판'이라는 장벽을 넘어서는 '실천'이 그만큼 어렵다는 진리를 암시하고 있다고 볼 수도 있다.

사랑하고 존경하는 후배 김정호 변호사가 쓴 책 《불편한 동행》은 그가 15년간 세속적 직업인 변호사업을 수행하면서도 지식인이 되기 위해 노력해 온 과정, 다시 말해 '사회적 금기와 내적 유혹'에 맞서 사 회제도의 개혁, 사회적 약자의 이익 옹호를 위해 분투해 온 기록이다. 동시에, 변호사법 제1조가 그에게는 단순한 치장이 아니라 나침반으 로 살아있는 규범이라는 사실도 보여준다.

신영복 선생은 "북극을 가리키는 지남철은 무엇이 두려운 지 항상 바늘 끝을 떨고 있다. 여윈 바늘 끝이 떨리고 있는 한 우리는 그 바늘 이 가리키는 방향을 믿어도 좋다"라는 말씀을 남기셨다. 《불편한 동 행》이 지향점을 잃지 않기 위해 한순간도 멈추지 않고 떨고 있는 김 정호 변호사 자신뿐만 아니라, 그와 비슷한 고민 때문에 고심하고 있 는 저와 같은 이들에게도 살아 있는 나침반 역할을 해 주리라 믿는다.

이 책에 담긴 그의 글들이 가슴에 깊이 박히는 이유

○ 선배 송갑석 (20대 국회의원)

살다보면 세상에 정의가 없는 것처럼 느껴질 때가 있다. 정의를 지키는 일이 불가능하게 생각될 때도 있다.

그래서 우리는 종종 정의 앞에서 망설이게 된다. 옳음을 몰라서 망설이는 것이 아니다. 정의를 지키기 위해서 가야 하는 험난한 길과의 '불편한 동행'이기 때문이나. 너구나 나를 위한 성의가 아니라, 다른 사람을 위한 일이라면 더 말할 나위도 없다.

그러나 김정호 변호사는 결코 망설임이 없다.

정의 앞에서 머뭇거리거나 회피하지 않고 정면으로 맞닥뜨리는 사람이다. 사회적 약자들의 소외와 고통에 누구보다도 먼저 찾아가 스스로 불편을 떠안는 사람이다. 자신이 가진 지식과 직업을 사회로 환원해 세상의 가치로 돌릴 줄 아는 사람이다.

이 책에 담긴 그의 글들이 가슴에 깊이 박히는 것은 평소 그가 보여준 행동과 말이 다르지 않기 때문이다. 그가 그간 걸어왔던 발자취는 분명 정의를 위한 치열한 싸움이었으나, 진심을 통해 공감하는 삶을 살고 싶을 뿐이라는 그의 소박한 글이 오래 기억에 남을 것 같다. 《불편한 동행》이라는 책을 많은 분들과 함께 읽고 나누고 싶다.

첫 다짐을 지키기는 쉽지 않다

○ 선배 이금규 (변호사, 전 광주지검·서울서부지검 검사)

김정호 변호사가 처음으로 쓴 책 제목이 《불편한 동행》이다. 불편하고 힘들더라도 '동행'을 포기하지 않겠다는 의지로 읽힌다. 변호사가 되겠다고 다짐하고 변호사가 되어 변호사로 살아온 그의 인생, 그 첫 다짐을 잊지 않고 실천하는 마음과 행동을 담았다.

그는 그가 품고 사는 진정성과 공감능력을 이 책에 녹여냈다. 그의 변론은 감상문처럼 감성을 자극하고, 논설처럼 합리적이며, 수필처럼 친근하고, 기행문처럼 내가 겪은 듯하다. 나도 많은 변론을 해봤지만 진정성과 공감능력에 있어서는 늘 부끄러워 스승 같은 친구 김정호 변호사에게 배운다.

여행이란 어느 나라, 어느 지역, 어떤 장소를 가는 것만을 의미하지는 않을 것이다. 인생 또한 여행이고, 한 사람의 인생 굽이굽이도 때로 나그네처럼 여행해볼만하다. 《불편한 동행》을 읽는다는 것은 김정호 변호사의 인생을 여행하는 일이다. 김정호 변호사를 만나 친구가 되어 함께 여행하고 산행하며 똑같은 길을 걸었다. 같은 꽃과 나무를 보았어도 그가 찍은 사진은 다르다. 같은 사람을 만났어도 그의 사귐은 다르다. 이정표나 등댓불 같은 김정호 변호사의 《불편한 동행》에 기꺼이 끼고 싶다.

논설과 기행과 감상과 변론이 한 권에 섞여있다. 논설은 변론이고 감상과 기행문마저 변론요지서를 닮았다. 하지만 최후변론은 영화감상이나 독후감처럼 느껴진다. 법과 정의가 아무리 진부하다 하더라도 법률가라면 피할 수 없는 명제부터 그가 변호하고 변론했던 사건과 사람 이야기, 그가 본 영화, 그가 읽은 책, 그가 간 여행까지 그가 살아온 시간들이 이 책 속에 들어있다.

불편하고 힘들어도 끝내 '함께'이기를 포기하지 않을 김정호 변호사의 동행을 나는 응원한다.

신입생에게 던진 화두를 실천하는 선배

○ 후배 권은희 (19·20대 국회의원)

책 제목이 김정호 변호사답다. 그저 '아름다운 동행'이라고만 하면 삶의 현실과 그 현장에서 비롯되는 치열함과 고뇌를 느끼기 어렵다. 치열함과 고뇌가 없는 단지 아름다운 동행은 계속적이지 못한다. 그는 현실에 발 딛고 누구보다 치열하게 살아간다. 그러면서도 우리가 포기해서는 안 되는, 지켜야 하는 가치를 지키기 위한 아름다운 동행을 계속한다.

그는 나의 법대 1년 선배이자, 내가 회원이었던 법대 연구회인 '역사·시사문제 연구회' 회장이었다. 내 대학생활에서 김정호 선배를 빼놓을 수 없다. 우리는 5·18민주화운동의 심장이었고, 독재에 항거한 민주화의 역사를 면면히 이어온 전남대학교 학생이었다. 대학생으로서 지켜야 할 가치와 미래를 개척해나가야 하는 청년으로서의 고민까지 김정호 선배는 화두를 제시했다. 내 대학생활에서 김정호 선배를 빼놓는다면 헌법적 가치에 대한 소신도, 민주화 역사에 대한 인식도 없었을 것이다.

나는 사법연수원 수료 후 경찰관으로 임용되어 각 경찰서의 수사과장으로 재직하고 있었다. 나는 국정원 댓글 사건 수사책임자로서 수사과정에 있었던 문제점을 제기했는데 오히려 검찰로부터 모해위증죄로 기소되는 상황에 처했다. 당시는 박근혜 권력이 서슬 퍼렇게 살아 있던 시절이었다. 내가 할 수 있는 최선은 '타협하지 않을 것이니 차라리 나를 꺾어라'는 비장한 마음가짐으로 그저 휘몰아치는 바람을 견딜 수밖에 없었다.

이때 김정호 변호사가 기꺼이 '불편하지만 아름다운 동행'을 나와 함께 해주었다. 그는 바쁜 와중에도 광주에서 KTX를 타고 올라와 서울 중앙지법과 고등법원에서 진행되는 약 2년에 걸친 재판에 참석했다. 당시 나는 일종의 트라우마 상태에 빠져 있어서 그때의 상황을 이야기하거나 설명하는 것을 힘들어 했다. 그는 내 재판을 준비하기 위해 방대하기 그지없던 국정원 댓글 사건, 김용판·원세훈 수사·재판기록을 하나하나 직접 검토해야 했다. 변호인으로서 탁월한 변론은 말할 것도 없고, 대학시절 사명감과 가치의 화두를 제시했던 선배로서 후배를 자랑스러워하는 선배의 모습으로 나와 끝까지 함께 했다, 가장 힘든 시기를 보내는 후배에게 선배가 해줄 수 있는 가장 아름다운 동행이었다.

1심 재판 최후 변론을 하는 날, 당시 국민의당 박지원 비상대책위원장은 재판을 '잠시' 방청할 계획으로 재판정에 들렀다. 그런데 김정호 변호사가 종합적이면서도 깊이 있는 분석, 열정적이면서도 정의로운 시각, 후배에 대한 진솔함까지 담은 최후변론을 시작하자, 박지원 위원장은 그 변론에 매료되었고, 결국 1시간이 넘게 걸린 변론을 모두 듣고서야 일어섰다. 그만큼 그의 변호와 동행은 치열하고 아름다웠다. 이후에도 《전두환 회고록》 판매금지 가처분소송 등 포기해서는 안 되는, 지켜야 할 가치를 위해 숭고하고 아름다운 동행을 계속하는 선배가 정말 자랑스럽고 고맙다.

1992년에 만난 김정호 선배는 그때나 지금이나 변한 게 없다. 선배는 이 책을 통해 대학 신입생이었던 나에게 던졌던 화두를 여전히 세상에 던지고 있다. 김정호 변호사로부터 화두를 받은 많은 이들이 나처럼 선한 영향을 받고, 그의 동행에 힘을 얻게 되기를, 그리하여 스스로도 아름다운 동행으로 나아갈 것이라는 기대도 품어본다.

선배란 무엇인가, 그리고 인생은 무엇인가?

○ 후배 장은백

2015년 초봄, 나는 변호사 시험을 마치고 6개월 연수를 받을 곳을 찾고 있었다. 이미 연수생을 채용한 상태인 선배는 내 자기소개서를 보고 '다른 곳에 가지 말고 우리 사무실에서 연수하는 게 어떠냐'는 연락을 주었다. '스펙'도 좋지 않고, '있어 보이지 않은' 자기소개서만 보고 손 내밀어준 것이다. 첫 만남이었다.

연수의 첫 과제는 어느 지방자치단체장의 형사사건 항소심 변론요지서 작성이었다. 연수생에게 맡길 수 없는 중요사건이었다. 잘 하지 못해도 선배가 알아서 할 것이란 생각도 들었지만 나는 대충 할 수가 없었다. 선배에게 실망을 안길 수 없었기 때문이다. 수사기록이 17권, 1만 6천 페이지에 달하는 방대한 수사와 공판기록은, 기록하고 정리하는 방법도 모르던 시절의 나에게는 아무리 읽어도 끝이 나지 않았다. 완성하는데 두 달이 걸렸다. 선배는 멀리서 깃발을 흔들어 방향을 잡아주었고, 나는 그 깃발만 보고 죽어라 달렸다.

줄탁동시啐啄同時, 선배가 언젠가 보낸 문자다. 병아리(제자)가 알에서 나오려면 안에서 껍데기를 쪼고(줄), 어미 닭(스승)이 밖에서 쪼아 깨뜨려야(탁) 한다. 이 두 가지는 동시에 일어나야 한다는 사실도 중요하다. 후배의 노력과 선배의 지도가 한 마음으로 같은 시간에 이뤄져야 한다는 뜻이다. 장은백은 안에서 열심히 껍데기를 쪼려 하고, 김정호는 밖에서 껍데기를 깨뜨려 주었다. 사건과 재판, 사람과 인간관계, 모든 일에서 그러했다.

선배는 사람들을 일관된 진심으로 대한다. 그래서 종종 상처받을 때도 있다. 간혹 '영혼이 흔들린다'고 푸념한다. 사람냄새가 난다. 선배는 "내가 잘못하면 눈치 보지 말고, 꼭 지적해 줘"라고 한다. 진짜 직언을 해도 기분 나빠한 적이 없다. 먼저 계급장 내려놓고 소통하는 사람은 부패하기 어렵다. 내가 선배의 곁에 머무는 이유다. '나도 맘 편히 놀러가고 싶다'는 선배의 짐을 덜어주고 싶다.

타인으로 만나 인연을 맺고, 한 사람이 마음을 건네면 다른 한 사람이 그 마음을 소홀히 하지 않으면서 구구절절한 시간을 보냈다. 선배 덕분에 '고용주는 무엇인가'를 고민하기보다 '선배란 무엇인가'를 물을 수 있었다. 앞으로는 선배와 함께 '인생은 무엇인가'를 고민할 것이다.

맺음말

지옥과 천국이 소송을 하면 지옥이 백전백승한다는 이야기가 있다. 지옥이 매번 천국에 이기는 이유는 변호사들이 모두 지옥에 가 있기 때문이라고 한다. 이 이야기를 그저 웃어넘길 수만은 없는 이유는 무서울 정도로 현실인식에 기반하고 있기 때문인지도 모른다.

그렇듯 세속적인 분쟁과 갈등의 한 가운데에 서 있는 변호사가 누군가를 대리하거나 변호하면서 좋은 변호사가 되기는 참으로 어려운 일이다.

그래서인지 나는 스스로 좋은 변호사가 아니고, 최소한 '나쁘지 않은' 변호사가 되기 위해 노력하는 '세속의 변호사'라고 표현하곤 한다. 내 스스로가 대부분의 시간을 일상의 행복을 지키며 호구지책으로 살아가고 있고, 가끔씩 양심과 정의, 부끄러움을 떠올리며 성찰한다. 초심을 지키려는 노력 또한 포기하지 않으려고 애쓴다.

진정성과 공감능력은 내가 가장 좋아하는 말이다. 내가 세상을 살면서 굳게 지키고자 하는 가치이기도 하다. 이 책을 통해 불편함을 감수하는 아름다운 동행을 위해 노력하겠다고 다짐하는 이유다.

───

표지 글씨 **학정 이돈흥**

───

13살에 송곡 안규동 선생께 붓글씨를 배운 뒤 50여 년째 '서예는 비움의 예술' 임을 실천하고 있다. 대한민국을 대표하는 서예가로서, 뭉쳤다가 폭포처럼 흐르는 '학정체'를 이룩했다. 국립 5·18민주묘지, 중국 자금성 고궁박물관, 화엄사, 선암사 등 곳곳에서 그의 묵향이 은은하게 퍼지고 있다.

───

그림 **묵정 민병희**

───

아버지인 우송 민효식 선생께 글씨를 배우고, 진도 의재 허백련 가문의 치련 허의득 선생께 문인화를 배웠다. 2001년 대한민국 문인화대전에서 대상을 받았고, 2002년 대한민국 서예대전에서 우수상을 받았다. 글씨에는 산뜻한 슬기가 깃들어있고, 그림에는 품위 있는 익살이 묻어 있다.

김정호 변호사의

불편한 동행

초판 첫 번째 발행   2019년 3월 8일
초판 두 번째 발행   2019년 3월 25일

지은이   김정호
펴낸이   안현주

편집   김요수
디자인   전은경 최지현
기획   한재섭
홍보   이수연
자문   오세호
관리   송신욱

표지 글씨   학정 이돈흥
그림   묵정 민병희

펴낸곳   ㈜아논컴퍼니
주소   광주광역시 남구 봉선로 37, 103-603
전화   062-671-1177   **팩스**   062-671-2177
전자우편   anon@an-on.kr

ISBN 979-11-965875-0-5(03810)

값 17,000원